མེ་ཏོག་དང་རྨི་ལམ། ཚེ་རིང་དབྱངས་སྐྱིད།

花と夢

ツェリン・ヤンキー

訳 星 泉

アジア
文芸ライブラリー

春秋社

花と夢

目次

花と夢

作中には、性暴力およびハラスメントの直接的な描写が含まれます。
フラッシュバックなどのおそれのある方はご注意ください。

第一章

ドルカル

1

古都ラサの巡礼路パルコルは、周囲に張り巡らされたあまたの路地を通ってやって来る人びとで、いつも賑わっている。そんな路地の一つ、シャサルスー路のはずれにあるのが《ツァン料理の店プティー》だ。ツァン地方〔中央チベット西部〕出身の女主人プティーが営むその店は、最近閑古鳥が鳴いている。早めに開店しても、訪れる客はほとんどいない。そこから目と鼻の先にある漢人が経営する店は、午前中から客足が絶えず、食事をしにくる人びとで混みあっているというのに。プティーはその店をうらめしそうに見つめ、客足の途絶えた自分の店の状況を思って思わずため息をつくのだった。

　プティーは昨日のミルクティーの残りを温めて一口すすったものの、それ以上飲む気になれなかった。お茶を飲むのはやめ、真剣な面持ちで、どうしたらうちの店の経営がよくなるだろうかと、商売の行く末を考えて物思いにふけった。それも今日急に考え始めたことではなく、客足が落ちてからずっと、毎日のように考えてきたことだった。

　午前中はほとんど客は来ないが、正午をまわると馴染みの客が何人かやって来る。多くは廃業同然に仕事を引退した往年の職人や、うだつの上がらない近所の人びとだ。豪奢なナイトクラブには気後れがして行けないが、サイコロ賭博や麻雀をして遊びたい彼らにとっては、プティーの店はちょうどいいたまり場なのだ。

その日ラサには初雪が降った。男たちが起きだす頃には、路地という路地はどこも真っ白に覆われていた。雪は止むことなく、ずっと降り続けている。雪の国という枕詞を持つチベットでは雪が降ろうが誰も驚かないのだが、風邪の流行を懸念するラサの人びとにとって、乾燥した都会に湿り気をもたらしてくれるこの雪は歓迎すべきものだった。

路地は普段なら大勢の老若男女でごった返しているものだが、その日は雪合戦をしたり、雪だるまを作って遊ぶ子どもたちが集結し、あちこちで子どもたちの笑い声がこだましていた。

とそのとき、いたずらっ子が雪の塊をプティーの店の窓をめがけて投げつけてきた。びっくりしたプティーは店を飛び出して怒鳴った。

「あんたたち、いい加減にしてよ！　まったくもう、早く学校が始まってくれないもんかね！」

プティーに追いかけられた子どもたちは後ろを振り返ると、小馬鹿にしたような笑い声を上げて逃げていった。プティーは子どもたちの後ろ姿を見つめながら思った。運が悪けりゃ万事休すってのは本当だわ。最近は商売上がったりだし、挙げ句の果てにはあんなガキどもにまでひどい目に遭わされる始末だもの。

もう子どもたちの姿はなかったけれど、怒りがおさまらないプティーは、入り口のそばにあった石炭の塊を子どもたちのいた方に投げつけた。路地に積もった白く清らかな雪の上で、石炭の黒が異様に際立っていた。白いものが黒くなるのはあっという間なのに、黒いものを白くするのはひどく難しい。そのことが今の彼女には身にしみてわかっていた。

毎日店でサイコロを打っている年寄りたちには雪の影響はないようで、午後になると、いつものようにテンバ翁が手をこすりあわせながら店に入ってきた。

「おう、プティー、連中はまだ来とらんかね」

プティーは壁掛けの時計をちらりと見て、冷たいまなざしを向けた。

「あらテンバさん、いらっしゃい。まだ一時過ぎたとこだから、まだみなさん家で食事でもしてるんじゃないの。今日はずいぶんお早いお越しで」

つれない口調のプティーの顔色など気にも留めていない様子で、テンバ翁はさっさと腰を下ろし、袋から飛馬《フェイマー》印のたばこを取り出して火をつけ、煙をくゆらせると、冷たいストーブに触れて言った。

「おい、プティー、今日は雪だし寒いんだぞ。今すぐあったまりたいのに、まだ火も入れてないのかい。急いでストーブをつけておくれよ。あと、トゥクパ〔汁物の麺料理〕も頼むよ。雪のせいで、パルコルの周りの茶館はいっぱいでさ、まだ昼めしにもありつけてないんだ」

老人がやってきたのは折悪しく、路地の真ん中から子どもたちに雪玉をぶつけられた直後だった。虫の居所が悪いプティーは意地悪く笑った。

「テンバさんだってわかってるでしょ。うちは今閑古鳥が鳴いてるってのに、石炭が値上がりしたからねえ。先立つ物がなけりゃ、暮らしていくのも大変なのよ。テンバさんたちは集まってサイコロ賭博をして一日過ごしても、瓶ビール五、六本飲むのがせいぜいでしょ。正直言って、その売り上げじゃあ、ようやっと薪代が払えるくらいにしかならないのよ」

プティーは悪態をつきながら、ストーブに火を入れる準備を始めた。

店を始めたばかりの頃のプティーは、顔も若さで輝いており、体つきはしなやかで動きもきびきびしていた。ダンスも歌もうまく、客に酒をふるまうだけでなく、自分でもよく飲んだものだった。当時から路地にはチベット料理店や茶館、居酒屋がたくさん軒を連ねていた。とはいえ、××茶館、××チベット料理店と看板を掲げてはいても、いくつかの有名なチベット料理店や大きな茶館を除いてはどこも名ばかりで、午前中にミルクティーとトゥクパを出すだけでは客も少なく儲からなかった。だからたいていの店は、昼間から麻雀やサイコロ賭博をしながらビールを飲みにやってくる客を、ねずみが来るのを待ちかまえる猫よろしく待つしかなかった。

当時そうした茶館やチベット料理店の中で、プティーの店ほど繁盛している店はなかった。大勢の飲ん兵衛が詰めかけ、彼女の財布はいつも百元札でぱんぱんだった。ほどなくして、彼女の細くしなやかな体はぶくぶくと肥りだし、今や立派な小料理屋のママとなった。

ところがそうなってくると、店にやってきた客たちは、こそこそと悪口をささやくようになった。

「また中古《ちゆうぶる》のママかよ。見るたびに不細工になってくよな。酒飲みに来たって若くてピチピチしたねーちゃんの顔も拝めないんだ。わざわざここで飲むこともないよなあ。流行の歌も知らないし、昔のいい歌だって知りゃあしない。今日も〝ここに集いしわれら〟に〝ケルサンさん〟だぜ。ずっとおんなじ歌ばっかりじゃ、聞き飽きちまって面白くも何ともないよ。今やプティーは顔もたるんだおばさんなんだから、いつまでも〝ケルサンさん〟を歌ってる場合じゃないだろ」

こうして飽きっぽい客たちはどんどん離れていった。

店を何とか建て直そうと考えたプティーは、田舎から都会に出稼ぎにやってくる若い娘を雇ったが、彼女たちもまた飽きっぽい客と同じで、「ここより漢人が経営するレストランで働いた方が給料がいいわ。それかラル橋で立ちん坊でもして荷卸しの仕事にでも行けば、たいして苦労もせずに高い給料がもらえるし」などと言って、すぐにやめてしまう。長くて一か月もてばいい方だった。

プティー自身もさんざん考えて、できる限りのことはした。体磨きをして、珊瑚の首飾りや、まがい物の金の指輪をして、とっかえひっかえ新しいファッションを身につけ、店の中や自分の体に香水をふりかけて、客が集まってくるよう望みをかけたけれども、商売はまるで欠けていく月のように右肩下がりで、相変わらずうまくいかないのだった。

このままでは食べていけないので、彼女は店で働いてくれる女の子を探すために故郷へ赴いた。

最近は村の若者たちは男も女も都会に出稼ぎに行き、普段の農作業を担っているのは年寄りと子どもばかりで、プティーが望むような若い娘はなかなか見つからなかった。プティーは手提げ袋に飴を詰めこんで、ほうぼうの家の扉を叩き、年寄りと子どもに飴を一つかみずつ渡しながら、娘さんを都会の店に働きにやりませんかと頼んだけれども、残念なことに空手で帰ってくるのが常だった。そんな娘を見かねた母親は目に涙を浮かべて言った。

「今は村には昔と違って働き手がほとんどいなくなっちまったんだよ。昔は嫁のもらい手がないって心配してたけど、村の若い衆はさ、たいてい中学や高校を卒業すると、農作業なんてやりたがらなくて、みんな都会に出ちまうだろ。今は若い娘が少なすぎて、若い衆は結婚相手を見つけるのに一苦労だよ。家に残っている女の子たちは、きれいでなくたって、家事も普通程度にしかできなくたって、引く手あまたさ。そんなわけだから店の働き手なんて見つかるわけがない。それよりあんた、帰っておいでよ。いい畑があるんだから、飢え死にする心配もないし」

母親のぼやきに黙って耳を傾けていたプティーは振り返りもせず、ラサへ舞い戻ったのだった。

その日もまた、テンバ翁のサイコロ仲間が三々五々集まってきた。プティーがストーブに火をつけると、おもむろにサイコロ打ちが始まった。

「カ出ろ！　カ出ろ！　顔かたち《カリー》を見りゃ、まるで親戚！」

「シャ出ろ！　シャ出ろ！　肌《シャツァ》は地黒、洗っても無駄！」〔二個のサイコロを振ったときに出てほしい目を出すための口上。「カ」は五、「シャ」は八に対応する〕

年寄りたちはこんなふうにサイコロの目をめぐり唾を飛ばして争う。その攻防が終われば、再び出てほしい目をめぐって口上を始める。雄叫びが店中に響きわたり、サイコロを振る音や椀をひっくり返す音で空気が揺れる。もっとも、どんなに盛り上がろうとも、年寄りらしく、早く集まって早く帰るのが常だった。ビールはどんなに飲んでもせいぜい瓶で十数本止まりだ。しかしプティーにとっては常連客だし、彼らの酒代で何とか食いぶちを稼ぎ、店の家賃の足しにもしているので、金払いの悪い老人たちが機嫌よく過ごせるように世話を焼くしかなかった。

週末のその日、ラサに二度目の雪が降った。初雪が降った先日は、ただでさえ憂うつだったのに、路地を走り回るやんちゃな子どもたちのいたずらに腹を立てていたこともあって、不愉快な一日だった。でもその日のプティーは、初雪の日とは違い、体を火照らせ、すっかり浮かれていた。

雪の降りしきる中、プティーは二階の小部屋を温かくして、大事な客人を待っている。ああ、あの人は来てくれるかな。いやいや、絶対来てくれるはず。だってこの間約束したもの。それよりドルカルはちゃんと来てくれるだろうか。プティーは心配になって、親戚の娘、ドルカルに電話をかけて念を押した。

「ドルカル、今夜は必ず来てよね。この間話した通り、いい社長さんを紹介してあげるからさ。楽に稼げて給料のいい仕事を紹介してくださいってお願いすればいいさ」

ドルカルは当初、プティーの話を適当に受け流していたので、電話がかかってこなければ覚えてさえいなかった。でもこうしてプティーが念押しの電話をかけてきたので、断るわけにもいかなくなり、夕方仕事が引けたら行くと約束した。

数日前の朝、プティーは、近所にあるトムスィカンの肉市場に肉を買いに行ったとき、以前来店したことのあるカルマ・ドルジェ社長をたまたま見かけた。そこで彼女は背後から、いかにも親しげに声をかけた。

「あら、カルマ社長じゃありませんか」

社長は振り向いたが、誰だかわからずきょとんとしていた。

「カルマ社長、お元気ですか。《ツァン料理の店プティー》のプティーですよ。お忘れだなんてひどいわね。でも社長さんは星空でひときわ輝く金星のようなお方だから、人混みの中でもすぐにわかりましたよ」

プティーはすかさずそう言うと、手に持っていた肉の包みを地面に置き、手をエプロンでさっと拭いてから、手を差し出した。社長の方はまったく身に覚えがないといった表情を浮かべながらも、手を差し出した。

「ああ、そうですな。そちらから言っていただかないと、こちらからはわからなかったもんでね」

かぶっている帽子から履いている靴まで舐めるように見られたプティーは、恥ずかしくなって舌をぺろりと出した。

「店でお客さんの相手をしてお酒を飲みすぎて、すっかり肉がついちゃって、今じゃこんな……。でも社長さんのお仕事は昇る太陽のごとく絶好調なんでしょうね。だってほら、社長さんのお顔の色つやはいいいし、すっかり恰幅もよくなられて」

プティーは言い逃れようのない現実から、話をそらそうとした。社長はせり出した腹をさすりながら言った。

「店と口が空っぽじゃあ商売にならないから、毎日接待三昧でね。そんなことしてたら太らないわけがないですな。しかしまあ、女性が太ってしまったら豚と変わらんだろう。女の子ってのは昔から言われる通り、腰つきは聖なるツァリ山の竹のごとく細くしなやかでないとね。男はそういうのが好きだから」

「社長さんのお好みはよく承知してますよ。うちの店に社長さんのお好みに合いそうな田舎から出てきたばかりの女の子がいるんです。ルックスもスタイルも抜群ですよ。ぜひ見にいらして」

プティーは作り笑いを浮かべながらまくし立てると、自分の口からつるりと出た嘘に我ながら驚いた。

「ほお、女の子ですか。最近の小料理屋って、残ってるのは麺ばかりで、余ってる女の子なんかいないいんじゃないの」

社長は薄ら笑いを浮かべて言った。ずいぶん含みのある話しぶりだわと思ったプティーは社長を腕で小突き、お世辞たっぷりに言った。

「信じられないっておっしゃるなら、今度の週末にちょっと見にいらしてよ。きっとお愉しみいただけますわ」

こうしてカルマ・ドルジェはあっさりと週末にプティーの店に行くと約束したのだった。

カルマ・ドルジェに山より大きな嘘をついたはいいけど、そんな女の子、どこに探しに行ったらいいのよ。最近財布もすっかりしけた感じになっちゃったな、また百元札で財布をぱんぱんにしたいもんだけど……。悩めるプティーは焦りを募らせ、田舎から都会に出稼ぎに来ている知り合いの女の子たちの顔を一人ひとり思い浮かべていった。

とそのとき、プティーは同じ村の遠縁にあたるドルカルを思い出した。以前からドルカルにはアルバイトに来てほしいと何度も頼んだけれども、毎度けんもほろろに断られていた。今回は仕事の便宜を図るからと熱心に口説き、なんとかドルカルの約束を取りつけたのだった。


ストーブの火があかあかと燃えだした頃、頭から指先まで防寒具ですっぽり覆ったドルカルが店に飛びこんできた。ドルカルはまず熱いお茶をもらって、トゥクパでも食べて温まりたいと思ったけれど、プティーはお茶を出すどころか、壁掛け時計を見ながら文句をつけた。

「ドルカル、あんたずいぶん遅かったじゃない。それに何だいその顔は。若いんだからもっときれいにしとかないと。まず顔を洗っといで。髪もちゃんと梳かして。あんたに仕事を紹介してくれるっていうお客さまが、もうすぐいらっしゃるんだからね」

そう言うと、プティーは急いで棚から上等な服を出してきて、着替えるように言った。

「今日は忙しかったし、寒いのもあって顔を洗えなかったのよ。まあ、顔は洗ってきてもいいけど。でもなんで着替えなきゃならないの？　それより熱いお茶と、何か温かい食べ物をお願い」

ドルカルはばたばたしているプティーに文句を言いながらも、言われた通り顔を洗った。

プティーはいい香りのするクリームをドルカルに渡しながら、あかぎれだらけのドルカルの手を握ると、首を振り、同情の表情を浮かべた。

「あたしら田舎者はみんな生まれつき業《ごう》が深いんだよ。ほら、あんたの手だってこんなじゃないか。胸が痛むわ」

プティーはそう言って一筋の涙をこぼしたかと思うと、不意に笑みを浮かべて続けた。

「あたしらは普段つきあいがないったって同じ村の出身だし、親しいわけじゃないったって親戚同士じゃないか。あんたにつらい思いをさせたくないんだよ。楽に儲けられる給料のいい仕事を探してあげようと思ってたのさ。それもあんたの態度次第ではあるんだけどね。今日ここに大事なお客さんが来ることになってるんだ。その人のお相手をして、お酌をしておくれよ。お客さんに気に入られたら、今度はきっと、亀料理だの海鮮料理だの、何でもご馳走してもらえるからさ」

まるで自分がその珍味を味わっているかのようにうきうきしているプティーの様子を見て、何かおかしいと思ったドルカルはすぐに言い返した。

「は？　いったい何の話？　プティー姉さんたら、亀や海鮮が食べたすぎて頭がおかしくなっちゃったんでしょ。あたしはごく普通に給料をもらって働いてるだけの身よ。お腹が満たされれば満足だし、お金が少し貯められれば十分。亀も海鮮も食べたくない。ゆでたてのヤク肉さえ食べられれば満足だもの」

ちょうどそのとき、階下から男の声がした。

「どうも、プティーさんはいるかな」

「はいはい、ただいま」

プティーはすぐさま声を上げ、慌ててドルカルに着替えを押しつけると、唇をひねったり目で合図したりして、隅のトイレで着替えるように指図した。そして髪の毛をなでつけながら、弾む足取りで階段を降り、客人を迎えに出た。

ドルカルは初めのうちは着替えるつもりはなかったけれども、プティーの様子を見ると、今日のお客さんは大事な人らしいから、きちんとしておいた方がよさそうだと思って、しぶしぶ渡された服に着替えた。

「まあまあ、社長さん、お久しぶりですこと。こんな小さな店にようこそいらっしゃいました。この間お目にかかれてよかったわ。今日はまたお連れさまもご一緒にお越しくださって、ありがとうございます」

プティーは白い歯を見せてそう言いながら、二人を二階に案内した。

急に二人の男性が入ってきたので、ドルカルは慌てるやら恥ずかしいやらで、その場から逃げ出したくなった。しかし今はトイレの中。外に逃げられるわけでもない。観念してトイレからゆっくりと出ると、静かに、目立たないように、ソファの隅に腰を下ろした。

プティーは急いでペードゥン・ビール——ラサの人びとは金色のカバーつきのバドワイザー缶をペードゥン、ラサ純生《ドラフト》缶のことをラクドゥンと女性の名前で呼ぶのだ——を一箱出した。

「今日はずいぶん冷えますけど、ストーブを焚いて温かくしてますから、ビールは温めずに冷たいままお出ししますね。天界からお越しになった神々をおもてなしするようにお相手いたします。どうぞごゆるりとくつろいでくださいな。お酌はこの子が担当します。親戚の子でね。高卒程度の教養はありますし、きれいな子でしょ。学生生活が長かったもので、世間ずれしてないんです。恥ずかしがり屋なんですけどね」

プティーはそう言いながら、ドルカルの手にビールを一缶渡した。唐突にお酌をさせられることになって混乱し、夢かうつつかわからなくなったドルカルは、顔は火照って真っ赤になり、心臓はどくどくと波打った。

手に持たされた缶ビールをどうしていいのかわからずにいると、プティーにぐいと押し出され、お客さまにビールを注ぎなさいと指図された。お酌など一度もしたことがないドルカルは、手が震えてビールをこぼし、テーブルを泡だらけにしてしまった。そのぎこちない仕草がかえっていとおしく映ったようで、カルマ・ドルジェはすぐさまドルカルのあかぎれだらけの手を握って優しく声をかけた。

「まだ新入りなんだから仕方がないさ。お酌なんてしなくていい。それより俺たちの真ん中においで。そのうち慣れるさ。手の感じからすると肉体労働をしてる人間の手だな。事務仕事をする人間の手じゃない。それにしてもきれいな子だ。こんなに美人なら、男が百人いりゃ百人とも惚れちまうぞ」

カルマ・ドルジェはそう言うと、ドルカルを男二人の間にぐいっと引っぱって座らせた。しかし彼女は物心ついたときから今にいたるまで、知らない男の人の隣に座ったことなどなかったし、男の人とつきあったことすらなかった。ドルカルは動悸が激しくなり、全身から汗が噴き出して背中はぐっしょりと濡れ、手汗もとまらなくなった。

あたしここに何しに来たんだろう。いったいどうなっちゃうんだろう。ここに来たのは間違いだったんじゃないか……。ドルカルはあれこれ思い巡らして、ここに来たことをひどく後悔した。

プティーは客人に小さめのグラスにビールを注いで駆けつけ五杯乾杯《ンガンデン》の儀をすると、自分でもビールを飲み始め、ドルカルにも小さめのグラスを差し出した。

「そんな恥ずかしがることじゃない。あんたもビールを飲みながらお酌しなさい」

「いやいや、無理強いは禁物だよ。まだ新人さんじゃないか。そのうち慣れてくるよ」

カルマ・ドルジェの連れの男性はプティーを諭した。それから三人でビールを飲みながら、国内情勢やら国際情勢について語りあい、高い地位に上りつめた偉い人たちの忙しさから、同輩たちの近況、果ては一般の民衆の生活に至るまで、いい噂も悪い噂も織り交ぜながら、おしゃべりに興じた。

日が暮れる頃になると、階下の客のサイコロ賭博もお開きになった。その日はストーブをしっかり焚いて温かくしてあったので、客たちは瓶ビールを一ケース飲み尽くし、すっかり酔いが回った様子でふらふらとよろけ、ぶつかりあいながら、店を出ていった。

プティーは二階の窓をちょっと開けて、にっこりと笑みを浮かべて声をかけた。

「おじさま方、お帰りなのね。今日は二階にお客さまがいるからお見送りできないのよ。明日は雪が積もって今日よりもっと寒くなるっていうけど、うちに籠もってないでお店に来てよね。早めにストーブを焚いて待ってるから」

年寄りたちは手を振って、また明日来るよと応じた。

プティーは実にちゃっかりしていて、年寄りたちにビールを出して代金を受け取っただけで、彼らの相手は一切しなかった。ダワ翁はプティーに向かってにこやかに手を振りながら、仲間に向かって皮肉たっぷりに言った。

「いやはや、めす豚がよく言うわ。今日はたまたま昼空に星が出て、お客が一人二人来たからって、俺たちにはずいぶん冷たくしてくれたもんだ。明日また新しいお客でも来たら、俺たちのストーブに火を入れてくれるかどうかわかったもんじゃない。鷲は肉をもつ者の上を舞うってやつさ。明日また来て、やっこさんがどんな顔してるか見てやろうじゃねえか」

他の三人も、そうだそうだとあざ笑いながら、ふらふらとした足取りでそれぞれの家路についた。

店をたまり場にして日がな一日遊んだ年寄りたちは、帰り際、支払いをする段になると、財布から出した百元札をまずは体にこすりつけ、さらに両手でよく揉んでから渡すのがならいだ。お札は、プティーの手元に届いたときには、もうくしゃくしゃになっている。だいたい年寄りたちはサイコロ賭博をするときは熱が入ってくると、十元札を数枚すっただけなのに、まるで数千元すったかのような態度で、指に唾をつけ、財布の中に残った百元札の枚数を何度も数えるのだ。日頃からそのケチケチした感じが気にくわないプティーは、代金を受け取るときも、ひどくうんざりした気持ちになる。

それに比べてカルマ・ドルジェのようなビジネスマンはたまにしか来ないけれども、何のためらいもなく財布から百元札をポンと出してくれる。太い客からお金を受け取るときは気分もいいし、実入りもいい。だからプティーにしてみれば、カルマ・ドルジェのような客が来てくれたら、特別なもてなしをするのは当然なのだ。

サイコロ客が帰るのを待ちかねていたプティーは、年寄り連中を見送ったあと、ばたばたと階下に降り、店の入り口に鍵をかけ、二階に戻った。

「あー、よかった。白髪頭のサイコロ爺さまたちがやっと帰ってくれたわ。もう入り口には鍵をかけたんで、今夜はゆっくり飲みましょう」

プティーは客のグラスにビールを注ぎ、乾杯した。こうして乾杯を何度も繰り返した。

小さなストーブには火があかあかと燃え、部屋の中はすっかり温まっていた。酒飲みたちの顔も真っ赤になっている。

ドルカルは焦る気持ちを募らせ焼け焦げてしまいそうだった。顔からは玉の汗がこぼれ落ちた。空腹で腹がぐうぐう鳴っているのが自分の耳にも聞こえるほどだった。あたしいったい、ここに何しに来たんだろう。魔物に取り憑かれちゃったのかな。彼女はそう考えながら、自分が後先考えずにここに来てしまったことをひどく後悔した。そして今、何か災難が降りかかってきそうな、嫌な予感しかしなかった。三人は寄り集まってくだを巻きながら飲んだくれている。

そのうちカルマ・ドルジェはそわそわしだして、ドルカルの手を握ったり、体のあちこちを触ってきた。これまで男に指一本触れさせたことのなかったドルカルは、気持ちが悪くて反吐が出そうだったが、必死でこらえていた。しかし、おぞましい魔物のように這いまわる男の手にたまりかね、意を決して立ち上がった。

「プティー姉さん、もう遅いから、あたし失礼するわ」

プティーは酒に酔った目をしばたたかせて彼女を見つめ、帰ろうとするドルカルの手を握って座らせた。

「いやだ、もう、あたし酔っ払っちゃってるのよ。あんたあたしたちを置いて帰れると思うの?

実は入り口には鍵をかけちゃったから、外には出られないよ。これからの話だけど、あんたも今の仕事をやめて、あたしと一緒にこの店をやるってのはどうだい。カルマ・ドルジェ社長が後ろ盾になってくださったら、店の経営も成功間違いなしだよ。今日あたし、あんたに言ったよね。大事なお客さまに、あんたの仕事の世話をお願いしてあるって。大事なお客さまってこの方だよ。うちらみたいな田舎の人間が都会で水商売をやるには、こういうお方に頼るしかないんだよ。さあさあ、ほら、お酌してちょうだい」

プティーが思いもよらないことを言いだしたので、ドルカルは血相を変えて立ち上がると、怒りを込めて言った。

「プティー姉さん、今日は絶対来てほしいって言ってたけど、このためだったのね。そういうことなら、このドルカルはお酒が飲めないどころかお酌だってできません！　それよりここから出して！　あたし帰ります」

きっぱりとした口調で自分の意志を主張するドルカルに驚いたカルマ・ドルジェは、立ち上がると、ドルカルの背中をぽんぽんと叩いて言った。

「まあまあ、かっこつけたって無駄だぞ。君みたいな田舎から出てきた女の子たちは、都会に来たばかりの頃はそうやって意気がるもんさ。でもな、都会で生活していくのは簡単なことじゃない。日用品もほうきから何から買いそろえなきゃならないだろ。金がなけりゃどうやって生活するっていうんだい。まあ、君らは生活のためでも、俺たちにとっちゃ、楽しくやるための金だけどな。運の悪い子羊ちゃんは狼の巣穴に堕ちたが最後、逃げられないんだよ。柔らかいお肉は狼さまのえじきになっちまうのさ。ともかく今夜は一緒に楽しく酒を飲んで盛り上がろうや」

　こう言うと、ドルカルの肩をぐっと押さえつけて座らせた。含みの多い言い方だったので、ドルカルには何を言いたいのかよくわからなかったが、いずれにせよそこから逃げようとしても逃げる余地はないのだと諦めの境地だった。

　ドルカルは狼の巣穴に堕ちた瀕死の子羊のように、身動きもできずにじっと座っているしかなかった。カルマ・ドルジェはプティーからビールの入ったグラスを受け取ると、ドルカルの口に押し付けてきた。口を閉じて固辞したけれども押し切られ、ドルカルの口の中に、一度も飲んだことのないビールが流しこまれた。茨の樹液のような汁が彼女の喉を通っていったとき、苦よもぎの汁が自分の体に入ってくるような気がして、気持ち悪くて吐きそうになった。彼女が咳きこみ、気分が悪くて吐きそうになっているのを見た酔っ払いの三人は、同情するどころか、ケラケラと笑いだした。

　取り乱すドルカルをカルマ・ドルジェはいたく気に入ったようで、彼女をぐいっと抱き寄せた。黄ばんだ歯と髭もじゃの口を彼女の口元に寄せ、グラスのビールを彼女の口の中に流しこんだ。

「さあ、まずはビールを飲もうな。ビールは一番いいお薬なんだぞ。そのうち恥ずかしさも消えてなくなる。そしたら歌の一つも歌ってごらん。男が飲む酒は口に旨し、女が歌う歌は耳によし」

「歌なら自分で歌えばいいじゃないですか。あたしは今日は一日中何も食べてないんだから、何かやれったって無理です。それより、お願いだから、帰らせてください。お願い」

ドルカルが泣きながら懇願すると、プティーは苦々しい表情で、ろれつの怪しい口調でしゃべりだした。

「あんたさ、もうこんな遅い時間なんだから、食べ物を買いに行くったってどこも開いてないよ。お腹が空いたんならビールを飲めばいい。この甘露はねえ、大麦から一番いいところを取りだしたもんなんだよ。これほど栄養があって、体にしみわたるものはないよ。これさえ飲めば数日何も食べなくたって大丈夫さ。ほら、姉さんの体をごらんよ。この甘露のおかげでこんなに立派なお肉がついて」

自虐的な冗談まで付け加えたプティーは、ドルカルを外出させるどころか、食事させるつもりもないようだった。するとカルマ・ドルジェが上着を羽織って立ち上り、「そういうことなら何か食べ物を買ってきてやろう」と言って外に出ようとした。

それを見たプティーはふらふらと立ち上がり、「いやいや、ここに何もないってわけじゃないのよ。上等なものでなくてもよければ食べるものならあるから」と言いながら、プティーは戸棚からパンを何個かと、羊の骨付き生ハムを足一本分出してきた。

ドルカルはひどく空腹だったけれども、それより何より、ここから何とかして逃れたいという思いしかなく、いくら勧められても一切口にしなかった。すでに酔っ払っている三人は、パンには手もつけず、ほどよく水分の抜けた生ハムをまたたく間にむさぼり食った。肉を食べ尽くしてしまうと、今度は酔いが覚めたかのように、三ケース目のビールを開けた。すでに壁掛け時計の針は三時半を指していたが、まだまだビールを飲み終える様子はなかった。

ドルカルはいたたまれず、両の眼《まなこ》からぽろぽろと涙をこぼしていたが、三人とも彼女を気づかうどころか、ビールをさらに飲ませようとするのだった。カルマ・ドルジェは、飲めないと訴える彼女の首をもたげさせ、無理やりビールを流しこんだ。ドルカルは「やめてください」と何度も頼んだけれども、狂った三人に何度も飲まされた。

酔っ払った三人は、互いにビールを酌み交わしあい、果てしなく飲んだ。そこまで飲めばへべれけになりそうなものを、三人ともますます意識がはっきりとしてきたかのように、どんちゃん騒ぎを続けるのだった。

体がひどく火照り、頭痛でくらくらする。そのうち、めまいでテーブルの上のグラスもビール缶もぐるぐる回りだした。酔っ払いたちがグラスにビールを注ぐのを見るだけで気分が悪くなり、ドルカルはトイレに駆けこんだ。でも空っぽの胃からは泡しか出てこないのだった。彼女は立っていることもできず、トイレの床にへたりこんでしまった。その時点では、ふらふらしながらも、意識はまだはっきりしていた。でも、立ち上がろうとしてもなかなか体に力が入らない。なんとかありったけの力をふりしぼって立ち上がり、トイレを出たが、そのままじゅうたんの上にへなへなと崩れおちた。

しばらくすると、どんちゃん騒ぎは耳に入っていたけれども、空腹のあまり眠くなってきた。うとうとして、彼らの声が遠くなってきた頃、もう一人の男性客が小用に行くと言って、ふらふらとした足取りで席を立った。するとプティーがそそくさと立ち上がり、背中をさすりながら一緒に階下に降りていった。

二人は降りていったまま、一向に戻ってくる気配はない。階下からは物音一つ聞こえず、静まり返っている。ストーブはいまだ赤々と燃え、上に置きっぱなしのやかんのお湯はもうなくなりかけている。小さな部屋の中には、カルマ・ドルジェとドルカルのほか誰もいない。

尋常でない静けさに、ドルカルははっとして目をみはった。嫌な予感がした彼女は慌てて立ち上がり、ふらふらとした足取りで部屋を出ようとした。しかし、ドアは外から鍵をかけられ、どんなに力いっぱい引いても開けることはできなかった。ドルカルは怖くなって、プティーを呼んだけれども返事はない。するとカルマ・ドルジェが立ち上がり、ドルカルの手を取った。

「あわれなお嬢ちゃん。大声を出したって無駄だよ。どんなに声を嗄らして叫んだって、鳥はおろか、小鳥だって来やしないよ。プティー姉さんはさ、金さえ手に入ればあんたみたいな田舎の生娘を二階に鍵かけて閉じこめちまうのさ。君は今日、俺に特別なおもてなしをするために呼ばれたんだ。俺だって金を無駄にするわけにはいかないからね」

カルマ・ドルジェにぐいと抱きすくめられたドルカルは、まるで鷲にとらえられた小鳥のように身動きが取れなくなった。

雪がしんしんと降り続き、街全体が眠りこけたように静まり返ったその夜、ヤマイヌと狼の結託により、抵抗もできない状態にされたドルカルの上に、カルマ・ドルジェがのしかかってきた。酔いが回って朦朧としていたドルカルも、何が起こるか察し、心臓が激しく波打った。

「やめて！」

ドルカルは金切り声を上げ、何とか自分の身を守ろうとしたけれど、ビールを飲まされたせいで体がしびれ、手で押しのける力すら残っていなかった。腕っぷしが強く手荒なカルマ・ドルジェの前では、ドルカルはいたいけな子どもよりも無力だった。

2

雪の降りつもるその夜、カルマ・ドルジェは無慈悲にもドルカルの花のような若い肉体を踏みにじった。彼女の清らかな肉体は、黒く汚されてしまった。それはラサに初雪の降った日に、プティーが真っ白な雪の上に黒い石炭を投げつけたあの行為を髣髴させる行為だった。

翌朝、情け深い太陽が東の山の頂からゆっくりと昇った。その日の太陽はいつものように光り輝いていたが、陽射しには温かみがなく、むしろ冷たさを感じさせた。窓から朝日が射し、部屋の中が少しずつ明るくなってくる。

床にはビールの空き缶が散乱している。テーブルには飲みかけのビールが入ったグラスが一つだけ残っており、もう二つのグラスは床の上で割れている。ドルカルは昨夜、自分を守るために、カルマ・ドルジェにグラスを投げつけて必死で抵抗したが、男の力にはとてもかなわなかった。そのとき割れたグラスは、砕け散って粉々のガラス片となり、空き缶の間に埋もれているのだった。

銀世界に陽射しが降り注ぐ。民謡では「雪が降ってヨイヨイ　雪のあとのお天道さまは　あったかくてヨイヨイ」と歌われるが、冷えこみはまだまだ厳しく、弱々しい陽光が射したところで、温かくも何ともなかった。燃えさかっていた火もいつのまにか消え、羊の足の骨が、彼女をあざ笑うかのようにごろんと転がっている。

ドルカルの体は冷えきっていた。目は真っ赤に泣きはらし、美しい二重まぶたは見る影もなかった。腫れた目で窓の外を見やると、軒に積もった雪は解け、滴となって真っ白な路地にぽたぽたと落ちている。何とかして体を起そうとしたが、怒りと屈辱、絶望、悲しみ、そして飢えと渇きにさいなまれ、立つことはおろか、身動きすらできない。悲痛のあまり、再びむせび泣いた。彼女の嗚咽は聞くものを同情と悲しみに誘うものだったが、唯一の目撃者である部屋は、ただの物であって心はなく、同情心を起こして慰めてくれるはずもなかった。だいぶ長いこと泣き続けたせいか、そのうち涙はまるで干上がったかのように一滴も出なくなった。

誰かが階段を上ってくる音がした。プティーだった。彼女は甘いミルクティーの入った魔法瓶と湯気の立つプトゥ〔うどんに似たトゥクパの一種〕の入った琺瑯引きの碗を持って現れた。部屋の中はビール缶や箱などが散乱していて、魔法瓶を置く場所もなかったので、プティーは散らかっているテーブルの上を片づけた。そしてひどく後悔した様子でため息をつきながら、ドルカルのかじかんだ手を握ろうとした。

するとさっきまで身動きもできずにいたドルカルが、虎のような勢いでプティーの顔に殴りかかり、ひっくり返って悲鳴のような鳴き声を上げる狐のようにわめきだした。

「ひどいひどいひどい！　どうしてあたしみたいに無力な人間を閉じこめたりしたの？　あんたに肉親の情なんて期待もしてないけど、こんなひどいことするなんてあり得ない！」

プティーはドルカルにとりあわず、ソファの隅に腰を下ろし、嗅ぎたばこを爪に載せて吸いこむと、穏やかな声で語りだした。

「ドルカル、あたしを叩いて気持ちが楽になるならいくらでも叩けばいいさ。あたしら田舎から出てきた慎ましい女も、いったん都会に出てきたら、都会の騒々しい生活に愛着が湧いて、田舎には戻れなくなるんだよ。あたしだってさ、ここで生きていくためにはどうしようもなかったんだ。あんたはまだつらい目にあっても泣きわめく相手がいるだけましだよ。あたしなんて家政婦してて、その家の主人に無理やり手籠めにされちまったんだ。でも、泣きわめくこともできず、ただただ後悔にさいなまれたもんさ。奥さまにばれたらどうしようって心配で、長い間疑心暗鬼で過ごしたよ。結局は奥さまにばれたよ。人の旦那を誘惑したっていう濡れ衣を着せられてさ、あたしが五年間家政婦として働いて受け取った給料は全部没収。それですってんてんで出て行く羽目になったんだ」

ひどく残酷な打ち明け話を涙ながらに語ったプティーは、そこまで話すとため息をついた。そして茶わんにお茶を注いでドルカルに差し出し、話を続けた。

「あんたがつらい思いをしてるのがあたしにはわかるんだよ。あたしらは同じ故郷の人間だし、血のつながりもある親戚だからさ、少しでも楽になってほしいと思ったんだよ。カルマ・ドルジェみたいなさ、首を落としても死なない化け物連中が持ってるのはお金。あんたが持ってるのは若さと容姿。よく考えりゃこういうたぐいの仕事には難しいことなんてありゃしない。だから最近都会じゃ裏でも表でもこういう仕事してる子が多いのさ。ねえ、あたしらもさ、これからお金をちょっと貯めて、資金が貯まったら街中に小さな家を手に入れて、その残りを小商いの元手にして生きていこうよ。そうしたら田舎に埋もれて、一年中泥まみれ汗まみれになって働いて一生を送るより、よっぽどいい暮らしができるよ」

プティーの打ち明け話によれば、住み込みで働いていた家を追い出された日に、歯を食いしばってでもこの愉楽の都ラサにしがみついて生きていこうと誓ったのだそうだ。彼女は都会の中心部から離れたところに安いアパートを借り、自分に合う仕事を探したが、なかなかいい仕事は見つからなかった。結局その日暮らしをしている漢人たちと一緒に大きなビニール袋を背負い、朝早くからあちこちの学校の校門に行き、乞食の子どもたちと先を争うようにジュースの空き缶を拾い集めた。それからポタラ宮を回る巡礼路パルコル、チョカン寺を回る巡礼路ツェコル、ラサの街をぐるりと回る巡礼路リンコルなど、人混みのあるところならどこへでも出かけて空き缶を集めた。背中に背負ったビニール袋がぱんぱんになったら漢人に売り、その収入で家賃の五十元を払う。長い間そうやって食べてきた。その頃、鉄くずや銅くずは高く売れた。一日かけて拾った空き缶を売ると少しは収入になったのだ。それでトムスィカンの市場で小間物を仕入れ、パルコルの夜市で店を出すと、また収入になる。それを元手に今の店を構えることができたのだ。

プティーの身の上話を聞いて、ドルカルはプティーが少し気の毒になったが、そんなことはおくびにも出さなかった。それどころか、そういうことならあんたが自分で復讐すればいいのに、何の力もないあたしをひどい目に遭わせる必要がどこにあるっていうの。そう思って両目をつぶると、再び涙があふれ出した。ああ、なんてこと。この体は両親が授けてくれた大切な宝物だというのに、大切にすることができなかった。あたし、魔物に取り憑かれたのかも。こんな女の言うことを聞いて、こんな泥沼に足を踏み入れてしまうなんて。もう何もかも終わりだ。たとえあたしがこの女に爪を立てて思うさま皮をひんむいたとしても、あたしの清らかな肉体は取り戻すことができないんだ。前世に積んだ悪業《あくごう》が巡ってきたってことか……。もうこうなったら、罪深いみじめなあたしは、不幸の石が空から降ってくるのを受け止めるしかない。今あたしに残っているのは耐えがたい苦しみにさいなまれた小さな心臓と、黒く汚された肉体、そしてあふれ出て止まらない涙だけ……。

ドルカルはゆっくりと立ち上がり、よろよろと階段を下りようとした。プティーは慌てて立ち上がり、ドルカルの手をつかんで懇願した。

「ドルカル、行かないでおくれよ。あたしたちは生活のために若さを売りにするしかないんだからさ……」

怒り心頭に発したドルカルは、真っ赤に泣きはらした目できっとにらみつけ、吐き捨てるように言った。

「ねえ、誰でもみんな自分と同じように考えるとでも思ってるの？　権力を持った人間は、あたしたちの財産も権利も、果てはあたしたちの命までも奪っていくけど、誇りだけはあたしたちのものよ。絶対に渡さないんだから」

こうしてドルカルは店を飛び出した。昨日歩いてきた真っ白な道を戻りながら、自分がもはや清らかな汚れのない娘ではないのだと思った。唇は乾き、口の中には泡しかなかった。涙も涸れ、何の気力もない。彼女は疲れ果てた体でよろよろと、あてどなく彷徨い歩いた。

歩いていると昨晩の悪夢がフラッシュバックし、そのたびに、彼女の体はぶるぶると震え、波打つ小さな赤い心臓は張り裂けそうになった。ドルカルの脳裏には、母の姿と、岩崖の上にある白茶けた故郷が浮かび、生まれ育った土地に帰りたくてたまらなくなった。

第二章

ツェリン

1

プティーの店で起きた事件のあと、ドルカルが故郷に戻ることはなかった。さらにここ二年ほどは両親や親しい人たちへの連絡も途絶えていた。

故郷の人びとは音信不通のドルカルの行方をめぐってあれこれ取り沙汰していたが、両親はしばらくの間、きっとどこか別の土地に出稼ぎに行っているんだろう、そう思って希望を捨てず、娘の帰りをずっと待ち続けていた。

だが、時は流れる川のごとく留まることなく、何日も、何か月も過ぎ、そして一年、また一年と待ち続けても、娘からは一向に連絡がなかった。そのうえドルカルと親しかったヤンゾムまで、忽然と虹のごとく姿を消し、行方がわからなくなっていた。

唯一ドルカルからの手紙を受け取っていた弟のツェリンも、最初のうちはその内容を額面通り受け取って、姉がどこか別の土地で働いているものだと信じていた。姉に会いたくても連絡の取りようもないので、その気持ちをすべて勉強につぎこんだ。必死で勉強し、頑張り続けた成果が実り、晴れて大学を卒業することができ、公務員になってラサに配属された。

この数年間、ツェリンはいつだって姉に会いたいと思っていた。いいことがあったとき真っ先に話したいのは姉だったし、気が滅入っているときはなおのこと姉が恋しかった。喜びも苦しみも、姉さんとわかちあえたらどんなにいいか、そんなことばかり考えていた。こうして自活できるようになった今、世話になった姉にようやく恩返しができると思って、昼も夜も姉のことを考えていたが、姉の姿はどこにもない。そんな状況でも諦めず、何とか姉を捜しだそうと、仕事のかたわら、新聞やテレビに行方不明者の広告を打ち続けた。

両親ほど信心深くはないツェリンだったが、夕刻に仕事が終わると、姉を捜すためにパルコルに赴き、敬虔な年寄りたちと同じように巡礼路を回った。今やパルコルを三周するのがほぼ日課になっていた。ラサのパルコルは人通りが多く、黄昏時にはとりわけ大勢の人びとが集まってきて、日が沈む頃になるとさらに人が増える。年寄りたちは真言《マニ》を唱え、数珠を繰りながら、足早に前に進んでいくばかりで、周囲の人びとにはたいして関心を払うこともなかった。若者の中には買い食いをする者もいれば、ぶらぶらしながら店をひやかす者、おしゃべりをしながら散歩を楽しむ者もいた。ツェリンはどの人びととも違っていた。マニを唱えるでもなく、数珠を繰るでもないし、一緒に肩を並べる巡礼の連れもいない。彼はパルコルに集まる人波の中をいつも一人きりで歩いていた。ゆっくりとした足取りで、賢そうな両の眼で周囲を見やり、若い女性を見かければしっかりと確認するのを習慣にしていた。特に顔は念入りに確認し、巡礼者であっても決して見落とさないようにしていた。

ツェリンはその日も仕事が引けてから、いつものようにパルコルの巡礼路に赴いた。すると、人混みの中に、姉によく似た若い女性を見かけた。そばに寄ろうにも寄れず、離れたところから舐めるようにじっと見つめた。前をゆくその女性は、見れば見るほど姉に似ているように思え、しばらくあとをつけていった。しばらくして、思わずその若い女性の背後から、「姉さん」と声をかけた。振り向いた女性は怪訝な表情を浮かべ、不愉快そうに背を向けると、軽蔑した口調で「しつこい乞食だね」と言った。すると連れの女性も、嫌そうな顔で一瞥すると、「相手にしない方がいいわ。ちょっと頭がおかしいのよ」と吐き捨て、小馬鹿にしたような笑みを浮かべて足早に立ち去った。

そのときの苦い経験を経て、後から姉と似た若い女性を見かけたら、まずは後ろ姿を見て、それから前姿も確認し、左右からもよく見て、さらには骨格もチェックするなど、慎重に確かめるようになった。でも結局がっかりして首を横に振り、思わずため息をついて引き下がるのが常となった。

村ではドルカルに関する様々な憶測が飛び交っていた。ある者は「工事現場で働いてて、日射病に耐えかねてインドに亡命した」と言い、またある者は「ドルカルは回人〔中国化したムスリム〕商人に連れられて甘粛《かんしゅく》の片田舎に嫁入りして、そのまま帰郷できずにいるんだ」と言った。またある者は「ラサで化粧をして、派手な衣装を着て、髪の毛は魔物みたいにおっ立てて、チベット料理を出す店でウェイトレスをしてる」と言った。また、ある者は「人身売買の売人にだまされて漢人の街に売り飛ばされた」などと言うのだった。どれも自分の目で見てきたかのようにそれらしく、また具体的で真実味があり、まさに、男がいれば語りが始まり、女がいれば噂話に花が咲くとばかりに、人びとの格好のネタとなっていた。

谷沿いの小さな村では、初めのうちこそ行方不明になったドルカルの噂でもちきりだったが、時が経つにつれ、彼女のことを話題にする者は少なくなっていった。親たちが都会に出稼ぎに行く若い娘たちを送り出すときに「よその土地ではしっかりするんだよ。ドルカルみたいな針の塵埋《くもがくれ》もれだけはやめておくれよ。よその土地がどれほど居心地がよくたって、岩崖の上のこの故郷ほどいいところはないんだ。最後に帰る場所は故郷なんだからね。だから漢人や回人に誘惑されないように気をつけて、必ず故郷に帰ってくるんだよ」などと言って、ドルカルのことを反面教師として引き合いに出すことはあっても、それ以外では話題にする者もほとんどいなくなっていった。

時が経てば忘れ去られるのは世の常だが、血を分けた親きょうだいからすれば、忘れるどころか、会いたい思いが募るばかりだった。老いた両親は、噂が冷めやらぬ間も娘を思ってはいたが、噂が鎮まって誰も話題にしなくなると、かえって娘を思う気持ちを募らせた。

その年、春の農作業が一段落ついた頃を見計らい、ツェリンは両親に電話をかけ、ラサに巡礼に来ないかと誘った。ツェリンの両親は、見つかる望みはもはや馬の尻尾の毛ほどもないとは思いつつ、まだ娘のことが諦めきれなかった。一緒に捜そうと言う息子に背中を押されるように、巡礼も兼ねてラサにやってきたのだった。

その日はチベット暦四月、サカダワの十五日だった。ツェリンも仕事が休みだったので、朝まだ暗いうちに両親を連れて巡礼路リンコルに向かった。サカダワにもなると気温も上がり、十五日の夜明けには、いつも適度な雨が降るものだが、その年は日照り続きで、例年のような雨は降らなかった。リンコルでは焚き上げをする者が多く、薫煙がラサじゅうにたちこめていた。夜明けのラサを照らす街灯は濃い霧に包まれたようにぼんやりと光を放っており、それはラサの美しい景観を覆い隠すどころか、むしろ静寂な印象をもたらしている。

リンコルには詰めかけた巡礼者がひしめきあっていた。家に残っている人など誰もいないのではないかと思うほどの人出だ。

いつもなら颯爽と歩く母のペードゥンも、その日は足かせでもはめられたかのように、重い足取りで歩いていた。彼女はまるで、自分のような田舎者が都会の人間と争ったところで勝ち目はなく、押しの強い都会人たちには道を譲るしかないとでも思っているかのように、後ろから人が来るたびに道を空けてやるのだった。体が不自由な父親は、人酔いをして頭痛がひどくなり、ゆっくりとしか歩けず、後からやってくる巡礼者たちにどんどん追い越されていった。

せっかちな巡礼者たちは、「今日は仏陀が初めて教えを説いた日、悟りを開いた日、涅槃に入った日、それを記念する大事な縁日だぞ。今日、五体投地〔神仏や高僧の前で行う全身を投げ出す形の最高の礼法〕や巡礼をすれば効果は千倍間違いなし。リンコルを回ったあとは、ツェコル、お次はパルコルを回るんだ。さあどいたどいた」と言わんばかりのずうずうしさで、大またでずんずん歩いて行くのだった。

2

ツェリンと両親は夜明け前の朝六時に宿を出た。そして、日が昇る頃になってようやく千仏崖にたどりついた。チャクポリの丘の南面に位置する岩壁には、大きな釈迦牟尼仏の像があり、その周囲にたくさんの仏像が彫られている。一九九〇年代頃から、ラサの人びとに「千仏崖」と呼ばれるようになった。仏像は仏陀を象徴する最も重要なものであると同時に、信仰の主たる拠りどころでもある。あらゆる像の中で最も重んじられているのは釈迦牟尼仏の像で、家庭の仏壇でも、仏堂でも、主たる尊格としているところが多い。千仏崖の前では、リンコルを回っている巡礼者たちが五体投地をしながら祈りを捧げていた。彼らはたいてい、五体投地と礼拝を終えると、巡礼仲間とともに、近くの茶館に吸いこまれていく。茶館では甘いミルクティーを飲み、トゥクパをすすり、のんびりと過ごして疲れを癒すのだ。ツェリン親子は千仏崖の前に立った。両親は信仰心にうち震えて五体投地を捧げ、長い時間かけて祈禱した。ひとしきり祈り終えると、ようやく喉の渇きと空腹を感じ、ツェリンは両親を連れて千仏崖のそばにある《法友茶館》に入った。

茶館は満席で、立錐の余地もないほどごった返していた。茶飲み客のおしゃべりで茶館全体は喧騒に満ちている。ツェリンの母親はその様子を見て、眉間に皺を寄せ、いかにも嫌そうな表情で訴えた。

「もう帰ろう。都会はやっぱり都会だよ。こんなに人が多いんだもの。どこへ行ったって人だらけだ。父さんもあたしも人酔いをして頭が痛いし」

「母さん、まずはお茶でも飲んで一休みしよう。まだ巡礼路も半分までしか来てないよ。それに灯明も捧げなきゃならないんだから、もう少しかかるよ」

ツェリンは宿に帰ろうとせがむ母を辛抱強く諭した。

ツェリンが目を皿のようにして空席を探していると、しばらくして奥の方の席が空いたので、三人は茶飲み客の間を縫うように歩き、隅の席に腰を下ろした。ウェイトレスが薄汚れた布巾でテーブルをさっと拭くと、高飛車な口調で言った。

「何にします？　さっさと注文してくださいね。今日は客が多いから時間がかかりますけど」

「甘いミルクティーを三人前とトゥクパを三人前お願いします」

ツェリンが注文してしばらくすると、ウェイトレスが注文の品を運んできたが、父親も母親も甘いミルクティーをすすっただけで、トゥクパには口をつけようともしなかった。

「父さんも母さんも、宿に戻ってもすぐに食べられるものはないんだから、少しでもトゥクパを食べてよ」

「都会の食べ物って、なんか嫌な臭いがするし、こんなの食べたら汚《けが》れがついて歯にも悪いよ」

母親が首を振りながらそう言うと、父親も「母さんの言う通りだ」と同意して、ずだ袋から取り出した揚げ菓子《カプセー》をかじって、朝食代わりにするのだった。

ツェリンは自分の両親に満足な朝食を食べさせられなかったので、いたたまれない気持ちになった。ツェリンはもう満腹だったけれども、何とか二杯分平らげた。もう一杯も残すわけにはいかないと思って、ビニール袋に詰めて席を立った。

喧騒渦巻く茶館を出ると、入り口には年寄りの乞食が手を叩きながら大きな声で「外の障りは外で消し去れ。内の障りは内で消し去れ。秘密の障りは虚空で消し去れ。五体投地をして帰依せよ」と、障りを取り除くまじないを唱えていた。ツェリンは手に持っていたトゥクパをその乞食の老人に渡そうとしたが、その乞食は後退りして固辞した。そして悲しげな表情を浮かべてこう言った。

「ありがたい旦那さま、ラサの谷には物があふれておりますし、リンコルを回る巡礼者にも心根のよい方が多くて、幸い喉も渇いておらず、お腹も満たされています。このわたくしめは高齢で、病気も多く抱えております。ありがたい旦那さま、どうかお銭《あし》を少し恵んでくださいまし」

その乞食の仕草や言葉があまりに熟練していて、ツェリンはお金を恵む気がすっかり失せ、手に握っていた貧しい人への喜捨のための小額紙幣の束もバッグにしまいこみ、老人の言葉が聞こえなかったふりをして、振り返りもせずに歩きだした。

三人が予定通り千仏崖に千の灯明を捧げに向かおうとしたとき、道沿いの塀の片隅に人だかりができていた。いったい何をしているのだろうと三人で見に行くと、そこにいたのはサイコロ占い専門の占い師だった。見物人たちは、驚きの声を上げながら、その占い師の占いの当たりっぷりについて語りあっていた。人だかりの中から、一人の女性が前に出て、手に持った数珠をひっきりなしに爪繰りながらこう言った。

「去年のことなんだけどね、あたしの清らかな珊瑚とトルコ石でできた首飾りをなくしちゃってさ。しばらく目を皿のようにして探したんだけど見つからなかったんだ。まあ、うちは普段からお客が多いから、誰かが間違って持ってっちまったんだろうと思って諦めてたのよ。でもあたしの首飾りは高価なものでさ。諦めきれなくて、片時も忘れることはなかったの。

あるときリンコルを歩いてたらさ、人だかりがしてて、大勢の人が押しあいへしあいして、この人にいろんなことを占ってもらってたんだよね。まあ、あたしは期待したって仕方がないのはわかってたんだけど、あたしの首飾りはいったいどこにあるんでしょうか、占ってもらえませんかねとお願いしてみたんだ。そしたら占い師はきっぱりと言ったよ。おたくの首飾りは家から一歩たりとも外には出てないね、家の中にある。家に帰って、北の方角を探してごらんなさい、きっと見つかるから、って言われたんだよ。

その話を聞いて嬉しかったけどさ、でも、正直いって期待はしてなかったよ。だってあたしはさ、家の中はくまなくどこもかしこも、泣きながら探したんだからね。でも一応さ、翌朝、あんまり期待せずに、家の北側をもう一度しらみつぶしに探したんだ。やっぱり、首飾りの影も見当たらなかったよ。その時点で、棚の裏側以外はすべて探してた。

それでね、気休めに、棚をちょっと引っぱって裏を見てみたらさ、何とあたしの宝物が、まさにその首飾りが、ごみにまぎれてさ、ほこりまみれになって落ちてたのさ。いやはや、この人は生き仏そのものだよ」

その話を聞いたドルカルの両親は、急にしゃきっとして、頭が痛いだの人酔いをしただのという愚痴もどこへやら、目を大きく見開き、耳をそばだてて、頭をくるくる回転させながら、その女性の語りに耳を傾けはじめた。それればかりか、何度もうなずきながら、ようやく偉大な救世主が現れて、娘のドルカルもまた、失われた首飾りと同じように、突然地面から現れ出るか、天から降りてくるのではないかと期待に胸をふくらませた。

ただ、三人ともドルカルのことを我先にと話すのはためらわれるというか、人前で話すべきではないような気がして、占いを依頼する人がすべてはけるまで待っていた。

ドルカルはどこで何をしているのかと村の人たちに訊かれると、二年前であれば意気揚々と、ラサの大きな会社で働いていると答えたものだが、二年経った今は、娘のことを訊かれても話をそらすようになった。村のよその家では、正月が近くなると出稼ぎに行っていた者たちがみな財布をぱんぱんにして、たくさんの品を土産に、家で正月を迎えるために帰ってくる。そんな彼らを傍目で見るにつけ、ドルカルの両親は心臓に刃をつきつけられたような痛みを覚えた。

娘が土産一つなく、後ろ手を組んで気まずそうに戻ってきたとしても構わない。ただ帰ってきてくれさえすれば満足なのに。夫婦はそう思って娘を待ち続けていた。しかし今、娘の姿はどこにもない。娘はどこに行くともはっきりとは言い残さなかった。今や生きているのかどうかすらわからない。二人は胸が張り裂けそうだった。この世が暗闇に閉ざされたように思えた。昼も家に引きこもり、よほどの用事や仕事でもない限り、外には出られなくなっていた。

正月一日の晩には、村人たちが輪になって歌ったり踊ったりする集いがある。かつてならダンスのステップを踏むのも歌を歌うのも大好きで、村でも歌頭《うたがしら》や踊りの指南役をつとめるほどだったペードゥンは、ドルカルが行方不明になって以来すっかり意欲をなくしてしまった。

正月三日には、経文を印刷した祈禱旗《タルチョ》を持って山の頂に風旗《ルンタル》を掲げに行く行事があるが、二人は村人たちと一緒にならないように朝早く家を出て、山の頂に風旗を捧げた。午後も村人たちと顔を合わせないように谷に降り、川に水旗《チュタル》を張り渡した。そして来年こそ娘が家に戻ってきて、家族がともに過ごせるようにと強く祈願した。

村人たちはあれやこれやと詮索した。中には夫妻の表情から察するにドルカルは何か災難にでもあったに違いないなどと言う者もいた。事故にあっただけなら胸の痛みもいつかは消えるものだし、人が亡くなっても悲しみが晴れるときがいつかはくる。しかし彼らの家の闇は一向に晴れず、悲しみが晴れることもないのだった。

　占ってもらいにきた人びとが去ると、父のツェワンがカター〔儀礼用スカーフ〕の中に五十元札を包んで占い師の前に置いた。それからひざまずくと、「折り入ってお願いがありまして……」と切り出した。占い師はややつれない態度で、観音菩薩の真言を唱えながら、三人をまじまじと見た。

　ペードゥンの目には悲しみの色が浮かんでいた。ツェリンの顔からは絶望と悲しみに打ちひしがれた様子がひしひしと伝わってくる。ツェワンは青ざめた顔に悲痛の表情を浮かべ、すがるようなまなざしを占い師に向けていた。

　占い師は、彼らが強い悲しみの最中にあることを悟ったようだった。

「オンマニペメフン〔観音菩薩の真言〕。輪廻とは針の先端のようなもの。輪廻の中にあって安寧に過ごすことなどできはしないのです。さて、お父さん、どんなご相談ですかな」

　ツェワンは胸元で両手を合わせ、苦悩のため息をもらすと、口を開いた。

「占い師さん、うちの娘がラサに出稼ぎに行ってしばらく経つんですが、ここ二年、まったく連絡が取れないんです。娘が生きているのか死んでしまったのかもわからなくて、靴底がすり切れるほど、それこそ血眼になって捜したんですが、見つかりません。口が痛くなるほど人にも訊いて回りましたが娘の情報はまったく得られませんでした」

　占い師は数珠を手に広げ持って尋ねた。

「お嬢さんの干支は何ですかな？」

ツェワンはこのひと言を聞くや、かつてないほどの期待を抱いた。

「卯年生まれです。まだ二十代です」

占い師は何やら経文を唱え、二個のサイコロを両手でしごいてから、サイコロ占い用の椀に転がし入れて、じっと見つめた。占い師は三人にサイコロの目を見せはしなかったけれども、気になって仕方がないツェリンは椀をのぞきこんだ。四が三つ出たので、かけ算すると十二だということがわかった。それからもう一度サイコロを振ったけれども、結果は同じく四が三つ出た。占い師は首をかしげ、三度目も振ろうと手に取り、息を吹きかけ、お椀の中に転がし入れると、今度は五が二つと二が一つ出て、またしても十二だった。占い師は機敏に対応して、サイコロの目を三人に見せないようにしていたけれども、ツェリンの目には三回ともはっきりと見えていた。占い師が占い本を広げたとき、「同じ結果の連続は極めて凶」という文字が目に飛びこんできて肝がつぶれる思いだった。とにかく連続して十二という数字が出たことが不思議でならなかった。

占い師は本を閉じて語りだした。

「お父さん、あまりよくない目が出ています。娘さんはなかなか見つからないでしょう。最近は田舎から若い娘たちがこぞって都会に出稼ぎにやってきてましてね。こうして行方不明になるというのはよくあることです。いったいどうしてこんなことになったのか、私にもはっきりとは説明できないんですが、この世は輪廻世界ですから、あらゆることが起こりうるのです。

私がお父さんに申し上げたいのは、お釈迦さまのお言葉が真実だということです。諸行は無常なり、すべての煩悩は苦しみなり、とね。輪廻は常ならぬものですから、その中にいる人間もまた、虚空のごとく常なる存在ではあり得ないのです。ですから、ご家族のみなさん、もう娘さんを捜すのはお止めなさい。娘さんは自分の進む道を見出して、歩んでいることでしょう。

悲しんでもろくなことはありません。それより五体投地や供養に励みなさい。雪の国チベットの民草がたまわった福分こそ、観音菩薩というお方であり、その教えの凝縮されたオンマニペメフンという六字真言なのです。とにかく真言を唱えるのです。そうすれば、今生においては憐れみの心を育むことができ、来世においては悪趣に堕ちる苦しみから救われます。これほど優れた深遠な教えはありませんよ。一つ目には学びやすく、二つ目には知っても自慢にならず、三つ目には忘れる恐れがないのです。この真言を唱えていれば、今生にも来世にも役に立つでしょう」

占い師は立板に水を流すように語ると、聖水瓶を傾け、三人にお清めの水を注いだ。

ツェリンの両親は、占い師の語った言葉を完全には理解できなかったけれども、いずれにしても娘が見つかる希望はないのだと悟った。今その話を聞いて二人がうろたえたり取り乱したりすることもなかったのは、娘の帰りを待ち続けるうちに心身ともに悲しみに打ちひしがれ、もはや果てしない苦しみの海から抜けだせる見込みもなく、かつて抱いていた希望という果実もついに干からびて潰えようとしていたからだ。両親はお清めの水を手のひらで受け、飲み干して加持を受けると、頭や目にその水をこすりつけた。占い師は箱から紙を取り出し、丸薬を数個包んでペードゥンに渡すと、再び口を開いた。

「これはインドとチベットのあまたの聖人の加持の集められたマニ丸《がん》です。衆生の望まぬ痛みを消してくれ、寿福が上弦の月の勢いに勝るとも劣らないものとなる効力を備えているんですよ。吉日の朝、一つずつお飲みなさい。オンマニペメフン」

そのとき三人は、まだ占い師に何か訊きたいことがあるような気がしたけれども、誰も何も訊かないまま、占い師に何度もお礼を述べてその場を後にした。

占い師の言葉はドルカルがこの世にはもういないという宣告も同然だった。占い師の話を聞いたあとは、三人の悲しみはそれ以上大きくなることはなく、むしろこれからも娘の帰りを待とうという思いが急速にしぼんでいくのを感じた。

ドルカルがこの世に存在していようが、来世への旅路に出ていようが、三人の心の中では片時も忘れることなどできないので、千仏崖で千灯明を捧げることにした。それから父ツェワンは、大きな仏像の前で、不自由な手足を折り曲げて何とかひざまずき、五体投地を捧げると、胸の前で両手を合わせた。

「仏陀よ、ラマよ、ダーキニーよ、護法神よ、守護神よ。自らの血肉を分けた子に先立たれるようなことは、たとえ敵の身の上にも起こりませんように。幸薄い娘の生死はいまだ不明ですが、死んでしまったのなら早くよい境涯を得られますように。もしもまだこの世に生きているのなら、どうか早く再会できますように」

祈りを捧げながら、両の眼からは涙がぽろぽろとこぼれ落ちた。それを息子のツェリンや妻のペードゥンに悟られないように、そっぽを向いて祈るふりをした。

ペードゥンは手にした数珠を額につけて、仏像をじっと見つめ、ぶつぶつと経文を唱え続けていた。何を祈っていたのかは定かではないが、娘をいかに大切に思っているか、自分がいかに悲しみに打ちひしがれているかを伝えるとともに、娘と一刻も早く再会できるようにという強い願いを仏陀に託していたに違いない。

ツェリンは、溶かしバターで満たされた灯明台にサフラン粉を撒いてお清めをしてから、線香で一つひとつ灯明を灯していった。そして胸元で両手を合わせて一心に祈りを捧げた。

「ああ仏さま、ぼくの大切な姉さんに何が起きているのか、どうか早く教えてください」

第三章

ヤンゾム

1

田舎から都会に出稼ぎに来る女の子の主な仕事といえば家政婦だ。ドルカルと同郷のヤンゾムもまた、なりゆきで都会にやってきて家政婦となった一人だった。彼女がまだ十三歳だった頃、村長の手配で、県政府の長であるニェンタク氏がラサに構えている私邸の家政婦に選ばれ、当時身を寄せていた祖父母のもとを離れてラサに出てきたのだ。

ただ、ニェンタク氏の私邸といっても、普段そこで暮らしているのは妻のドルマと娘だけだった。大きくて立派な二階建てのその屋敷は、中庭も広々としている。建物は日当たりがよく、室内は明るい。朝太陽が東の山の頂から姿を現してから、夕方に西の山の向こうに沈むまで、ずっと陽光が入るつくりだ。

ドルマは、ヤンゾムが家にやってきた初日に、体をきれいに洗うように言った。そしてヤンゾムが着ていた古い着物類はみな化繊の袋の中に放りこんで、袋の口をしっかり縛ると、中庭の軒下にしまいこんだ。そして箪笥から一人娘のテンジン・ランゼーの着古した洋服を取り出すと、ヤンゾムに着せた。人の印象は着物次第とはよく言ったもので、田舎のはなたれ娘が、こざっぱりとした洋服を着て髪の毛をお下げにして後ろにたらすと、どこから見ても都会の娘になった。結局、都会の人間と田舎の人間の違いは衣服だけという事実を認めるしかないのだった。

その晩、ドルマはヤンゾムの寝床を台所の中に用意した。台所といってもヤンゾムの実家の小さな仏間よりはるかにきれいで、台所の中で寝るのはちっとも嫌ではなかった。何よりいいのは、ドルマが寝室に引っこめば、その小さな部屋が自分だけのものに思えることだ。ドルマがいなくなって台所に一人きりになったとき、ヤンゾムは誰もいないのをいいことに、窓やテーブルを指先で触れてみたが、指にはちりもつかなかった。さらに驚いたことに、白いタイルの壁はまるで鏡のようにぴかぴかだった。タイルに姿を映してみたところ、ピンクの布を編みこんで頭に巻きつけた見慣れた髪形はどこへやら、まるで県の役所で働いている女性のような髪形の女の子がたたずんでいた。違うのは、彼女たちが髪を三つ編みにせずに髪留めでまとめ髪にしているのに対し、今の自分は三つ編みにして後ろに垂らしているところだった。白いタイルの壁に映る素敵な洋服を着た女の子を見つめていると、この子は本当に自分なのかなと自信が持てなくなり、思わず顔に手を当てた。ああ、夢じゃないんだ、現実なんだとわかってみると、何だか恥ずかしくて見ていられなくなり、思わず両手で顔を覆った。

今日から都会の人間になったってこと……？　ヤンゾムは物思いにふけりながら、ゆっくりと寝床に入ってはみたけれど、目は冴えるばかりだった。来し方行く末を考えているうちに、一睡もできずに最初の夜が更けていった。

夜は一瞬で過ぎ去るものだと思っていたヤンゾムは、横になってから朝起きるまでの間にこれほど長い時間があるものなのかと、初めて思い知った。夜明け頃になってようやくとろとろと眠気がやってきたが、ほどなくして台所のドアがカチャと開いた。その瞬間、いったいここがどこなのかわからなくなった。

「奥さま、ごめんなさい。寝過ごしてしまいました」

ヤンゾムは腰をかがめて体を起こし、慌てて寝床から起きた。

「今後は家事は全部あなたにやってもらうんだけど、まずは私がバター茶〔煮出した茶汁にバター、塩、ソーダを加え攪拌したお茶〕の作り方と、朝食の作り方をやって見せるから見てなさい」

そう言うと、ドルマは慌しくお茶を作り始めた。彼女はバター箱からバターの大きな塊を取り出すと、そのままろくに見もせずに、ミキサーの中に放りこんだ。その様子を見たヤンゾムは、あんなに惜しげもなくバターを入れるのか……、うちの一週間分のバターじゃないの、と仰天した。

「さあ、ヤンゾム。まずは私の家事のやり方をよく見ておくのよ。何度も繰り返し教えなくてもいいようにね。うちは家族が少ないから、清潔で健康にいいものを食べるように心がけてるの。田舎じゃ食事の量が何より大事かもしれないけど、都会では味と彩り、そして香りに注意を払うものよ。よく覚えておきなさい。大きな屋敷だから、前は一週間に一度お掃除の人に来てもらってたんだけど、これからはそれも全部あなたの仕事になるから。隅々まできれいにしてもらうわよ。でも今日はやらなくていいわ。明日の朝はまず病院に健康診断に行くから」

ドルマはお茶の用意をしながら、まるで親方が弟子に仕事の指示をするように、威厳たっぷりに言った。

病院と聞いて不思議に思ったヤンゾムは、恭しく尋ねた。

「奥さま、わかりました。言われたことは頭にたたきこみます。でも奥さま、あたしは健康でぴんぴんしてるのに、どうして病院に行かなきゃならないんですか」

「ああ、知らないのね。健康診断っていって、高いお金を払ってやってもらう検査なの。健康かどうか全部調べてもらうんだから、あなたのためにもなるの」

「でも、あたし病気じゃないし、どうして病院に行かなきゃならないんですか」

ヤンゾムが食い下がると、ドルマはまたしても重々しい口調で言った。

「それはそのうちわかることよ。まずは私の言う通りになさい。あなたにとってもいいことで、害になることじゃないから」

ヤンゾムは、あたしこんなに健康なのにどうして病院に行かなきゃならないのかな、と自問自答したけれども、ご主人さまにたてつくのもよくないかと思い直して、中庭の掃き掃除を始めた。

朝食の時間になると、娘のランゼーが現れた。彼女は食卓につきもせずに、立ったまま熱いお茶をごくごくと飲んだ。そして柔らかそうなパンを引っつかむと、もぐもぐと食べながら学校に出かけた。ドルマはツァンパ〔大麦の麦こがし〕をほんの少し口にしただけで、ばたばたと仕事に出かけていった。いつの間にか現れたニェンタクも仕事に出かけていった。こうして広い屋敷の中はヤンゾムと子犬のセントゥクだけになり、静寂が訪れた。

急にまったく見知らぬ環境に放りこまれて、何もかもが不思議に思えた。仕事のやり方は教わったものの、いったいどこから手をつければいいのかわからず、二階に上がっては雑巾がけをしてみようかと思ったり、一階に降りてはほうきで掃いてみようとしたり、落ち着かない気分のましばらくやり過ごした。

朝ドルマはこう言い残していった。

「今日のお昼は私も娘も家には戻らないわ。ニェンタクさんもたぶん帰ってこないから、昼食は好きにして。セントゥクの餌も任せるから」

彼らが出かけたあと、ヤンゾムはお皿に残ったパンを一つ食べた。子犬には残り物の乾いたテインモ〔具なしの蒸し饅頭〕を細かくちぎって与えてみたけれども、ヤンゾムの顔をじっと見つめながら「ワンワン」と吠えるばかりで、一口も食べなかった。子犬の顔を見つめ返し、「ねえ、セントゥク、餌を食べてよ。あたしたち仲よくしなきゃならないんだから、あたしのあげる餌を食べてちょうだい」と頼みこむように語りかけた。でも、セントゥクはじっとヤンゾムを見つめ、さらに大きい声で吠え続けるばかりで、口をつけようともしないのだった。諦めたヤンゾムは子犬をにらみつけ、「食べないなら自業自得なんだから」と嫌味たっぷりに言った。そのあとも一階と二階の部屋に出たり入ったりを繰り返し、たまにほうきを手に持ってはみたけれど、屋敷のどこも掃除をすることができなかった。

その日の夕方、ドルマが予定通り帰ってきた。夕食には、ドルマが昨日のおかずの残りを温め、近所でティンモを買ってくると、二人で一緒に食べた。夕食を食べ終わってしばらくすると、ドルマが念を押すように言った。

「今晩は早めに寝なさい。明日は病院に検査に行かなきゃならないから、よく休んでおくのよ。朝は検査が終わるまで水分を取ったらだめだからね。検査が終わったら朝食を食べてもいいから」

ヤンゾムはこんなに健康体なのに何のために病院に行かなければならないのか、もう一度訊きたかったけれども、ドルマのいかめしい顔つきを見ているうちに口から出かかった言葉も引っこんでしまった。彼女はその晩、あっという間に眠りに落ち、ニェンタクとランゼーが帰ってきたかどうかもわからなかった。

翌日、ヤンゾムはドルマの指示通りに朝起きて、顔を洗ってから、中庭をきれいに掃いた。それからふきんを手に取り、ほこり一つないコンロやテーブルを拭きながら、指示を待った。

その日ニェンタクは、県に戻らなければならないといって、早朝、家族に見送られることも、熱いお茶をすることもなく家を出ていった。その様子を見ていたヤンゾムは何だか薄ら寒い気持ちになったけれども、まだこの屋敷に来たばかりなので、どう対応すればいいのかもよくわからなかった。ドルマが起きてきたのは、ニェンタクが出かけてしばらく経ってからだった。ドルマは用を足したあと、バスルームの鏡の前に座りこみ、三十分もの間せっせと化粧に勤しんでいる。そんなドルマの姿を台所の窓越しに見ていたヤンゾムは、都会の人たちは身ぎれいにするのにこんなに手間ひまかけるのかと呆気にとられていた。

三十分ほど経って、ようやくバスルームから出てくると、ドルマは昨日と同じようにお茶を用意して魔法瓶に詰めた。そしてお茶を飲みながらパンを半分だけ食べたかと思うと急に立ち上がり、奥の間に行って小ぶりでおしゃれなバッグを抱えて戻ってきた。

「さあ、病院に行きましょ」

「奥さま、まずは朝食をちゃんと召し上がってくださいな。私は大丈夫ですから」

ヤンゾムが心配そうに言うと、ドルマは怪訝そうな表情を浮かべて言った。

「まあ、あなたったらおかしな子。人のお腹のことはほっといてよ」

これがヤンゾムが都会というものを思い知らされた最初の出来事だった。

そういえば今朝、目覚まし時計がチリリと何度か鳴ったあと、ランゼーが大慌てで起きてきて、急いで顔を洗うと、お茶を一杯だけ飲んで学校へ行った。変なの。都会人の胃は、田舎者の胃より小さいのかな。ああ、そういえば前に、亡くなった母さんがラサといえばお腹が空いた思い出しかないって言ってたけど、そういうことか。これからは自分がどれだけ食べるべきかも、自分で考えなきゃならないんだ……。ヤンゾムはあれやこれやと考えながら、ドルマの後をついて行った。

しばらく歩くと病院に到着した。その病院は見たこともないほど大きく、どこを見回しても病人と看護師、医師だらけだった。薬局も受付も人だかりがして、四方から人波がうねっていた。ヤンゾムはそれを目の当たりにして、こんなにたくさんの人間が、いったいどこからわいてきたのだろうと不思議に思えてならなかった。

ドルマは訳知り顔で病院の廊下をずんずんと歩いていき、とある部屋に入っていったと思ったら、眼鏡をかけた白衣の漢人と一緒に出てきた。二人はヤンゾムにはきれぎれにしか理解できない漢語で話をしながら二階に移動した。そこもまた大勢の人がひしめきあっていた。二人はヤンゾムを連れて、人波の真ん中を堂々とつっきって診察室に向かった。

診察室に入ると、眼鏡をかけた白衣の漢人が診察室の中にいる女性の医師の耳元で何やらひそひそとささやいた。医師は慣れた手つきでヤンゾムの腕から一本分の採血をした。

それからドルマとヤンゾムは一階に降り、明るい回廊をいくつか通ったかと思うと、暗い部屋に通された。医師はヤンゾムの胸にガラスだか金属だかよくわからないひんやりしたものを貼りつけると、別室からくぐもったチベット語で「息を吸ってー、止めてー」と指示をするのだった。そうこうするうちにすべての検査が終わった。

屋敷に戻ると、ドルマは食器棚からちんまりした茶わんを出してきてお茶を注いだ。昨日ニェンタクがヤンゾムに出してくれた大きな茶わんは見当たらなかった。そのときヤンゾムは、今朝県に戻っていったニェンタクに言われたことを思い出した。

彼は家の門を出たあと、わざわざ戻ってきて台所に顔を出し、掃除をしているヤンゾムに、「あのな、ヤンゾム、この家を自分の家だと思って、しっかり食事をするんだぞ。遠慮するんじゃないよ。都会じゃあ誰も食べなさいなんて言ってくれないからね」と、よくよく言い聞かせるように言った。

でも、今ドルマが出してくれた茶わんは、実家の仏壇に一日の最初のお茶をお供えするときに使う茶わんよりも小さいものだった。実家のそのお供えの茶わんを思い出した瞬間、亡くなった両親のことまで一気に思い出されて、胸が苦しくなった。ヤンゾムがそんなことを思っているとはドルマはまったく気づいていなかったし、よもや気づいたとしても、彼女の茶わんを大きいものに換えるなんてことはしてくれそうになかった。

ドルマは残り物のパンをヤンゾムの前に置いて言った。

「さあ、朝食よ。数日は掃き掃除と拭き掃除をしてちょうだい。食事作りもおいおいね。まずは見習いから始めて、そのうち全部あなたに任せるから」

ドルマは前に言ったのと同じことを繰り返したけれども、要は、ヤンゾムの健康診断の結果が出るまでは食事を作らせないというのが重要らしかった。

こうして三日間、彼女は屋敷の隅々まで掃除をして、食事作りの時間になると、野菜を洗う手伝いをしたり、作り方を見学したりして過ごした。

三日目の昼、仕事を終えたドルマがにこにこしながら帰ってきた。

「ヤンゾム、あなたの体は何の病気もなくて健康だったわ。今日からお茶わんを洗ったり、料理を作ったり、いろんな仕事をしてもらうわね」

それから数日間、ドルマはヤンゾムにご飯の炊き方やおかずの作り方を指導しながら、ヤンゾムに実際に作らせた。

ヤンゾムは裕福な家で育ったわけではないけれども、両親の愛情をたっぷり注がれ、甘やかされて育った子どもだったので、それまで料理など作ったこともなかった。といっても田舎では料理といえばトゥクパか、じゃがいもや大根を炒めたおかずくらいで、それ以外の料理など作れるようになる必要もなかった。

ヤンゾムは初めのうちは手先も不器用だったし、おかずもおいしく作れず、ドルマにずいぶん叱られた。でもしばらく手を動かして作っているうちに腕を上げ、田舎では見たこともない、名前すら知らなかった料理をたくさん作れるようになった。温かい料理も冷菜も何でもござれだった。ドルマに言われた通りの、香りよく味よく見た目も美しい料理を作り、母娘二人が帰宅する頃にはいつでも食べられるように準備していた。

しかし二人の帰宅後に始まる食事の時間は、ヤンゾムにとってどうにも居心地の悪い時間だった。テンジン・ランゼーはあっという間に食事を済ませると、茶わんをテーブルの上にがちゃんと音を立てて置き、さっさとその場を離れ、ひと言も口を利かない。一方ドルマはゆっくりと食事をし、少ししか食べない。ヤンゾムはお腹が満たされていなくても、満たされたふりをして過ごさなければならなかった。ニェンタクが言っていた通りだった。この屋敷では田舎とは違って誰も食事を勧めてはくれない。それに、実家にいたときのように何はなくても食べたくなったらいつでも作れるチャンのお舐め《キョマー》〔大麦のどぶろく「チャン」に麦こがし「ツァンパ」を混ぜて煮つめた糊状の食べ物〕を舐める自由もない。

あるとき、ヤンゾムが気まずそうにしているのを見かねたランゼーが、さばさばとした口調で言った。

「ねえ、ヤンゾム、あんたはあたしとは違うのよ。あたしはいつだっておやつとか食べられるけど、あんたは三度の食事しか食べるものがないんだから、ちゃんとお腹がいっぱいになるまで食べなよ」

お箸でヤンゾムの茶わんにおかずをどっさりとりわける娘の姿を見たドルマは露骨にいやそうな顔をして嫌味を言った。

「まったくこの子ったら。私はね、別に食べ物やおやつの戸棚に鍵をかけてるわけじゃないんだから。ヤンゾムが食べたかったら自分で食べればいいの。あなたは心配する必要のないことを心配してるのよ。兎が天を憂いているようなものだわ〔「杞憂」という故事成語のチベット語版〕」

すると母親がまだ言い終わらないうちに、娘は茶わんをテーブルの上にがちゃんと置き、母をぎろりとにらみつけると、かばんを背負って、どしんばたんと派手な音を立てながら家を飛び出して行った。テンジン・ランゼーが門を閉めたときのがしゃんという音にびくっとしたドルマは、食べかけの食べ物をテーブルに戻すと、ヤンゾムをにらみつけた。

「これであなたも満足したでしょ。まったく人騒がせなんだから。もう私、食欲が失せちゃった。あなたが食べてよ」

ドルマはこう言い放つと、テレビを観に行くと言って寝室に引っこんでしまった。

母娘が相次いで出ていくのを見て、ヤンゾムは思った。今日こうなってしまったのは私のせいだったのかも。確かに奥さまの言ってた通り、食事の量を監視されてるわけじゃないんだし、料理したあと少しくらい食べたってばちは当たらないよね……。ヤンゾムはそれまで、勝手なことをすればご主人さまに不実を働くことになるという思いから、だめと言われたわけじゃなくても、そんなことをしようとも思わなかったのだ。

この家の母娘の間にいったいどんな確執があるのかヤンゾムにはわからなかったが、とにかく二人の言い争いは留まるところを知らなかった。ドアを蹴り飛ばすなどは日常茶飯事で、台所にも門扉にもひびが入っていた。大広間の鉄扉の端もひしゃげて、ちゃんと閉まらなかった。この屋敷にやってきたばかりの頃、こんな立派な広間にこれほどひどい壊れ方をした鉄扉があるなんてと、驚いたものだった。その時は過去に泥棒に入られたことがあるのだろうと思っていたけれども、今となってはこの屋敷の主の乱暴狼藉に耐えかねて壊れたのだとわかる。

喧嘩のたびに勝つのは娘のテンジン・ランゼーだった。その晩もテンジン・ランゼーは家に戻ってくると、そのまま自分の寝室に引っこんで、扉をばたんと閉めた。ドルマはまずヤンゾムを呼んで、夕食を食べに降りてくるように呼びに行かせた。ヤンゾムはドアをゆっくりとノックして、ささやくように声をかけた。

「テンジン・ランゼー、お母さまが夕食を食べに来るようにおっしゃってるけど……」

するると部屋の中からテンジン・ランゼーの面倒くさそうな声がした。

「うるさいなあ。食べるんならあんたたち二人で食べてよ。ママの顔なんて見たくないって言っといて」

ドアは閉まったままだった。ヤンゾムはどうしたらいいかわからず、首を振りながら階下へ降りて行った。テンジン・ランゼーの言葉は逐一はっきりと覚えていたけれども、その通りに奥さまに言ったらきっと腹を立てるだろうと思ったので、こう言った。

「奥さま、テンジン・ランゼーは今晩夕食は食べたくないそうです」

「まったくあの子ったら。人を怒らせることばかりして」

ドルマは恐ろしい形相でこう言うと、お茶を持って二階に上がり、娘の部屋の前で呼びかけた。

「お願いだから、静かにしてよ。あたし勉強しなきゃならないんだから」

娘はそう言うだけ言って、ドアを開けようともしなかった。その晩、娘が夕食に現れず、夕食を食べる気をなくしたドルマはバッグを持って家を出ていった。

母が出かけたのに気づいたランゼーは、晴れ晴れとした表情で、羽根でも生えたかのように階段を一気に駆け降り、台所に飛びこんできた。アルミ鍋の蓋を開けて中をのぞきこみ、フライパンの中のおかずの匂いを嗅ぐとこう言った。

「ねえ、ヤンゾム、急いでご飯をあっためてよ。あたし、お腹が空いて死にそう。今朝ぷんぷん怒って家を出たから、ママからお金ももらってないの。今日はおいしいものにありつけなかったし、今晩だってママが挑発してきたから……。うちはね、ママとあたしの喧嘩が絶えない家なの。あんたも大変だけど慣れてよね。」

そう言いながら、あたふたとコンロの火を強火にしたり、お玉でおかずをかきまぜたりしているランゼーの姿は、腹ぺこな人の行動そのものだったので、ヤンゾムは思わず吹きだした。

「お母さんに腹を立ててどうするの？　あの人はあなたのお母さんじゃないの。お母さんがいるだけで幸せだと思わないと。あたしなんて、お母さんって呼ぶ相手もいないんだから。まあともかく、いくら腹が立ったからって、自分の胃を痛めつけるのはよくないですよ」

「ママはよそのお母さんとは違うの。とにかくあの人が嫌い。こんな話、何になるのよ。それより早くおかずをあったためてちょうだい」

ランゼーの反論を聞き流しながら、ヤンゾムはてきぱきとおかずを温め、食卓に並べた。ランゼーはまるで三日も食事にありつけていなかったかのように、あっという間にご飯とおかずを平らげた。ランゼーがこれほどたくさんの量を、しかもおいしそうに食べるのを見たのは、ヤンゾムがこの屋敷に来て以来初めてのことだった。ランゼーは食事を終えると、ようやくヤンゾムの方を向いた。

「ねえ、ヤンゾム、うちのママは怒りっぽいし、がみがみ口うるさいでしょ。文句ばっかり言うし、あたしのかばんの中まであさるんだよ。ほんと嫌。誰だって秘密にしたいことはあるのに。あたしだって人に知られたくない秘密はあるわけだしさ。特にママには知られたくないの。あたし、自分の母親がどうしてこんなに信用できないのか、うまく言えないんだけど、とにかく無理なの。信用もしてないのに心が許せるわけないじゃん。だからあたし、いつも部屋に鍵をかけてあの人を中にいれないようにしてるの。でも……あんたは素直ないい子みたいだから、あたしの部屋の合い鍵を預けるよ。一週間に一回、掃除してくれない？　部屋の中のものはあんまりいじらないでほしいけど」

ランゼーはそう言いながら、ヤンゾムに鍵を預けた。

ヤンゾムはこの家に来てからずっと、ランゼーのことをわがままで生意気な子だと思っていたけれども、今日、心を許して胸の内を打ち明けてくれたので、彼女に抱いていた見方が変わり、自分がまるでランゼーの姉にでもなったかのような気がした。ヤンゾムは首にかけていた鍵紐を外して、ランゼーの部屋の鍵を紐に通しながら、笑みを浮かべて言った。

「そっか。ランゼーもつらいのね。安心して。あたし、あなたの言う通りにするから。でもあの人はあなたのお母さんなんだから、今度からはできるだけ我慢することよ」

「それはね、お互い歩み寄らないと無理。片手じゃ拍手はできないってやつよ」

ランゼーは肩を怒らせた。

「それじゃあ、あなたたちの関係って、あの歌の歌詞みたい。ほら、『あっちの山で柳《チャンマ》がゆら

ゆら　こっちの山で柳《ランマ》がゆらゆら　ゆれりゃそっぽむいて　ゆれなきゃただの棒立ち』っていうやつ、あるでしょ。でも、親子なんだから、あなたも意固地になるのはやめた方がいいよ」

ヤンゾムはまるで姉のような気持ちになってアドバイスをした。

「いや、あんたの言う通りにしたってていいんだけどさ。ほんとのこと言うと、あの人と喧嘩して家を飛び出すたびに嫌な気持ちになるんだよね。でもさ、あんたもうちの母親のやり口がだんだんわかるようになるよ。川が澄んでくれば魚がよく見えるようになるって言うじゃない。さあ、もうこんな話やめよう。それよりあたしこれから出かけるから」

ランゼーはそう言うと、バスルームに行き、洗顔をしてからメイクを始めた。しばらくして小さなバッグを肩にかけて現れた。

「じゃあ、出かけてくるね。学校の友だちと映画を観に行ってくる。あたしのことは気にしなくていいから。ママもたぶん今夜は家で食べないと思う。あんたも好きなもの食べなよ」

こう言うと、鳥が飛び立つように走り去って行った。


とある日曜日のことだった。親子は二人とも出かけていき、子犬のセントゥクとヤンゾムは大きな屋敷の中でまたしても二人きりで過ごすことになった。ちょうど季節は温かな春の頃だった。うららかな春を愛するラサの人びとも、顔に直射日光が当たるのは避けたいようで、おしゃれな人びとは、茶色いサングラスをかけ、日傘をさし、手袋をはめて、日焼け対策を万全にする。

昼日中はみな、直射日光を避けて外出を控えるので、街は人通りもなくがらんとしている。

ひっそりと静まり返った中庭では、バラの花に群がる蜂の羽音まではっきりと聞こえる。ヤンゾムは頭に濡れタオルを載せて、中庭でしばらくぼんやりしていた。そろそろ仕事に取りかからなくちゃと立ち上がったちょうどそのとき、ランゼーに部屋の掃除を頼まれていたことを思い出し、二階の彼女の部屋に向かった。

慎重にドアを開けると、大きなベッドが目に入った。柔らかそうなベッドの上には寝具がぐちゃぐちゃのまま放置されている。カーテンは閉めっぱなしで、薄暗く、よく見えなかったけれども、何ともいえない酸っぱい臭いが鼻を突いた。

ヤンゾムはまずカーテンを開け、恐る恐る部屋を見回すと、テレビはあるし、パソコンもあった。そして真っ白なきれいな壁には下着姿で、腕には青竜や虎、豹、鷲などのタトゥーを入れた、金髪パーマの外国人男性や女性のポスターがべたべたと貼られ、真っ白な壁が覆いつくされていた。

ポスターの中の男女は特に美しいわけではなかったが、眼帯ほどの大きさしかないショーツと乳首が隠れる程度のブラジャーしか身に着けていないヌード同然の肢体はやけになまめかしかった。ヤンゾムは見ているうちに、誰に見られているわけでもないのに顔が火照り、心臓がどきどきしてきた。見つめてはいけないような気がして、ちらりと見ただけで慌てて目をそらし、ベッドやイスの上に脱ぎ散らかされている服を畳んだ。

掃き掃除を終えると、部屋に鍵をかけ、階下に降りた。ヤンゾムは仕事に集中しようと、中庭で洗濯を始めたけれども、脳裏にはランゼーの部屋で見た奇抜な格好の男女の肢体が浮かび、まるで彼らに目配せや手招きをされたかのように、彼女の足はゆっくりとまた二階へと向かった。ドアを開け、両手で目を覆いはしたけれども、指の間を少し広げ、その隙間から心ゆくまで眺めた。それからもう一度階下に降り、鏡を見ると、りんごのように真っ赤な顔をしていたので、恥ずかしくなって、二度とこんなことはしないと心に誓った。

中庭に戻ったヤンゾムは、衣類をきれいに洗って干した。洗濯物が乾くと、ランゼーの部屋に持って行き、ベッドの隅に置いた。それから自分の判断でランゼーのベッドを整えながら思った。変だなあ。都会の人たちって、寝具を片づける習慣がないんだろうか。奥さまも、ヤンゾムに自分の寝室は掃除するだけでいい、掛け布団は畳まず広げたままでいいって言ってたしなあ。奥さまのベッドはランゼーよりはきちんとしてるけど、掛け布団が畳んであるのは見たことがない。夜わざわざ広げる手間がなくていいってことかな。田舎じゃあ、掛け布団を出しっぱなしにしてたら縁起が悪いと言われたものだけど。つらつらと考えているうちに、都会人のことがますます不思議に思えてくるのだった。

ランゼーの部屋の掃除を終え、汚れた衣類の洗濯も終えたので、ヤンゾムは一休みしようと中庭に出た。ぼんやりしていると、例のポスターが目に浮かび、いくら振り払おうとしても脳裏から離れなくなった。ああ、今日はあたし、恥知らずなことをしてしまった。あんなポスター、見ていいわけがないよね。これから掃除をするときは目を半分閉じておこう。そうしないと壁のポスターが目に入っちゃう。

　こうしてヤンゾムはポスターを二度と見ないと決意をしたのだが、環境の変化や時間の経過とともに、人の習慣や考え方は変わっていくものだ。彼女の誓いもまた、時間という馬車に轢かれ、固かった決意はもろくも崩れ去った。壁にいる男や女が手招きや目配せをしてたびたび誘惑してくるので、今や掃除に入る回数も指示された回数を上回るようになった。暇さえあればあの部屋に掃除に行きたくなってしまう。部屋は小さく、誰かが入ってくることもないし、もう部屋は仏間のようにきれいに片づいているので、ヤンゾムは掃除を始める前に、まず柔らかなベッドの上に仰向けに寝転び、壁のポスターを眺めるのが習慣になった。

　ニェンタクが家に帰ってくることはまれだったし、ドルマは家事の一切合切をヤンゾムに任せて遊び歩き、昼間になっても帰ってこないこともあるほどだったので、休日はなおさら家にいるはずもない。テンジン・ランゼーも、土曜日の朝には、バッグに着替えを突っこんで登校する。土曜の午後は授業もないので、そのまま帰宅せず、制服から私服に着替えて派手なヘアスタイルにすると、同級生と一緒に町をぶらぶらして、夜遅くまで帰ってこない。

　その日も屋敷にいるのはヤンゾムと子犬のセントゥクだけで、しんと静まり返っていた。仕事を多少さぼろうが誰に何を言われるわけでもないヤンゾムは、細々した仕事を片づけてしまうと、楽しみといえばランゼーの寝室のポスターを見に行くくらいなもので、他にすることは何もなかった。不意に両親が恋しくなり、涙がこぼれた。彼女はセントゥクを抱いて頭をなでてやりながら、独り言を言った。

「あんたは好きなところに行く自由がない。あたしは親がいなくてさまよう小鳥。あたしたちって悲しいね」

自分の悲しい思いの丈を語るヤンゾムに対し、セントゥクはまるで彼女の言葉がわかったかのように「グルル、グルル」とうなりながら、彼女の手をぺろぺろと舐め、何度も甘噛みをしてきた。でもそんなことで彼女の気持ちが晴れるはずもない。ヤンゾムがほしかったのは両親の愛情と、親しい人からの励ましであり、この動物にはその代わりはつとまらないのだった。そんな寂しい気持ちを抱えて過ごしていたとき、ニェンタクが県に出かける前に彼女にかけた言葉を思い出した。

「あのな、ヤンゾム、この家を自分の家だと思って、しっかり食事をするんだぞ。遠慮するんじゃないよ。都会じゃあ誰も食べなさいなんて言ってくれないからね」

ニェンタクの声まで思い出した彼女は、セントゥクをそっと床に下ろし、「そうだった。あの二人がいなくたって、しっかり食べなきゃ損しちゃう」と独り言を言いながら台所に入った。残り物のおかずでもないか見回したが、すぐに食べられるものは何もなく、何か作ろうかなと鍋に手を伸ばしたけれども、結局やめた。セントゥクが寄ってきて、彼女の心を読んだかのように目をくりくりさせ、尻尾をくるくる振ってきた。「ごはんちょうだい」と訴えているのだろう。今、ヤンゾムには頼れるところはこの家の他にない。この家を自分のうちだと思っていたし、毎日の食事を心配する必要もない。ここに来たばかりの頃のようにいつもお腹を空かせているようなことはなくなり、都会の人びとのようにすっかりお腹が小さくなった。結局、セントゥクにポットに残っていた温かいお茶にほぐした干し肉を一切れ浸したのを食べさせ、自分は乾いたティンモをお茶に浸しながら食べた。

ヤンゾムがのんびり過ごしていたある日曜日の朝のことだった。寝室にいたドルマが、まるでひっくり返って悲鳴のような鳴き声を上げる狐のように、手足をばたつかせて金切り声を上げた。
「私の財布からお金が減ってるわ。あんたたちのどっちかが私の財布からお金を抜いたんじゃないの」

ヤンゾムはてっきりランゼーに言っているのだと思って、気にも留めずに家事をしていた。ランゼーは自分にはまったく関係ないといったふうに耳にイヤフォンをつけて歌を聞いていた。こうして二人ともドルマの言うことに耳を貸さなかったので、ドルマは余計に手足をばたばたさせ、声を荒らげ、屋敷中に響きわたるような大声を上げた。こうなって初めてヤンゾムは恐ろしくなって震え上がり、凍りついた。ランゼーは耐えきれず、イヤフォンを床に投げつけた。そして母親をにらみつけた。

「ほらね、ヤンゾム。あたしが言った通りでしょ。風が吹いたら祈禱旗《タルチョ》がなびかないわけがないって。ねえママ、そんなにわめき散らしたら、近所迷惑だよ。恥ずかしくないの？　どうせはした金のくせに、そんなに騒ぎ立てて何なの？　いつも麻雀に何千元とつぎこんでるくせにさ。でもはっきり言うけど、あんたの金がどこにいったかなんてあたしの知ったことじゃないからね」

ランゼーはそう言うと、自室に引っこんでテレビをつけた。ヤンゾムは台所に引っこんで、細々した仕事を片づけながら、何ともいたたまれない雰囲気から逃れようとした。

母牛に腹を立てて子牛をどつくということわざの通り、ドルマの怒りの矛先はヤンゾムに向けられることとなった。突如、顔を岩山のようにいかつくさせたドルマは、ヤンゾムの方につかつかと寄ってきて唾を飛ばしながら罵った。

「あんたが抜き取ったんじゃないなら、怨霊が抜いたってのかい。お金はどこなの。今はこうやってお金をくすねて、そのうちこの家の財産を全部まるごと持ちだすつもりなんでしょ」

そこへすっ飛んできたランゼーが、あきれ顔で怒鳴った。

「もういい加減にして。これじゃ楽しい休日が台なしだよ。だいたいママ、人に濡れ衣を着せるなんてひどいよ。どうせママが自分で雀荘で使いこんだんでしょ。パパが地方に転勤になってから、母さんは遊んでばっかりじゃない。あたしの勉強とか生活のことも、口ばっかりで何もしてくれないし」

ランゼーが床をどんと踏みならすと、燃え立つ怒りの炎に冷や水がかけられたかのように、ドルマの怒りはおさまり、静かになった。

ドルマは人を恐れない人だったが、娘を前にすると、まるで哮り狂う獅子を目の当たりにした豹のように、しょぼくれてしまうのだった。しばらくしてドルマはぶつぶつと罵りながらバッグを引っつかんで出ていった。ランゼーはヤンゾムのもとにやってきた。

「ママに濡れ衣を着せられたんだね。あたしわかってるから。あんまり落ちこまないでよね。ママは言い方はきついけど、そこまでいじわるじゃないからさ。あたしも今日は同級生の誕生パーティーに行くことになってるの。お昼ご飯は作らなくていいから、近所の食堂でトゥクパでも買ってきて食べてよ」

そう言うと、ヤンゾムに五元札を渡して出ていった。

ランゼーは慰めてくれたけれど、盗みを疑われたことがあまりに重くのしかかり、ヤンゾムは思わず泣きだした。ヤンゾムは濡れ衣を着せられたことでひどく傷つき、逃げ出して姿を隠してしまいたいと思った。洗面道具と着替えをポリ袋に入れて、家を出ようとした。そのとき、ふと「ラサは大きな街だけど、どこに行ったらいいんだろう。どこかにあたしの居場所はあるんだろうか……」と自分に問いかけたけれども、答えが見つからず、泣きながら洗面道具と古びた着替えをポリ袋から出して、台所のシンクで顔を洗った。

出ていきたくても行くところなどないのだ。都会にやってきた翌日、ドルマに病院に連れていかれたことを除けば、近所の野菜市場に野菜を買いに何度か行ったことがあるだけで、他にはどこにも行ったことがない。それどころかこの街には親戚や知り合いも誰一人いない。

ヤンゾムは顔を洗ってから、台所の寝床に仰向けに寝転がって、ぴかぴかの天井を見つめていた。するとそのとき、「ヤンゾム、毎日家事が終わったら、文字の読み書きの勉強をするんだよ。今知っていることも、忘れないようにしなさい。教養があればあとで仕事を探すのが楽になるよ」と言われたことを思い出した。これはニェンタクが県に出かけるときに授けてくれた二つ目の教えだった。

ヤンゾムはこんなことをしている場合じゃないと思い、数か月前の新聞を引っぱり出して、いつものように漢字の勉強を始めた。しかし、新聞を読みながら漢字の勉強をしているうちに、そういえば、チベット語の読み書きはちゃんと習ったけど、長いこと使ってないから、忘れてしまったんじゃないか、という思いが頭をかすめ、何だかぞっとして、それ以上読めなくなってしまうのだった。

2

ヤンゾムの両親は誠実な農民だった。農民の夫婦はえてして子だくさんだが、この夫婦にはヤンゾムしか子どもがいなかった。ヤンゾムの父テンジンは両親を早くに亡くし、きょうだいもなく、頼れる親族もいなかったので、孤児も同然の身の上だった。ヤンゾムの母デキーは、そんなテンジンと恋仲になったとき、両親に大反対された。だが、「愛し合う二人が一緒になれたなら、水にツァンパを溶いて飲むのも運命《さだめ》」〔「水にツァンパを溶いて」はツァンパが少量しかない極貧の状態を指す〕と民謡にもある通り、愛しあう二人は両親の反対を押し切り、独立して新しいかまどを構えた。こうして賢く仲むつまじい二人は、人もうらやむ家庭生活を築いたのだった。

あるとき、村の若者たちが、ラサ北方のナクチュ方面に冬虫夏草を掘りに行くことになった。夫婦で相談した結果、夫のテンジンもこれに加わることになった。妻のデキーは家にある一番いい肉やバター、そしてツァンパをたっぷり用意し、夫に持たせた。こうして夫は、村の若い男女何人かと一緒にナクチュ地区のビル県まで、冬虫夏草を掘りに出かけていった。

夫の不在中、デキーは村人たちの誰よりも早く起き、朝から晩まで畑仕事や羊毛の機織りをてきぱきとこなした。聡明で利発なヤンゾムは、当時、両親のそろった幸せな女の子だった。そのうえ勉強も他の子よりよくできたので、翌年には県都の中学に進学できるだろうと期待に胸をふくらませていた。

その年、一家の飼っているヤクや牛はよく肥え、羊や山羊の頭数も増えた。まだらの雌牛にはまだらの子牛が一頭生まれ、ゾモ〔種牛と雌ヤクの交配種の雌〕にも毛並みのよい子牛が一頭生まれた。

そこへナクチュで掘った冬虫夏草を売り、儲けたお金で財布をぱんぱんにしたテンジンが帰ってきたので、一家は小さな谷の村人たちから羨望と嫉妬のまなざしを一身に受けた。まさに若い夫婦の模範的存在だった。

親子三人で再会を喜びあうと、デキーは満面の笑みをたたえながら、夫の不在中の出来事や、これからの計画について話した。娘のヤンゾムは父親の首にしがみついて、ぼさぼさの頭をくしゃくしゃなでると、眉間に皺を寄せた。

「父さん、頭がくさいよ。今すぐ洗いに行こう！」

父親の耳を引っぱって、井戸の方へと連れていった。それを見ていたデキーはやかんのお湯を運んできた。

「まあ、ヤンゾムったら、冗談じゃないわ。冷たい水で頭を洗ったら風邪を引いちゃうでしょ」

ヤンゾムが父親の頭にシャンプーをたっぷり振りかけてごしごし洗うと、デキーが一方の手で夫の上着の襟をつかみ、もう一方の手でやかんを傾け、温かいお湯を頭にかけてやった。妻と娘の温かい気持ちを一身に受けたテンジンは、幸せはわが家に宿るもの、愛は家族を愛することということわざを口にした。

長い春は三寒三温、長い人生は三幸三苦とはよく言ったものだ。まるで御仏の金言のような真実ではないか。その年が家族三人にとって輝かしく幸運な一年だったので、明くる年はもっと幸せになるだろう。夫婦はそんな期待に胸をふくらませ、はりきって計画を立てた。

二人はまず正月を迎える前にテレビを買うことにした。もともと郷政府から、村の各世帯に二十インチのカラーテレビが支給されていたが、数か月もしないうちにカラーが消えて白黒になってしまったのだ。そのうち音声にも雑音が入り、画面もちらつくようになり、長時間つけているうちに、うんともすんとも言わなくなった。どうしようもなくてテレビを叩くと、突然怒りだしたかのように大きな音を出して、周囲の人を驚かせた。「ただでもらうものにろくなものはない。お布施の品に高価なものはない」と口の達者な村人たちが言う通りになったのだった。こうしてテンジンは、正月を迎える前にラサに行き、テレビをはじめ必要なものを買ってくることになった。

テンジンがラサへ向かう日、出発間際に、デキーが安全祈願のチャンを茶わんに注いで手渡そうとしたときのことだった。どういうわけか、デキーが手を滑らせてしまい、茶わんが逆さまに落ちた。その茶わんは家に代々伝わるもっとも高価な品物だった。茶わんの縁と高台は銀で縁取られているのでばらばらにはならなかったけれども、大きなひびが入った。デキーは縁起が悪いといって身も世もなく取り乱した。

「ねえ、あなた、あたし昨晩悪い夢を見たの。それに今日はこんなことになっちゃって。これは縁起がよくないわ。今回はラサに行かない方がいい。村の中で小商いしてる人も多いから、正月の仕度は村の中で済ませられるし、テレビは来年買ったって何の問題もないから……」

デキーが首を横に振りながら訴えると、テンジンは娘の顔をなで、妻の背中をぽんと叩いてこう言った。

「おまえは心配性だなあ。俺だって旅に出るのはこれが初めてじゃないんだぞ。これまでだって大丈夫だったろ？　今回のラサ行きにも何の問題もないに決まってる。お釈迦さまが見守ってくださってるから、悪いことも障害も、何も起こりようがないさ。おまえたちは二人で俺の帰りを待って、テレビで正月夜会〔年越しカウントダウン番組〕を見るのを楽しみにしていてくれよ」

こうしてテンジンは振り返りもせず、颯爽とラサ行きのバスに乗りこんだ。

テンジンは出がけに、三泊して、二十五日には戻るという約束をして出発した。

村人たちが正月の準備に慌しくしている中、故郷を離れていた村人たちも続々と帰省してきた。ところがテンジンは、約束の二十五日が過ぎても帰ってこなかった。二十六日になり、さらに二十七日、そして二十八日を迎えた。

土地の習わしで、長く故郷を離れていた人が正月に帰省するなら、必ず二十八日より前に戻ってくるようにするものだった。もし二十九日に移動しなければならなくなった場合、二十九日の犬より忙しい〔犬は、二十九日の晩に行われる厄払いの際に道端に捨てられる形代（かたしろ）を食べるのに走り回ることから〕と揶揄される。正月のうちに慌しく出ていく羽目になるから縁起が悪いと考えられているのだ。とにかく必ず二十八日より前には自宅に着くようにしなければならない。

二十八日になると、村人たちは老いも若きも男も女もみな正月の準備に奔走していたが、デキーとヤンゾムの二人は正月の準備どころではなかった。心配でいてもたってもいられず、様々なことが脳裏に浮かんでは消えた。二人ともすっかり思い詰めていた。

家の中にじっとしているのに耐えられなくなったので、朝、デキーはヤンゾムを連れて集落からほど近いところにある三つ辻に行って、帰省してきた村人たちに誰彼かまわず「うちのテンジンを見かけなかった？　どこかで会わなかった？」と片っ端から聞いて回った。でも、みな首を振って、「見かけなかったよ。会わなかったね」と言うばかりだった。

デキーは心臓を鋭利な刃物で切り刻まれたかのような耐えがたい痛みを覚え、心に抱いたほんのわずかな希望の火に冷や水を浴びせられたかのように、思わず身震いがした。母親と手をつないでいたヤンゾムも、穏やかだった心の湖面が揺れ、背筋が寒くなった。慈しみ深い父の顔を思い浮かべると、大声を上げて泣きじゃくりたい気分になった。帰省の村人たちが首を振るたびに、二人の希望の糸は切れそうになったけれども、一縷の望みをかけて遠くを見つめ続けた。

テンジンたら、いったいどこをほっつき歩いているの？　ラサには友人も親戚もいないというのに。

デキーはかつて結婚したばかりの頃、テンジンに連れられてラサに行ったことがある。神の都ラサは大都会だった。二人には知り合いもいないので、さんざん歩き回って自分たちにあった宿を探し回った。ようやくたどりついたのは狭い路地に一人当たり一日のベッド代五元の臭いぼろ宿だった。そこはベッドがぎっしり六台並べられた相部屋で、中に入るにはうまく足をさばかないと前に進めないほど狭く、ベッド以外のスペースはほとんどないようなところだった。ベッドには、汚れが染みついて元がどんな色だったかもわからなくなっている布団と、ぼろぼろの古びたマットレスしかなかった。デキーは家ではミルクなしのお茶を飲むのが好きだったが、そこではミルクなしのお茶どころか、宿泊客はお湯が必要な場合、大きい魔法瓶一本につき一元を請求されるのだった。なけなしのお金しか持っていない田舎者からすれば許しがたい高値だったので、日中に街中で食事をするときに水分をたっぷり取って何とかしのいだ。

夜は狭い部屋に押し込められて寝るほかなく、ひどく息が詰まった。だいたいその部屋には小さな窓が一つあるだけで、他には換気用の穴一つ見当たらなかった。そんな場所は空気のきれいなところから来た田舎者には耐えがたいもので、心身ともにしんどかった。すっかり睡眠不足になった二人は、自宅の張り出し屋根の上で雲一つない夜空にまたたく星々を見つめながら安らかに眠りにつく日々が恋しくてたまらなかった。

朝は早起きをして、ラサの近隣の僧院をめぐって参拝をし、午後は巡礼路パルコルを歩きながら居並ぶ商店を回った。といっても見て回るだけで商品を買うお金はない。田舎から出てきた人間は財布にお金はなくとも、商店をひやかすのが好きなものだが、二人は目で楽しめば楽しむほど、虚しい気持ちになり、疲労と空腹を募らせるばかりだった。パルコルを三周した頃に、デキーは夫に喉の渇きと空腹を訴えた。

「ねえ、テンジン、もううちに帰ろうよ。帰れば格別おいしくなくても、喉が渇けばそれなりに飲むものもあるし、お腹が空けばチャンのお舐め《キョマー》も食べられる。ここじゃあ、あたし、喉が渇いたとか、お腹が空いたとかそればっかり。用を足すにもお金を払わなきゃならないんだもの。ラサっていったって、素晴らしいのはお釈迦さまの像だけよ。神の地《ラサ》って言葉から想像してたイメージからはほど遠いもの。わが家は洞窟でも心地よしっていうけど、ほんとにそうよ。もううちに帰りましょ」

妻の言葉を聞いて、テンジンは、自分がふがいないばかりにデキーにいい暮らしをさせてやれないのだと自分を責めた。テンジンはまくし立てるように言った。

「なあ、デキー、おまえは親の反対を押し切って、天涯孤独の俺についてきてくれたんだ。これからはしっかり稼いでお金を貯めるよ。そしたらおまえだって、都会の女の人たちみたいに顔に化粧をして、かかとの高い靴を履いて、華やかなブラウスを着て、おいしいものが食べられるようになるからさ」

そんなことを言われても、デキーの心は動かなかった。デキーには、夫の言葉が虹の衣を着せてやると言わんばかりのまやかしに思えた。

「テンジン、そういうのはあたしたちの生活からかけ離れてるでしょ。そんな白昼夢を見るのはやめて。そんなことより、今と同じようにあたしのことを大事にして、やさしくしてくれたらそれで十分よ。民謡にもあるじゃない。ほら、あたしたちの運命《さだめ》は　おしどりの運命　たとえ泥しか食べられなくとも　一緒に食べて飲みましょうっていう歌が。それと同じよ。あたしはね、仲むつまじく添い遂げることだけが望みなの」

テンジンは妻の思いの丈を聞いてひどく心を動かされ、思わず感涙にむせぶところだった。妻をぎゅっと抱きしめたくなったが、人波でごった返すパルコルでは、とてもそんなことはできなかった。彼は妻の手をぎゅっと握り、妻の顔をじっと見つめるだけで、心のうちを表に出すことはなかった。そのときデキーは夫のただならぬ表情を見て言った。

「テンジン、ラサに執着するのはやめましょうよ。向こうにはあたしたちの家畜もいるし、土地もあるんだから」

テンジンは妻の誤解を敢えて正すことはしなかった。彼はそのとき以来、妻をつらい目に遭わせないようにしようと心に誓い、妻の望み通りに、翌日には村に戻ることにした。村に戻ってからは、夫婦二人で土や天気と格闘しながら畑仕事に励んだので、お金はないけれども、畑のおかげで二人は食べるものや着るものの心配もなく、穏やかな暮らしを送っていた。

3

テンジンが行方不明になり、何の手がかりも得られないまま、大晦日になった。その日は朝からノルリン村のあちこちの谷筋から、煙が立ちのぼり、年頭《ロンゴ》に食べる羊頭《ロンゴ》の準備で、毛を焼く焦げついた臭いがたちこめていた〔羊頭をゆでる前に毛を焼き払う〕。

その日、大晦日恒例の焦げくさい臭いを運ぶ風に乗って、悲しい知らせがデキーの耳に届けられた。その知らせをもたらしたのは、村の小商いのアチョ・ドルジェだった。彼によると、テンジンは数日前、ラサの大通りで車に轢かれて帰らぬ人となったという。

いい話は門を出ないが悪い話は山をも越えるということわざの通り、その話はまたたく間に小さな村の隅々まで広まった。村人たちは口々に気の毒にと言い、嘆き悲しんだ。中には首を振って「これでせっかくの楽しい正月もおあずけだな」と残念そうにもらす者もいた。

普段慌しく過ごしている農民たちにとって、年に一度の正月は、思う存分楽しく過ごす機会なのだ。だから、みんなで集まっておいしい食事を食べ、うまいチャンを飲み、足を踏みならして踊り、歌を歌いながら、幸せな新年を迎えられるよう、しっかりとお祝いの準備をする。特に正月三日目の朝は早くから土地神をお祀りしたあと、村人たち総出で歌や踊りに興じることになっている。しかし、隣家の雌牛が死んでも三日の服喪とことわざにもある通り、村では誰かが亡くなれば、村を挙げて喪に服し、踊りや歌は慎まなければならないのだ。

テンジンは、冬のある日、交通量の多いラサの大通りで車に轢き殺された。運転手は卑怯にも逃亡し、遺体は警察が来るまで大通りに放置されていた。警察が駆けつけたときにはすでに亡くなっていたので、そのまま病院の霊安室に運びこまれた。身分証など、身柄を特定できるものは何一つ残されていなかった。テレビの「市内ニュース」のコーナーでは、この事件が連日取り上げられ、被害者の服装や体型などについても逐一報道されていた。

ラサにいてたまたまそのニュースを耳にしたアチョ・ドルジェは、脳裏にテンジンの姿が浮かび、思わず身震いをした。確か数日前、テンジンの妻デキーがラサ帰りの人全員に声をかけ、夫を見かけなかったかと訊いて回っていた。ニュースでは被害者は革製のブーツを身につけていたと言っていた。嫌な予感がして、いても立ってもいられなくなった。テンジンは同郷の若者たちと一緒に冬虫夏草を掘りに行き、村に帰る前に、みんなでナクチュの街で革のブーツを買ったんだと自慢していた。それを思い出したドルジェは、被害者がテンジンかどうかを確かめるために病院へ行くことにした。彼は道すがら、亡くなった人がテンジンではありませんようにと強く願ったが、いざ病院に着いてみると、まさにテンジンその人だったので、商品の仕入れも放ったらかして、村に飛んで帰り、不幸な知らせを妻のデキーに伝えたのだった。

デキー母子にとっては青天の霹靂だった。デキーは聞いた瞬間に気を失って倒れ、ヤンゾムは衝撃のあまり、失禁してしまった。悲痛な知らせに小さな村は眠りからたたき起こされたように大騒ぎとなり、村中の人びとが老いも若きも男も女もみな悲しみ、むせび泣いた。駆けつけた村人たちの泣き声でようやくデキーは意識を取り戻した。

翌朝、髪はぼさぼさ、体もふらふらのまま、小商いのドルジェに連れられて、ラサへ向かった。バスの中には漢人の運転手と漢人の旅行者数人、白い礼帽をかぶった年寄りの回人一人しかいなかった。母子二人とドルジェはバスの後部座席に座った。母子はひしと抱きあい、アチョ・ドルジェがいくら慰めの言葉をかけても甲斐なく、ラサに着くまでずっと泣き続けていた。

ラサの町に到着すると、ドルジェが案内して、人民病院の霊安室の入り口まで来た。そこまで来たところで、デキーは足がすくんで中に入れず、階段の上でしばらくしゃがみこんでいた。しばらくしてから、デキーとヤンゾムはドルジェの後に続いて中に入ったものの、周囲に目を向けることができなかった。そこへ冷凍保管されていた遺体が運び出されてきた。遺体は顔も見分けられないほどだったが、デキーはひと目見ただけで自分の夫だと悟った。彼女はぶるぶると震える手で遺体の顔や手に触れ、悲痛な叫び声を上げた。ヤンゾムは父の遺体の前にひざまずき、「父さん、父さん」と泣き叫んだ。痛ましいその声に、そばにいた警察官たちも、母子の運命を思って強い悲しみを抱き、涙を浮かべていた。

警察官の一人が、そのあまりにつらい状況を何とか打開しようと「人は死んだら戻っては来ないんだ。つらいだろうけど悲しまないで」と慰めの言葉をかけながら、母子を遺体から無理やり引き離した。

すると別の警察官が「ひき逃げ犯はまだ見つかっていなくてね。今のところ手がかりがないんだ。でも犯人は遠くまでは逃げられないはずだから」そう言いながら、自分のポケットから百元札を二枚出して、デキーに渡した。

少し年かさの警察官も、財布から百元札を二枚出してデキーに渡しながら「これから葬儀をしなくてはならないね。一番費用がかからなくて簡単な方法は、火葬だよ」と言った。

デキーは悲しみに打ちひしがれながらも、夫の葬儀はきちんと済ませねばと思い、辛いのをこらえ、アチョ・ドルジェに手伝ってくれるよう頼み、故人が所持していたテレビを買うためのお金で荼毘に付した。都会で経験した火葬は、鳥葬が当たり前の田舎の人間にとっては想像を絶するものだったけれども、この大きな街では、空と大地以外に知り合いは誰もいないので、忸怩たる思いでこの街の流儀に従うしかなかった。

デキーは夫を失った悲しみに打ちひしがれ、心の拠りどころを求めてチョカン寺のお釈迦さまのもとへと参拝した。両の眼で慈しみ深いお釈迦さまのお顔を一心に見つめ、胸元で手を合わせ、「慈悲深いお釈迦さま、どうか私の亡き夫を浄土へとお導きください。そして私のこの幸薄い娘をお守りください」と祈りを捧げた。夫が亡くなってすぐにチョカン寺のお釈迦さまのもとで祈り、灯明を捧げることができたことは、デキーにとって、せめてもの慰めになった。

供養を終えて村に帰ったが、かつてのような家庭の温かい雰囲気は戻ってこなかった。デキーは夫に先立たれた喪失感にさいなまれ、生前の夫を思いだしては悲嘆に暮れていた。そのうち夜も眠れなくなり、食事も喉を通らなくなり、すっかり痩せてしまった。顔は色を失い、落ちくぼんだ目からは哀憐の涙がとめどなくこぼれた。それからほどなくして、デキーは夫の後を追うように亡くなった。こうして運のない憐れなヤンゾムはみなしごとなり、荒野に放り出されたのだった。

母方の祖父母は二人とも存命だったが、高齢だったし、おじやおばのところも子だくさんで世話になるわけにもいかなかった。ヤンゾムは仕方なく中学進学を諦め、しばらく祖父母のもとに身を寄せることにした。

村人たちはヤンゾムの将来を心配しながらも、助けてやることもできず、ただため息をついて、「なんて運の悪い子だろうねえ」と憐れみを込めて語るのだった。ヤンゾムに煎り麦やチーズ、パンなどを届けに来る者もいた。

こうして村中の人びとがヤンゾムの将来に心を砕いていたとき、村長が、会議のため県都に行ったおりに、ニェンタク県長から、家政婦を探しているのでよろしく頼むと言われていたことを思い出した。県長は名声があり、誠実で真摯な、信望厚い人物だった。そこで「いい家政婦を紹介してくれたら、その子の将来も保証しよう」という約束を取りつけてきた村長が、ヤンゾムの祖父母に相談を持ちかけ、結果として、ヤンゾムはニェンタク県長のラサの私邸つきの家政婦として派遣されることに決まったのだった。

4

日々の仕事は相変わらず、屋敷の掃除、衣類の洗濯、母娘の食事の仕度の繰り返しだった。ヤンゾムはいろいろ考えたが、できることは野菜の彩りや切り方を工夫し、温かいものと冷たいものの取り合わせを変えるくらいで、他には変えようもなかった。今は食べる方も、作る方もすっかり飽きてしまって、どこを目指しているのかもわからなくなった。

十八歳になったヤンゾムは、若さの輝きを放ってきらきらしていた。すらりと背が高く、ほっそりとした体はしなやかで、胸のふくらみも目立つようになった。何より特徴的なのは目だった。切れ長のその目は、黒目と白目がくっきりとしていて、語りかけてくるようなまなざしをしていた。伝統的な比喩では美しい女性のことを、鹿のような目をした人と形容するが、それは並大抵の美しさではない、まさにヤンゾムのような美しさにぴたりと狙いを定めた表現だった。

その年、ニェンタクも僻地にある県政府からラサの役所へと異動になり、娘のテンジン・ランゼーも高校三年生になった。

ヤンゾムはドルマにいびられてばかりだったが、年月が経つにつれ、すっかり慣れっこになっていた。ところが、夫がラサに戻ってきて以降のドルマは、性格がすっかり悪くなった。どうでもいいことで腹を立て、ヤンゾムを際限なく叱り飛ばすようになり、小言はいつ果てるともなく続いた。

へえ、面白いなあ。いつか読んだ本に、女性は一定の年齢になるとひねた性格になるものだと書いてあったけれど、ほんとなんだな……。ヤンゾムはあれこれ詮索するたちではなかったので、そんなふうに軽く考えて、いずれドルマの逆鱗に触れて大変なことになるとは露ほども思っていなかった。

その年の冬の到来は例年よりだいぶ早かった。冬は敵のごとく急に襲いかかってくるが、春は親のごとく気づかぬうちにやってくる、ということわざを地で行くような勢いだった。

ヤンゾムは、その冬も、ひどく冷たい川を泳ぐ鴨のようにつらい水仕事を続けていた。ある日、見かねたニェンタクが、街でゴム手袋を一組買ってきてヤンゾムに渡した。夫のその行為が癪に障ったドルマは、怒りをあらわにして、ニェンタクをぎろりとにらみつけると、声を荒らげて言った。

「あなたね、朝、あの子にお茶を入れてあげてたでしょ。お昼も、夕飯も、あの子の茶わんにおかずをわけてあげてたし。それにあきたらずゴム手袋なんか買ってきちゃって。そもそも家政婦って、衣類も野菜も素手で洗うものよ。手袋をして洗う家政婦がどこにいるのよ。ゴム手袋なんかして、まともな家事ができると思ってるの？　そんなことしてる家政婦なんて見たことない。あなた、あの子に今回はゴム手袋を買ってやったけど、そのうち何を買ってやるつもりなんだか」

ドルマの言い方は、いつも通りのストレートな物言いではなく、本音を隠して夫を挑発する言い方だった。ニェンタクは職場では公平を心がける指揮官だったが、家庭では妻の指示に従わなくてはならない。いつもは相手にしないのだが、その日のニェンタクはこらえ切れなかった。

「おい、よくそんなこと覚えてるな。俺はただ、ヤンゾムが働きづめで、朝のお茶すら飲んでないんじゃないかと思ったまでさ……。そんなつもりあるわけないだろう。あるわけがない」

そう言い放ったニェンタクは、二階の書斎に引っこんでバタンとドアを閉めてしまった。

「世の中に幸せな家庭はまれ」というのは真実のようだ。ニェンタク夫妻の職場はどちらも安定しており、暮らし向きはよかったけれども、二人は性格が合わないので、家では喧嘩をするか、互いにだんまりを決めこむかのどちらかだった。いくら裕福でも、仲が悪いと幸せにはなれないものだ。そのうえ、二人の大切な一人娘であるテンジン・ランゼーは、成績が悪いばかりかやる気もなく、素行の面でも両親に心配をかけてばかりだった。

高校三年生になっても勉強に身が入らないのは相変わらずだったので、心配した両親は家庭教師に来てもらおうとしたが、娘は嫌そうな顔で言い放った。

「あのさ、お金があり余ってて、無駄遣いしてもいいなら、そうすりゃいいじゃん。あたしにとってはどうでもいいことだよ。とにかくあたしは勉強なんてしたくないの」

娘にここまではっきりと言われては、親にはなすすべもなかった。

ランゼーが勉強をしないのは今までと同じだったが、素行が目に見えて悪くなった。以前より念入りにめかしこむようになり、学校をサボる回数が増えていた。学生たちはみな朝早い時間に賑やかに登校していくが、ランゼーはいつも遅れて出かける。家を出る前に化粧をし、制服はバッグに突っこんで、流行のファッションに身を包み、ヘアスタイルも作りこんで自宅を出ていくのだった。友だちがいれば一日中街をほっつき歩き、学校に行くのはつるむ仲間がいないときだけだった。登校するときは、校門の手前でバッグから制服を取り出して着替え、頭をなでつけてから授業に出る。教師がいくら小言を言っても、一向に素行がよくならないので、教師も初めは注意する程度だったが、そのうち口調がどんどんきつくなり、叱責に変わっていった。

ランゼーは決まった時間に帰宅することはなく、たまにまともな時間に帰ってきても、教科書を広げて読んでいる姿はまず見られず、暇さえあれば携帯電話をいじっているか、さもなければ鏡をのぞきこんで念入りにメイクをし、後ろ髪を前に持ってきて、美しく大きな目を覆い隠した。たまに父親のメンツを立てて、勉強をすることもあった。大ぶりな教科書を持ってきてページをめくり、「〇〇については……である」、「××については……である」だのと、ベッドにもたれかかったままぶつぶつ音読をしていた。でも、実は音読をすると見せかけて、教科書の上に小さな鏡を置き、自分の顔を見つめているだけだった。

あるときテンジン・ランゼーがバスルームに入ったままなかなか出てこなかった。その日ヤンゾムはたまたまお腹の具合が悪く、両手で下腹を押さえてバスルームの入り口で長時間待っていた。そのうちお腹がひどく痛くなり、苦しくて耐えられず、ランゼーに訴えた。

「ねえ、ランゼー、早くして。お願い。あたしもう我慢できない」

するとランゼーは恩着せがましくドアを開けて言った。

「あんたちょっとおかしいんじゃない？　バスルームは奥にもあるのに、ここで順番待ちすることないじゃん」

ヤンゾムはそれには答えず、中にすべりこむと、急いで便座に腰を下ろした。ランゼーはばたんとドアを閉め、ヤンゾムをにらみつけると、歯磨きをして、手を洗ったあと、ガムをくちゃくちゃと噛み始めた。初めランゼーの姿に気を取られていたが、用を足し終えてみると、バスルームがたばこの煙で充満しているのに気づいた。

「ねえ、ヤンゾム、パパが知ったら悲しむから、見なかったことにして」

そう言うと、ランゼーはバスルームを出ていった。ヤンゾムは呆気に取られ、ニェンタクの皺だらけの顔を思い浮かべた。ニェンタクは、白髪だらけの髪はぼさぼさのまま、家ではいつも言葉少なで、一人孤独に書斎に引きこもっている。せっかくラサに戻ってこられたというのに、すっかり老けこんで見えた。家族がそろっているときも、まったく楽しそうには見えない。ニェンタクは、男性がえてして陥りがちな、悲しみを独りで抱えこみ、誰にも打ち明けることのできない人間だった。

そのニェンタクが今一番頭を悩ませているのが娘の問題だった。娘がぐれてしまったことに親として責任を感じ、娘の勉強や教育を何とかして立て直そうとしていた。

参加した学期末の保護者会では、学年主任の若い女性教員が、様々な状況や原因を紹介しながら、女子学生の成績がふるわず、素行もよくない場合は学校だけでなく、保護者にも責任があるという話をした。ニェンタクは自分の犯した過ちを悟り、多くの保護者の中で独りうなだれ、顔を真っ赤にしたまま、言葉を失うしかなかった。

教師の言ったことをもっともだと思ったニェンタクは、娘を何度となく勉強に集中させようと促したけれども、うまくはいかなかった。

自分は常に人に道理を言って聞かせるのが得意な方だし、部下の教育に関してはさらに自信がある方だというのに、自分の血を分けた娘の教育はどうしてうまくできないのだろう。ニェンタクはラサに戻ってきてからというもの、ずっと悩み続けていた。

娘の勉強や素行を立て直すために話しあう機会を持とうと心に決めたニェンタクは、妻の同意も取りつけると、親子三人で土曜日の昼食を囲んだ。ニェンタクからランゼーに対して、勉強の重要性とその理由について切りだすと、首をかしげたまま耳を傾けていたランゼーは約束の言葉を口にした。

「パパ、わかった。これからはパパの言う通りにする」

そこへ母親が口をはさもうとしたそのときだった。娘はさえぎるようにまくし立てた。

「パパの言うことなら聞くけど、ママには何も言ってほしくない。ママの小言はさんざん聞いたけど、ママはだいたい自分のことすらまともにできないじゃん。暇さえあれば雀荘に入りびたりだもんね。パパにはずっと文句ばっかり言ってるし。あたしたち二人、誰にも言われなくったって似たもの同士だよ。天秤にかけたって重さも同じ。あたしのこと、何にもわからない馬鹿だと思ったら大間違いなんだからね」

怒りのボルテージが急に上がったかのように、ランゼーはますます声を荒らげた。

「ほんとのこと言えばさ、パパだってあたしのこと心配してるなら、あたしをずーっとほったらかして、田舎に引っこんで帰ってこないなんてあり得ないよね。ママだって麻雀にこんなにのめりこんだりなんかするわけがないよね。だいたい二人ともよその親とぜんぜん違うじゃん。自分たちのことを振り返ってみてよ。パパは仕事もできるし立派な人だけど、家に帰ってくれば、獅子の仮面かぶった犬なんてママに罵られて、いつもささいなことで喧嘩ばっかりして、気が滅入るったらない。はっきり言わせてもらうけど、あんたたち二人には心底腹が立ってんのよ！」

ランゼーはそう言い放つと、家を飛び出した。

六月の大学受験まであと三か月という大事な時期だというのに、ランゼーは家に戻って来ず、そのまま姿を消した。両親はラサの街を捜し回ったけれども、姿はおろか、手がかりすらつかめなかった。ニェンタクは娘が戻ってくるだろうという淡い期待を抱いて、学校には娘はしばらく病欠するという届けを出した。

娘の家出に打ちのめされていたドルマは、二日ほど意気消沈した様子で、ヤンゾムにもさほどきつく当たることはなかったが、三日目の朝になっていきなりバッグをひっくり返し、取り乱した様子でわめきだした。

「ねえ、今回は私の数え間違いじゃないはずよ。確かに二千元あったもの。なのに今五十元しか残ってないんだから。おとといあの子が家出したときは、怒って出ていったんだから、お金を持ち出す暇なんてなかったはず。ってことは、盗んだのはあんたに決まってんのよ」

ドルマはそう言いながらヤンゾムの財布の中をあさったが、彼女の財布の中には野菜市場にお遣いに行ったときの釣り銭のぼろぼろのお札と数枚の硬貨しか入っておらず、他には何もなかった。ヤンゾムは恐ろしくてガタガタと震え、涙ながらに無実を訴えた。

「あたし、お金、盗んでなんかいません。絶対にあたしが持ってってったんじゃありません」

でも、ヤンゾムの声は小さく、体もぶるぶると震えていたので、その様子はドルマには怖じ気づいた泥棒のようにしか見えないのだった。ドルマはヤンゾムの言葉を信じるどころか、盗みの証拠でも見つけたかのように唾を飛ばしながら叫んだ。

「自分の顔色をごらんよ。泥棒ってのは神さまに守られてないから、たとえ白状しなくたって見た目でばれるもんなんだよ」

そして台所にずんずん入っていくと、ヤンゾムの寝床や枕をひっくり返した。お金は見つからないので、寝床に敷かれた敷物や布団を中庭に放り投げてくまなく調べたけれども、ドルマの見つけだしたいお金は見つからなかった。

そこへニェンタクが入ってきて、叱責するような口調で言った。

「おいドルマ、ヤンゾムはおまえが思ってるような、悪い女の子じゃないぞ。金はおまえがどこかに置き忘れてきたんじゃないのか？」

その言葉がまだ言い終わらないうちに、ドルマは怒りをさらに爆発させ、大声を張り上げた。

「何が女の子よ！　こんな女、ずる賢い狐じゃない。お金を盗んだ挙げ句、涙まで流してさ。危うく濡れ衣着せられるところでしたとでも言いたげな顔しちゃって。この女はね、今はお金を盗んだだけだけど、そのうちあなたの心も盗むに決まってる」

ドルマは手がつけられないほど荒れ狂っていたが、まだ飽き足らないと言わんばかりに、ヤンゾムの顔に指までつきつけた。

ヤンゾムは、お金なんてびた一文盗んでないんだから反省する必要なんかないと思っていたけれども、ドルマにこっぴどく罵られ、ひどい夫婦喧嘩まで始まったのを目の当たりにして怖くなった。涙がぼろぼろとこぼれ、体の震えが止まらない。台所の片隅の寝床の乱れた様子と、恐怖に慄くヤンゾムの姿を見てようやく我に返ったドルマは、自分がまずいことをしているのに気づき、罵るのをやめた。

ニェンタクはヤンゾムのことがかわいそうでたまらず、慰めたいと思ったけれども、哮り狂う妻の前では何一つ声をかけてやることもできなかった。ニェンタクは普段妻の前では自分が折れることで耐え忍んできたけれども、その日はさすがに堪忍袋の緒が切れたらしく、妻の腕をがしっとつかむと、奥の間に無理やり引きずりこんで、ドアをばたんと閉めた。

二人は罵りあい、娘のテンジン・ランゼーが家出した責任を互いになすりつけあっていた。今やどんなに言い争っても、どれほど喧嘩をしても、割って入る者は誰もいない。二人は互いに対する積年の恨みつらみをぶちまけることにしたのか、先を争うように心に抱えてきた苦しみをぶつけあっていた。

しばらくすると、疲れたのか、あるいは勝敗が決したのかよくわからないが、罵声はおさまった。誰も訪ねて来る者はなく、どの部屋にも明かりはついておらず、屋敷はしんと静まり返っていた。その晩、ヤンゾムは夕食もとらずに過ごした。今やこの屋敷の物には一切手を触れてはならない気がした。

ゆっくりと日が暮れていき、ヤンゾムは悲痛な面持ちで丸めた布団を背もたれにして、涙をぽろぽろとこぼし続けていた。ニェンタクが部屋から出てきて、ヤンゾムのいる台所のドアを開けようとしたけれども、鍵がかかっているのに気づき、無理やりドアを開けるのはやめて、外から慰めの言葉をかけた。

「ヤンゾム、君がお金を盗んでないのはわかってるから。どうか悲しまないでおくれ。それより夕食も食べてないだろうから、パンがあれば食べて寝なさい。明日の朝になったら全部忘れられるさ」

ヤンゾムは何も言わなかったけれども、心の中では、あんなことがあったあとで、そんなに簡単に忘れられるものだろうかと思っていた。結局その晩、ヤンゾムは一睡もできず、夜通し泣き続けた。そして、将来のことをずっと考えた結果、この屋敷を離れる決意をした。

翌朝、彼女はいつも通り夜明け前に起きだし、屋敷の中も外もきれいに掃き掃除をして、雑巾がけをし、朝食のお茶を用意した。

それらがすべて終わっても、まだ夜は明けていなかったので、彼女はランゼーが打ち捨てていったかばんを拾い、ペンと紙がないか探した。高校三年生なのだから参考書や教科書が何冊も入っているだろうと思っていたが、化粧ポーチの中に入っていたアイブロウペンシルと口紅以外、文字を書けそうなものは何もなく、教科書も真新しいのが三冊入っていた以外は、紙切れ一枚見当たらなかった。

かばんをどれだけ探ってもペンは見つからなかったので、アイブロウペンシルで教科書の表紙の上に文字を書きつけることにした。しかし教科書の上に文字を書こうとしても、どうしても書くことができなかった。学校に通っていた頃、ヤンゾムにとって教科書はとても大切なものだったので、書き込みなどする気にはとてもなれなかった。小学校に通っていた頃は、先生に教科書のここが大事だよと言われたところに丁寧に印をつけるくらいで、それ以来、本にはあれこれ書き込まないのが習い性になっていた。結局、教科書をバッグの中に戻すと、テーブルの上にあったナプキンにこんなふうに書きつけた。

お世話になったニェンタクさんへ

私は、チョカン寺のお釈迦さまとラモチェ寺の不動金剛さまに誓って、お金を盗んでいません。私は両親もなく、群れからはぐれた小鳥のような貧しい孤児ではありますが、泥棒を働くような人間ではありません。亡くなった両親に汚名を着せるような真似はとてもできません。

私のせいでお二人が不仲になるのは忍びないですし、私がここにいれば争いのもとになるばかりです。ですから私はここを出ていきます。どこへ行くかは自分でもわかりません。でも、私のことはどうか捜さないでください。

今回ここを出ていくにあたり、袋と着替えをいくつか、洗面道具、それと茶わんの代わりに油溌辣子《とうがらし》の空き瓶を一個いただいていきます。それ以外は、このお屋敷のものには一切手を触れずにそのままにしてあります。

ヤンゾムは手紙をテーブルの上に置いて、ゆっくりと門扉を開けて外に出た。

一晩泣き明かし、腫れたまぶたは大きな目に覆いかぶさり、前もまともに見えないほどだった。ヤンゾムはあてもなく、ただ前へと歩を進め、振り向きもせず、ずんずん歩いていった。まだ朝早く、道行く人も少ないので、昼間はごった返している通りも、すっかり静まり返っている。しばらくしてヤンゾムの足取りは重くなった。

どこへ行こう。あたし、どこへ行ったらいいんだろう。彼女は心の中で何度も何度もつぶやいたけれども、答えは見つからなかった。ノルリン村に帰っても、親戚は誰もいないのだ。年老いた祖父母も数年前に亡くなって、故郷に帰ろうにも拠りどころはどこにもない。だからどこにも行くあてがないのだ。

こうしてあてどなくとぼとぼと歩いていたとき、ドルカルのことが頭をよぎった。実は数日前、野菜市場に買い物に行った帰りに、同じ小学校に通っていたドルカルと再会したのだ。小さい頃のドルカルは、いつも口にかんぬきでも下ろしたみたいに青っぱなをたらしていたので、同級生たちに「はなったれ」というあだ名で呼ばれていた。でも、今のドルカルは都会で働く若い女性とまったく変わらず、しゃれたファッションに身を包み、髪の毛も都会のおしゃれな女性と同じように長い髪を風になびかせている。手には小さなバッグを持ち、いかにも幸せそうな雰囲気を漂わせていた。

雑踏の中で先に気づいて声をかけてきたのはドルカルだった。知らない漢人女性に声をかけられたと思って無視していると、ドルカルが近づいてきてまくし立てた。

「ねえ、ヤンゾムったら。あたしよ。ほら、村ではなったれのドルカルって言われてたあたしよ。あたしね、今、漢人が経営する会社で働いてるの。毎月の給料も数千元よ」

ヤンゾムは、ラサというよその土地で、故郷の人間に会ったことが心から嬉しかったけれども、二人はあまりに長い間会っていなかったので、何と言ったらよいかわからず、喜びをうまく表現できないまま、ドルカルをまぶしく思いながら、話に耳を傾けていた。

ドルカルはヤンゾムの地味な服装や、黒くつやつやした髪を二本の三つ編みにして背中に垂らした髪形をまじまじと見て吹きだした。笑いながら、お下げをつかんで言った。

「髪の毛をお下げにするのは、都会じゃほとんど見かけないけど、今日あんたのこの地味なお下げを見たら、急にふるさとが恋しくなっちゃった。小さい頃、髪をお下げにして、かばんを背負って、学校に通ってたよねえ」

ドルカルはしばらく黙りこんだかと思うと、再び笑顔をほころばせて続けた。

「まあ、でもそれも過ぎ去ったことだよね。あたしたち都会に出て来て、こっちの人間になったんだもの。最近さ、田舎の若い子たちがこぞって都会に来るけど、苦労もせずに何がしか手に入れられるに違いないって思ってるんだろうね」

彼女の表情からは、自分はもう都会の人間になったのだという自負がありありと見てとれた。

弁の立つドルカルの前ではヤンゾムはうまく口を利くこともできず、ドルカルがしゃべるたびにうんうんとうなずくばかりで、何と返事をすればいいのかもわからなかったし、よくしゃべるドルカルは、ヤンゾムに口をさしはさむ隙も与えなかった。ドルカルは、別れ際にバッグの中からペンを取り出し、ヤンゾムの手のひらに電話番号を書くと、「今後何かあったらあたしに電話してよね」と言った。

別れ際、ヤンゾムは手を振るばかりで、口からはひと言も出てこなかった。いかにも利発そうな大きな目をしたヤンゾムは、ドルカルを見送りながら、ただただうらやましいと思っていた。その日、ヤンゾムは屋敷に戻ると、すぐさま番号を紙に書き写し、注意深く自分の寝床のじゅうたんの下に隠したのだった。

今朝、屋敷を出るときには、その番号を忘れずに懐に入れてきた。どこへ行ったらいいか途方に暮れている今このときに、ドルカルに言われた「今後何かあったらあたしに電話してよね」という言葉が脳裏によみがえり、公衆電話を置いている通り沿いの店へ行った。懐からドルカルの電話番号の書かれた紙を取り出したヤンゾムは、電話代がいるんだったと思って懐をまさぐると、一元と七角しかなかった。とはいえ電話を一回かけるには十分だったので、ドルカルがくれた電話番号をゆっくりと押した。トゥーッ、トゥーッと呼びだし音が鳴ったが、誰も出ない。もう一度かけてみると、電話口から、漢人女性のような発音の「喂《ウェイ》」という気だるげな返事が聞こえてきた。

ヤンゾムは、漢語の読み書きが少しできるようになり、とつとつとなら話せるようになってい
たので「卓嘎在嗎《ジュオガーザイマー》」と漢語で言った。チベット人の女の子だということがわかったドルカルは、
少しイラッとしながらもチベット語に切り替えて、「何の用なの？　ドルカルはあたしだけど」
と言うと、こちらから返事をする前に、ぼそぼそと「まったくひどいったらありゃしない。寝よ
うとしてたとこなのに」と恨み言をつぶやいた。
「あ、あたし、ヤンゾムです。同じ村の出身の……」
「ああ、わかった。あんたね。あたし今仕事が終わったばっかりだからさ。急ぎじゃないなら午
後にもう一回電話してよ」と面倒くさそうに言った。
電話口から自分の故郷の言葉が聞こえてきた瞬間、ヤンゾムは思わず泣きだしてしまい、自分
の身に起きた出来事を涙ながらに訴えた。
ドルカルは冷たい水で顔を濡らして何とか目を覚ますと、電話口に戻ってきて叫んだ。
「なんてひどい話だろうね。鬼畜のしわざだよ。人間の心を失ってる。ねえ、今あんたどこにい
るの？」
ヤンゾムは今自分がいったいどこにいるのか、まるでわからなかったし、場所の名前など知る
由もなかった。彼女が公衆電話を置いている店の店主にここがどこなのか尋ねてみた。店主はす
ぐには返事をせずに、ヤンゾムの顔をのぞきこみ、荒れてがさがさになった唇や、泣きはらした
目を見てから言った。

「ここはラル橋の近くだからね、みんなこの辺のことはラル橋って呼んでるよ」

「あたし、今、ラル橋のそばの公衆電話をかけるとこの……」

「ああ、わかった。そこで待ってて。すぐに子犬を連れて、あんたを迎えに行くから」

ヤンゾムはその場所でドルカルを待ちながら、あたしを迎えに来るのに子犬を連れてくるってどういうことだろうと思った。

しばらくすると、彼女のそばに黒い小型の四駆が止まった。窓から大きな茶色いサングラスをかけたおしゃれな漢人女性が顔を出して「ヤンゾム、ヤンゾム」と呼んだ。ヤンゾムはラサの街にも「ヤンゾム」という名前の人間がたくさんいるんだなと思って、四駆の方をちらりと見たけれども、まさかこれじゃないだろうと思って目をそらしてさっきと同じように遠くを見つめていた。すると、その女性が車から降りてきた。

「あんた、馬鹿なの？　あたしドルカルよ。あたしがついてるから、あんたはこれ以上苦しまなくていいよ。さあ、道案内してちょうだい。二人で連中のところに乗りこもうじゃないの。あんた五年間も家政婦として過ごしたんでしょ。なのにこんな空っぽ同然のずだ袋だけで、着の身着のままで放り出されて。泥棒呼ばわりされたことは水に流すとしても、せめて五年分の給料は取り返しに行かなくちゃ」

息巻くドルカルにヤンゾムは言った。

「あたし行かない。あたし、給料なんてもらえなくていいの。人にひどいこと言われたり、蔑まれたりするのは嫌。豪毅な男と過ごすより穏やかに眠った方がいいっていうでしょ。だいたい今朝、屋敷の門から外に出たとき、もう二度とこの屋敷には戻らないって誓ったんだもの」

どんなに誘ってもヤンゾムが頑として受け付けないので、ドルカルは諦め顔で言った。

「まあ、確かにあんたの言うこともその通りだよね。そんな畜生どものところにいたって何にもならない。連中はさ、あたしら田舎者のことは人間だと思ってないんだよ。そういうひどい連中には因果が巡ってくるに決まってる」

ドルカルはヤンゾムの涙を拭いてやり、顔に笑みを浮かべ、車の中にいる若者の方を見て、首を振り、肩をすくめて言った。

「どう？　あたしの遊び相手よ。とにかくあたし美しすぎるからさあ。ありとあらゆる雑魚が、まるで肉に群がる蠅みたいに寄ってくるのよ」

「まったく、あんたったら。聞こえるじゃない。何が子犬よ。男の人じゃない」

ヤンゾムはドルカルに肘打ちをした。

「あはは。あんたさ、最近都会の男や女は自分より若い女の愛人をみつばちって言うのよ。若い男のことは子犬って言うの。最近ラサで流行ってる言い方だよ」

ドルカルはカラカラと笑った。

ヤンゾムはそんなドルカルの話を、自分と関係ない話ばかりだと思って声を潜めた。

「なんかおかしくない？　あたしがこんなひどい目に遭ってるっていうのに、冗談ばっかり」

ドルカルは自分の胸に手を当てて言った。

「あんたは心配しなくていいから。あたしがついてるんだよ。あんたの姉さんがさ」

ドルカルは車のドアを開けてヤンゾムを後部座席に座らせ、自分は若者の隣に座り、若者にヤンゾムを紹介し、ヤンゾムには彼を紹介した。そして二人はおしゃべりに花を咲かせ、ゲラゲラ笑いあいながら、彼女が借りているアパートへと向かった。

5

狭い路地に入っていくと、車が止まった。ドルカルは車を降り、二本の指を唇に当てて投げキッスをすると、手を振って英語で「バイ！」と言った。若者も同じ仕草をして「バイ！」と言うと去って行った。

路地はひどく狭く、両側の建物の一階部分はみな小売りの商店で、漢人が経営する服屋《パンデン》がいくつかあるほかはほとんどが回人の雑貨店だった。店の入り口の両側には台の上に前掛けやブラウス《オンジュー》、ドレス《チュバ》など、チベット服一式を所狭しと並べた小売商の屋台がずらりと軒を連ねている。

その脇には、田舎の特産品を売る者たちや、近郊の農家の自家製のヨーグルトやミルク、野菜などを売る者たちが居並ぶ。彼らは屋台を構えることができないので、屋台に庇を借り、地べたに商品を広げている。ただでさえ狭い路地がさらに狭くなり、人が一人がようやく通れるほどの隙間しかなく、自転車が通り抜ける余地もないのだった。

居並ぶ店の中でとりわけ目立っていたのは、小さなテーブルの上に流行歌のCDを並べて売る者たちで、一方の店がスピーカーから亜東《ヤードン》〔有名なチベット人男性歌手〕の歌を流すと、もう片方の店はナンマやトゥーシェー〔いずれも中央チベットの伝統音楽〕を流す。また一方の店がインドの歌を流せば、もう片方の店はテレサ・テンの歌を流すといった具合で、商売を競いあうというより、歌の競演でもしているかのようだった。

二階と三階は町の人びとが暮らすアパートになっている。暮らし向きのよい人びとは、ラサの郊外に家を買い、このあたりの部屋は賃貸にして、静かな暮らしを送っている。暮らし向きのよくない人びとはそうしたアパートを借り、一間《ひとま》に家族全員肩を寄せあって暮らし、他の部屋は又貸しして生活費の足しにしている。家賃収入は彼らが暮らしていくうえで最もいい収入源になっているのだ。

あたり一帯は昼夜を問わず賑やかで、行き交う人が多ければさらに活況を呈してくる。かつてその区画はタルギェーリンと呼ばれていたが、今や路地の隅の古びた青い金属板に記されたその地名は消えかけており、もともと何と書かれていたか関心を持つ者もない。むしろそのあたりには土地にしがらみのないよそ者が多く住んでいることから、自由区《ランワンリン》という名で呼ばれるようになっていた。今や誰がつけたかもわからないこの名を使う者の方が多く、もとの呼称を知っている者はほとんどいない。

ドルカルは二人の女友だちと一緒に二階の小さな部屋を借りて暮らしている。三人とも同じ仕事をしていて、夜九時になると仕事に出かけ、明け方まで帰ってこない。アパートの住人たちは、他の住人たちが何をしていようが気にも留めないけれども、三人の女性たちは他の人間とは少し違って見えるらしく、三人のことを陰で「ふくろう」と呼んでいる。とはいえ住人たちは、三人が何の仕事をしているのか詮索してくることはなかった。

一間しかないそのアパートの家賃は一月あたり二百元で、光熱費と水道代は別途自分たちで支払っている。ドルカルたち三人にとって、このアパートは一番好都合な住まいだった。中庭を四角く囲む形のこの建物には、いろいろな民族の、異なる言葉を話す住人たちが多く暮らしている。住人たちに共通しているのは、自室の窓や玄関に様々な大きさのプラスチックや焼き物の植木鉢を並べ、マリーゴールドやマーガレット、花海棠、ゼラニウムなどの花を植えていることだ。みな夏も冬も、春も秋もいつでも色とりどりの瑞々しい花を咲かせている。かつての古い住人たちから代々引き継がれているこの古き良き習慣は、ごちゃごちゃしたアパートに彩りを添えている。

ドルカルはアパートのドアを開け、ヤンゾムを中に招き入れた。

「あーあ、朝寝しそびれちゃったから何だかだるいわ」

ドルカルはぼやきながら、バッグをベッドの上に放り投げると、ヤンゾムをベッドの隅に座らせた。

部屋は狭く、路地と狭さを競いあえるほどだった。壁にぴたりとつけるように三台のベッドが置かれ、部屋の中央には古びたテーブルがあり、その上には小さなポットが置かれていた。ドア裏には洗面器が三つ並べてあり、中には三人三様の洗面道具が入れてあった。これらは三人の家財道具のすべてであり、仮にあっても、置ける場所はもはや手のひらほどしかない。二台のベッドにはそれぞれ誰かが寝ていたけれども、どちらもぐっすり寝入っていて、二人が入ってきたことには気づきもしなかった。この部屋を見た瞬間、思い出したくもないあの屋敷がヤンゾムの脳裏に浮かんだ。人と人の間にこれほどの格差が生じるのはなぜなのだろう。そう思ったヤンゾムは、自分の行く末が心配になった。でもそれ以上考えてはだめだと思い直し、部屋の隅々を見わたした。

中でも目を引いたのは、ドアの内側にかかった大きな姿見——帰宅したらまず姿を映す鏡、出かける前にはその前で押しあいへしあいしながらメイクやヘアのスタイリングをして、出がけに満足のいく仕上がりになったか全身を映す大きな鏡だ。部屋の中は香水の強い香りが充満していて、ヤンゾムの鼻の奥をつんと刺激した。

ヤンゾムは鼻に皺を寄せたり、口を尖らせたりして、ドルカルに何か言おうとしたけれども、何か思い出したかのように口をつぐみ、口を利けない人が仏像を見つめるかのように目の前の品々を見ていた。目の前に見えている情景が、ドルカルの派手なメイクやファッションとひどく不釣り合いなことに、ヤンゾムは驚きを隠せなかった。ドルカルはそれに気づいて言った。

「びっくりした？　ツァンパは慣れれば旨くなるって言うでしょ。今にもっと面白いものが見れるよ」

ドルカルはしばらく押し黙り、たばこに火をつけると、紫煙をくゆらせながら言った。

「あんたはさ、お役人の家でイザウラ〔ブラジルのテレビドラマ「イザウラ物語」の主人公。ドラマの原題はEscrava Isaura。中国では一九八〇年代に「女奴伊佐拉」というタイトルで放映され人気を博した〕みたいに働かされて、挙げ句の果てに泥棒呼ばわりされたんだもんね……。これからはあたしたちと一緒に暮らすってのはどう？　最終的にはあんたが決めればいいことだけど。このアパートの住人はね、みんなあたしたちが何をしてるか知らないけど、田舎の人間みたいにいちいち首を突っこんでくることはないよ。みんな自分のことで手いっぱいで、他人のことを詮索してこないし、寛容なの。まあこれが都会の人間の一番の特徴じゃないかな。つまり都会ってのは善も悪も、貧乏人も金持ちもみんな一緒くたにおさまってるいいところなの。あんたもあたしが何の仕事をしてるか訊かなくていいからさ。あたしの仕事なんて、人さまに言えるようなもんじゃないから、あんたは知らない方がいいかもね。ともかくしばらくあたしと一緒にこのベッドで寝よう。狭いけど。あとのことはなりゆき次第で何とかすればいいからさ」

ドルカルが慣れた手つきでたばこを吸うのを見て泡を食ったヤンゾムは、思わず立ち上がってドルカルの顔をのぞきこんだ。ヤンゾムは、目の前にいるこの若い女性が幼なじみで同じ小学校に通っていたドルカルだとはにわかに信じられず、茫然と立ちつくしていた。

ヤンゾムが顔色を変えたのに気づいたドルカルは、ばつが悪そうな表情で言った。

「あんたってばびっくり屋さんなんだから。このベッドはきれいだから大丈夫」

ヤンゾムの肩をつかんで元通りに座らせると、ドルカルはヤンゾムが抱えていたずだ袋を奪うと、開けて中を見た。中には古びた服が何枚かと、洗面道具、空き瓶しか入っていなかったので、ドルカルは笑った。

「やれやれ。何年も働いてきた報酬がこれだっていうの？　このクリーム、田舎で売ってる一箱二元の大宝《ダーバオ》ってやつじゃないの。明日からは、これはハンドクリームにしなさい。若くて一番きれいなときにこんなクリームを顔に塗ったら、青春が台なしよ。ほら、あたしのこれを使って。このフェイスクリームは韓国製なの。ずいぶん値も張るんだけどね。顔って自分のものだけど、いつも他人にさらしてるものでもあるでしょ。だから女は食費を切り詰めてでも、スキンケアを第一に考えるもんよ」

ドルカルはタオルと櫛を洗面器の中に入れてからこう言った。

「あたしも朝ご飯をまだ食べてないから、まずは腹ごしらえに行くよ。午後はショッピングね。バッグと、それから、まともな服を一揃い買いに行こう」

ヤンゾムはドルカルが言った「あたしの仕事なんて、人さまに言えるようなもんじゃない」という言葉が心に引っかかっていた。ドルカルはいったいどんな仕事をしてるんだろうか、後ろ指をさされるような悪い仕事じゃありませんようにと思ったけれども、自分から切りだすことはできず、ききわけのいい子どものようにドルカルのあとをついて行った。二人は狭い路地を出て、賑やかなショッピング街に入っていった。

ドルカルはバッグの中から携帯電話を取り出すと、孫《スン》という名の会社社長に電話をかけて、茶館に呼びだした。しばらくするとバター袋《マルタン》〔羊の胃袋にバターを詰めたもの〕みたいにつるつるの頭をした漢人が現れた。その男性は禿げているうえに背は低く、目は血走り、顔も不細工だったが、有名ブランドの高級なファッションに身を包み、首にはゴールドの極太ネックレスをかけている。どこから見ても金持ちだった。彼はテーブルにつくと、ドルカルに向かって言った。

「今日はお天道さまが西から昇ったのかい。いつもなら誘っても用事があるとかいって、ちっとも遊んでくれないじゃないか」

「今日は気分がいいからよ」

ドルカルは愛想笑いを浮かべて言った。

「この子、《ばら》の新人さん？」

男はヤンゾムが気になるようで、彼女ににっこりと笑みを浮かべながら言った。

ドルカルはすぐさま男のマルタン頭をバシッと叩いて釘を刺した。

「まったく、スケベなんだから。この子はあたしの妹。村からあたしに会いに来てくれたのよ。この子に指一本でも触れたら許さないからね」

男は頭を掻いて、「わかったよ、我的宝貝《ベイビー》」とヤンゾムの方を向いて軽くあいさつをした。それから三人はまず朝食を取り、お茶を飲んでのんびりしてから、ドルカルの希望で大きなデパートに行った。ドルカルはヤンゾムに服と靴一式とバッグを選んでやりながら言った。

「今日は見ててよ。このスケベおやじに大枚を叩かせてやるんだから」

ヤンゾムは自分が試着させられた服の総額を見て、見間違いじゃないか、あるいはゼロが一つ多いんじゃないかと思ってもう一度よく見たけれども、三百元以上もするので、恐ろしくなった。

「ねえ、あたしたちトムスィカンに服を買いに行こうよ。だいたいあたし、着替えも持ってるし、他人さまにこんなひどいことしないで」

ヤンゾムはたまらず商品を戻しに行こうとしたけれども、ドルカルが取り上げた。

「これでもまだそんな高いものは選んでないのよ。やつの表情を見てよ。こいつあたしに愛人になれって言うのよ。それに、息子を産んだらご褒美にラサに家を買ってあげるって。ああ、でもその話はあとでね」

ドルカルの話はヤンゾムにとってはどう考えても不愉快だったけれども、何も言わずに黙っていた。その男の財布から千元あまりを出させたあと、ドルカルは言った。

「今日は急に呼びだしてごめんね。今度時間ができたらあたしがたっぷりとおもてなししてあげるから」

　ヤンゾムはそのとき、自分が両手の親指を立てて物乞いでもしたかのような、あるいは泥棒か略奪でも働いたかのような気分になって、心臓がどきどきし、顔も真っ赤になった。心の中では前にいる男性に何度もお礼を言ったけれども、口からはまともな言葉一つ出て来ず、ドルカルの後ろに隠れていた。ヤンゾムのいたたまれない様子に気づいたドルカルは、男に愛想をふりまきながら、別れの言葉を口にした。

「今日はあたしたち二人とも用事があるから、もう行かなきゃならないの。また今度ゆっくりお茶しましょ」

　男が立ち去ると、ヤンゾムはため息をついた。

「あたし今日ほど恥ずかしい経験したことなかったわ。初めて会った知らない男の人に大枚を叩かせて服を買ってもらったって、ちっとも嬉しくない。この服はアチャ〔年上の女性への呼称〕が着て。あたしこんな高級な服、着られないよ。人の下で働くことを運命づけられた人間だもん、おしゃれしたってしょうがないよ」

「あんたってば気が小さすぎるよ。そんなんだからいじめられるの。五年以上働いたってのに、結局空っぽ同然のずだ袋だけ持たされて、べそかきながら出てくる羽目になったんでしょ。都会で生きていくなら、もっと賢く立ち回らなきゃだめだし、自分が損をしないで済むようにしないと……」

ドルカルはそう言うと、自分の経験を話して聞かせた。

それから二人は街中の食堂に連れ立って入り、簡単な食事を済ませた。

二人がアパートに着いた頃には午後七時になろうとしていた。同居の二人はすでに出かけたあとだった。

それからドルカルは顔に華やかな化粧を施した。唇など、まるでベニハシガラスのくちばしのように真っ赤だった。仕度を終えると、その日買った服と靴一式を取り出して、ヤンゾムに無理やり着替えさせた。人の印象は着物次第という通り、その服を身にまとったヤンゾムは見違えるように美しくなった。ただ、化粧を一切していないので少し違和感があった。ドルカルがたまらずヤンゾムの顔にファンデーションを塗ろうとすると、ヤンゾムはぷいと顔を背けた。

「アチャ、あたし顔にそんな石膏を塗る真似なんて嫌。去年ニェンタクさんのお屋敷を改修したとき、壁のひびを石膏で埋めて、その上を白いペンキで塗ったのよね。だいたい何度か塗りなおさなくちゃならないの。それにそっくり」

ドルカルはヤンゾムの言葉に思わず吹きだした。

「あんたうまいこと言うじゃない。あたしたち夜の仕事をしてるから、アパートの住人たちにはふくろうって呼ばれてるわけだけど、事情を察してる人たちは猫って言うの。まあ、猫でもふくろうでもどっちでもいいんだけどね。こうやってしっかり化粧をして夜のライトを浴びれば誰だって虎か豹に見えるもんよ。こうやって顔に石膏を塗ったら猫になるでしょ。そうやって夜に備えようってわけ」

その晩ヤンゾムは、ドルカルに連れられて街の中心にある賑やかで色とりどりの電飾が施されたナイトクラブ《ばら》に足を踏み入れた。ここがドルカルの職場だ。夜は客でごった返しているが、朝になれば人っ子一人いなくなる場所。ドルカルのようなチベット人ホステスも多いが、麗々しく着飾った若い漢人ホステスもたくさんいる。

二人はライトアップされた入り口を通って中に入っていった。複数階に分かれた建物の中には鏡張りのたくさんの部屋があり、足元にはカラフルなライトがきらめき、造花が華やかさを添えている。その光景は、ずっと屋敷に引きこもっていたヤンゾムにとっては驚くべきもので、思わず足もすくんだ。足元の鏡がぐしゃりと割れてしまったらどうしようと、おそるおそる足を運びながら、ドルカルのあとをついて行った。

ドルカルは慣れた足取りで大きな部屋の中へとずんずん入って行った。部屋の中はたばこの煙が充満している。そこにいたのは、腿も腕も肩も剥き出しにして、若々しい肉体を惜しげもなく見せ、ベニハシガラスのくちばしのように真っ赤な口紅を差した厚化粧の漢人女性が数人と、たばこをすぱすぱ吸いながらテレビを見ているチベット人女性だった。二人が入っていくと、みんなが一斉にヤンゾムを見つめた。ドルカルは漢語で話しだした。

「はーい、みなさん、聞いて。この子はね、私の妹よ。田舎から都会に仕事を探しに出てきたばかりで、この都会で頼れるのは私だけなの。まだ仕事が見つかってないから、しばらくあたしの家で過ごすことになってるの。よろしくね」

　ほとんどの女の子はたいして関心を払う様子もなかったけれども、チベット人の子はヤンゾムの顔をじっと見つめ、手招きをして、ヤンゾムを自分の隣に座らせると、話しかけてきた。

「ねえ、他の仕事なんて探すことないって。あたしたちと一緒にホステスの仕事をすればいいのよ。この仕事、悪くないんだから。たいして頑張らなくても実入りはいいしさ」

　そのときヤンゾムは、ドルカルが話していたことや念入りに化粧をする姿を思い出し、全てがつながった気がして、ぱっと立ち上がって出ていこうとした。するとドルカルが声を上げた。

「あんたどこ行くつもり？　アパートに帰っても冷えきった部屋が待ってるだけじゃない。怖がることないよ。あたしはあんたを同じ道に引きずりこんだりしないから。あんたはもしかして、あたしたちが好きでこの仕事をしてると思ってるかもしれないけど、そうじゃないの。あたしはね、何年も食堂でウェイトレスをしたり、小商いをしたり、ガソリンスタンドでバイトしたり、いろんな仕事をしたけど、あまりにひどい給料しかもらえなかった。自分で食べていくのが精一杯で、父さんの治療費も満足に払えないし、弟のツェリンにはまともに学費や生活費も仕送りしてやれなかった。この仕事をするしかないのよ」

　そして長々とため息をつくと、ほろほろと涙をこぼした。他のホステスたちはドルカルの顔を見つめて、もらい泣きをした。チベット人のホステスはドルカルにティッシュを渡して言った。

「さあ、もう泣かないで。あたしらみんな懐が寂しいまま都会で生きていかなきゃならないんだからさ。やっぱりあたしたちにはここで働くって選択肢しかないのよ。さあさあ、もうお客さまが来る時間だよ。ちゃんとパウダーをはたいておいで」

ここにきてようやくヤンゾムは気づいた。ここにいる女の子たち、外見こそお洒落にしてるけど、心の中には悩みをたくさん抱えてるんだ……。みんな心の中の苦しみを笑顔の下に隠してるみたい。この人たちの仕事って、外の人からは馬鹿にされたり、嘲笑されたりしてるけど、どうやらみんな簡単に生きてるわけじゃないのね。ヤンゾムは彼女たちに同情の念を抱いた。

しばらくすると、白いシャツに黒いベストを着て、赤い蝶ネクタイをつけた漢人の青年が、女の子たちに向かって点呼を始めた。最初に呼ばれたのは「ハナゴマ」だった。さっき話しかけてきたチベット人の女の子が平然とした顔で前に出た。それから漢人の女の子が何人か名前を呼ばれたあと、「菜の花」という名前が呼ばれ、ドルカルが前に進み出た。彼女はヤンゾムに声をかけた。

「ヤンゾム、あんたはここでテレビを見て待ってて。仕事が終わったら一緒に帰ろう」

ヤンゾムはホステスの控室に一人残ってテレビを見ながらドルカルを待っていた。

ところが、夜中の一時を回ってもドルカルが戻ってくる気配はない。テレビの音と歌声、酔っ払いのしゃがれ声、ホステスたちがハイヒールで歩き回る、まるで雄馬の立てる蹄の音みたいな靴音の響く中、とろとろと眠りに落ちた。しばらくして、真夜中の寒さで目を覚ましたが、ドルカルの姿はなかった。ヤンゾムは仕方なくソファの上で膝を抱いてうずくまり、テレビを見ながらドルカルを待っていた。

　夜明け頃になってドルカルがようやく控室に戻ってきた。ドルカルの体からはたばこの匂いや酒の匂い、香水の匂いがまじりあった、気持ちの悪い匂いが漂ってきて、ヤンゾムは思わず吐きそうになった。酒に酔ったドルカルは疲れ果てた様子で、ソファにへたりこんでいたが、しばらく休んでから、ヤンゾムを連れて店を出た。

　二人はきらびやかなネオンサインの光る通りをしばらくぶらぶら歩いた。途中、食堂があったので、ドルカルはつかつかと中に入り、温かいトゥクパを一杯ずつ頼むと、お腹が空いていた二人は一気に平らげた。それからタクシーに乗ってアパートに帰った。ドルカルにとっていつもの日課のようで、ずいぶん慣れた様子だった。

　二人がアパートに戻ると、他のベッドの主たちはとっくに帰宅し、ぐっすりと眠りこんでいた。ドルカルはメイクをふき取ると、服を脱ぎ、頭を枕にのせたかのせないかのうちにすやすや寝息を立てて眠りの世界に行ってしまった。ヤンゾムは初めて里に下りてきた鹿のように興奮のあまり一睡もできず、まるで夢を見ていたかのような大混乱の一日を思い出していた。

　ヤンゾムは狭いベッドの上で寝返りも打てないまま、まんじりともせず夜が明けるのを待っていた。そうして曙光が射したとき、いつもの習慣で寝床を出たいと思ったけれども、何だか起きる気になれなかった。起きたっていったいその後何をしたらいいというんだろう。この人たちは夜ろくに寝てないはずだから、起こしちゃったら悪いし。そう思ってそのままベッドで横になっていた。

正午になろうという頃、みな順番に目を覚ましたので、ヤンゾムも起き上がり、ベッドの上に座った。これでようやく他の二人の顔をはっきりと見ることができた。彼女たちはまず共用トイレで順番待ちをして用を足すと、一斉に手洗いと洗顔をし、化粧を始めた。ドルカルは鏡を見ながら昨晩ナイトクラブにもいたチベット人の女の子の方を指して紹介した。

「こっちがアチャ・ゾムキー。《ばら》ではハナゴマって呼ばれてて、ナイトクラブの女王なの」

次は顔を洗っている漢人の女の子の方を指した。

「この子はシャオリー。普段はプリムラって呼ばれてて、《ばら》の最年少。ここじゃ、あたしのことをドルカルって呼ぶ人はいないよ。店では菜の花で通ってる」

するとハナゴマがヤンゾムに冗談まじりに言った。

「昨日店で会ったよね。あたしらの神とも魔物ともつかないツラを見て、正直引いてたでしょ」

ヤンゾムは菜の花の方を向いて言った。

「ねえ、アチャ、あたしはおしゃべりが上手じゃないから、アチャたちがしてたみたいな仕事は絶対無理だし、やりたいとも思わない。あたしにできるのは力仕事と細々した家事ぐらいなの。だからあたしに合う仕事を探すのを手伝ってほしいの」と言って、ヤンゾムはうなだれたまま手のひらをもみしだいていた。ハナゴマはヤンゾムの頭をなでてやりながら言った。

「あのさ、あたしだってお姫さまみたいな暮らしをしてたことはあるのよ。でもね、お姫さまにも浮き沈みがあってさ、やむを得ずホステスをすることになったのね。でもさ、この仕事も悪くはないよ。おいしいものは食べられるし、そこそこの服も着られる。正直さ、誰だって食べてくために苦労して働いてるんだよね。それにあたしらみたいな人間も意外にうらやましいと思われてたりしてね」

その言葉にはハナゴマの誇りが感じられた。それから何かを思い出したかのようにため息をついた。

「でも……正直言うとさ、あんたは今、真っ白で清らかな雪蓮花なんだよ。どぶに咲くあたしらみたいな花とは違う。あんたが納得のいくいい仕事につければ、それよりいいことはないよ」

ヤンゾムはそんな矛盾だらけの話には耳を貸すのも嫌で、無関心を装い、心の中では、とにかくさっさとこのアパートから出ていこうと決意しながら言った。

「あの、とにかく、仕事が見つかるまではここにいさせてください。花の名前ばっかりいろいろ言われても覚えられないし、呼べったって無理です。とにかく今日からみなさんのことをアチャって呼ばせてください」

青く澄みわたった空に白い雲がふわふわと浮かんで輪になって踊っているかのような日だった。

ヤンゾムと菜の花の二人は、仕事探しに出かけた。街の小さな食堂や、小さな商店をあちこち回ったけれども、ヤンゾムが気に入っても、菜の花が駄目出しをし、菜の花が気に入ってもヤンゾムが嫌だといってなかなか決まらなかった。足を棒にして歩き回り、ようやく夕方近くになって、大きな茶館のまかないつきの皿洗いという月給五百元の仕事に落ち着いた。

ヤンゾムが仕事を始めると、朝アパートを出て、遅い時間に帰ってくるので、他の三人とはすれ違いの日々が続いた。ある朝、菜の花が明け方に戻ってきたとき、ヤンゾムはいびきをかいて寝ていたが、ベッドの脇にはびしょ濡れの革靴が転がり、掛け布団からはみ出している手はあかぎれになって血がにじんでいた。それを見た菜の花はたまりかね、もっといい仕事、もっと負担の少ない仕事を探してあげようと心に決めた。

ある日、いつもより早く起きた菜の花は、ヤンゾムの働く茶館に様子を見に行った。それは雪がひらひらと舞うひどく寒い冬の日だった。

ヤンゾムは大きな防水エプロンをつけて、ジャージャー流しっぱなしの水道水で、いつ洗い終えるともしれない茶わんを洗い続けながら歌を歌っている。

幸せな雪山の国に
私たちみんな集まった
真白き雪の心で
幸せを願うよ

足元に渦を巻いて流れる冷たい水に足を浸したヤンゾムは、靴がびしょ濡れになるのも厭わず、あかぎれだらけの両の手をまるで泳ぐ水鳥のように冷たい水の中に浸し、茶わんとたわむれていた。

それを見てかっとなった菜の花は、自分がぴかぴかのハイヒールを履いていることも忘れて、床を流れる水の中にずかずかと入っていき、ヤンゾムの手をぐいと引っぱった。そして首からかけていた大きな防水エプロンをはぎ取り、怒りもあらわに叫んだ。

「こんなとこじゃ、もう働かせない。今日でおしまいよ！」

菜の花はヤンゾムの手を引っつかんで外に連れ出そうとした。ヤンゾムは何が何だかわからず、叫んだ。

「アチャ、何するの。ここに来てなんて頼んだ覚えはないよ」

そして、菜の花が放り投げた防水エプロンを拾い上げたが、菜の花はヤンゾムからエプロンを取り上げて、床に投げつけた。女主人がその様子を見て、二人の間に割って入った。

「あんた何してるの？　仕事中なんだから邪魔しな……」

女主人が話し終わらないうちに、菜の花は鼻息も荒く言った。

「この子はね、あたしの妹なんです。今日まで働いた分の給料も払わなくていいから、連れて帰ります」

「待ちなさいよ。あんたね、いきなり乗りこんできて、うちの従業員を連れて帰るとかあり得ないでしょ」

女主人もヤンゾムを手放してなるものかと抵抗して見せた。すると菜の花は言い放った。

「それじゃあ、この仕事の契約書はどこにあるの？　見せてちょうだい」

これはナイトクラブ《ばら》の老板《ラオバン》〔漢語でオーナーの意〕が彼女に教えてくれた法律の知識であり、この都会が彼女に授けてくれた最初の教養でもあった。初めてナイトクラブ《ばら》にホステスとして入ったときは、菜の花は法律の知識など何もなかったので、契約書の中味をろくに確認もせずにサインをした。あとになってその契約書のせいで、見えない紐で店に縛りつけられ、抜け出すことができなくなったのだ。

女主人はいかにも残念そうに、失望の色をあらわにして言った。

「まったく、こんな働き者の子はどこ探したっていないよ」

それから小型の金庫から五百元を出すとヤンゾムに渡しながら言った。

「まだ二十五日しか経ってないけど、ひと月分の給料を払うよ。これから先、いい仕事に巡りあえなかったら、いつでもここに戻っておいで。歓迎するからさ」

ヤンゾムはやるせない顔で女主人の表情をちらりと見ると、菜の花の方を向いて言った。

「アチャ、あたし行かない。あたしここで楽しいもの……」

ヤンゾムが言い終わるのも待たずに菜の花は畳みかけてきた。

「今は楽しいかもしれないよ。でもさ、寝こんでもごらんよ。五百元じゃ、薬代も払いきれないよ。そのとき後悔しても遅すぎるの。あんたの手をごらんよ。あかぎれでこんなになってる。そもそもね、ご主人、皿洗いをさせるなら、ケチケチしないでゴム手袋くらい買ってあげたらどうなの」

こうして菜の花はヤンゾムの手を引っぱってその場を出た。ヤンゾムは女主人の方を振り返ってお辞儀をした。月給を全額くれたことへの感謝の意を表したかったのだ。女主人は菜の花に投げかけられた言葉のせいで考えこんでしまったようで、恥ずかしそうに顔を赤らめるばかりで、返す言葉もなく、失意のまなざしでヤンゾムの後ろ姿を見つめていた。

6

それからというもの、菜の花は、昼間はヤンゾムをアパートにいさせ、夜は狭いベッドで一緒に寝た。仕事探しに行くことを禁じられたヤンゾムは、しばらくして耐えられなくなり、菜の花に思いの丈をぶつけた。

「アチャ、あたしこんなふうに仕事もせずに自分の食いぶちも稼がずにいるのはもう嫌。働き口を探しに行きたい」

「だめだめ。しばらくはどこにも行っちゃだめ。アパートで休んでなさい。最終的に仕事が見つからなくても、あたしがあんたくらい養ってあげられるからさ」

菜の花はこう言うと、ヤンゾムに何百元札か渡そうとしたけれども、ヤンゾムはすぐさまつっ返してきた。

「あたしは所詮一人だから。自分さえお腹いっぱいになればそれで済むけど。でもアチャは……」

ヤンゾムは声を詰まらせた。

「とにかく食べ物が手に入るうちは、あんたを路頭に迷わせたりしないから」

二人はそれ以降、幸せなときは峠の草をともに食み、苦しいときは清らかな水をともに飲むということわざのように、ともに生きる覚悟を決めたのだった。

ただ、そうは言っても理想と現実には常にギャップがあるものだ。言われるがままに誰もいない家に引きこもっているわけにはいかないと思ったヤンゾムは、菜の花が朝寝をしている隙に、何日か続けて仕事を探しに行った。でも結局、満足の行く仕事を見つけることはできなかった。

彼女は肩を落とし、がっかりした足取りでアパートに戻ってきた。そしてベッドに横たわり、路地から流れてくる歌に耳を傾けるのが日課となった。新しい歌が出ると、すぐにCDの海賊版が出回る。CDショップも、茶館も、商店も、みな音の大きさを競うように新曲をかけているので、彼女はあっという間にたくさんの歌のメロディーや歌詞を覚えてしまった。

今ヤンゾムの手元には、茶館の主人がくれた給料のうち四百元しか残っていない。百元札一枚あれば、数日なら、街で甘いミルクティーとプトゥをすするだけで、何とか生きていける。彼女は懐から四百元を出して、現金を見つめ、四百元でどうしたらいいんだろう、と思った。小商いをしようにもこれじゃあ資金が足りない。四百元で何日持つんだろう。もやもやと悩むうちに、節約のために街歩きをするのも止めた。

その日、ヤンゾムは菜の花が起きるのを今か今かと待っていた。菜の花は正午過ぎにようやく目を覚まし、ぼさぼさ髪のままゆっくりと体を起こし、ヤンゾムにやさしく声をかけた。

「ねえ、ヤンゾム、せっかく仕事しなくていいんだから、もうちょっとゆっくり寝てりゃいいじゃない」

「ねえアチャ、あたしこうやって引きこもり生活をしてずいぶん経つけど、ずっと寝てばかりだと、毛のない豚になったみたい。それより、少しでいいから、資金を貸してくれない？　夜市で露店でもやってみたいの」

ヤンゾムの言葉を聞いて、菜の花は驚いた。

「あんたさ、人の顔もまともに見られないのに、どうやって商売なんかするつもりなの？　商売するならずる賢くてがめついくらいじゃないと。そうでなきゃ、あっという間に破産しちゃうってば」

結局、菜の花に諭されて、ヤンゾムのささやかな願いはうたかたのように消えた。

それからヤンゾムは、数日前と同じように、朝、家を出て、あてどなくふらふらと街を歩き回った。昼過ぎに街中でプトゥをする。お茶も頼もうかと思ったけれど、お金がもったいなくて我慢した。店を出る頃にはもう昼下がりで、それからまた街に繰りだして、仕事を探し、歩き回っているうちに一日も終わりだ。

夕日が西の水天の懐に落ちる頃、人びとは自宅へと急ぎ足で帰っていく。でも、ヤンゾムには帰る家もないので、パルコルへ向かい、巡礼路を三度回った。その時間帯になると、古都ラサのパルコルには夜を彩る電飾がきらきらとまたたいて、美しさを増す。美しい夜の灯のもと、静かに真言《マニ》を唱えながらパルコルを回る人びとが徐々に増えてきた。パルコルを回る人の群れが煩わしくなったヤンゾムは、ゆっくりとアチャたちの暮らすアパートへと戻っていった。

彼女たちはとっくに仕事に出かけていた。狭い部屋の中には、彼女たちの服があちこちにごちゃごちゃと置いてあるので、さらに狭く感じた。散らかった部屋を見ているだけで耐えられないので、ヤンゾムは部屋の片づけを始めて、きれいに掃除をした。

これは間違いなくニェンタク家で身についた習慣で、これこそがヤンゾムが家政婦として働いた報酬だったのかもしれない。ヤンゾムはどこに行っても目の前にあるごちゃごちゃしたものは片づけたくなり、ごみが落ちていれば掃き掃除をしたくなる。部屋をきれいにし終わると、やることが何もなくなってしまったので、菜の花のベッドに寝転がった。空腹のあまり痛みすら覚えるほどだった。

食堂に仕事に行かなくなってからというもの、彼女は栄養のある食べ物どころか、日々満足に食事することもできなかった。その日は朝食を食べただけで、力も出ず、階段を上るだけでも精一杯だった。耳には街から聞こえてくる騒々しい歌声や喧騒、そしてお腹のぐうぐう鳴る音が一緒くたに入ってきて、眠気がやってきてもすぐに目が覚めてしまう。

そんなとき、アチャたちが食べたカップ麺のスパイスの香りと香水の匂いが鼻をくすぐった。カップ麺はもともと好きではなかったけれども、今ここに漂う香りを嗅いだらひどくそそられた。ああ、今カップ麺をすすれたらどんなに豪勢な気分を味わえるだろう。そう思うとよだれが垂れそうになった。でも、ふとした瞬間に香水の強い匂いが鼻に飛びこんできて、酔っ払ったようになり、せっかくのいい気分も台なしだった。お腹はぐうぐう鳴っていたけれども、そのうちまたぼうっとしてきて、空腹のまま眠りこんでしまった。

夢の中でヤンゾムは、湯気の立った大きなカップ麺をすすろうとしていた。ところが洞穴のように口を大きく開けても、麺が一向に口に入ってこなくてひどく焦った。とそのとき、ヤンゾムは自分の口が大きく開いているのに気づいて目が覚めた。そして夢の中でもカップ麺にありつけなかったことにひどくがっかりしたのだった。

7

ごく普通の週末のある日、ヤンゾムはいつものように部屋に引きこもったままでいるのは嫌だと、菜の花に改めて訴えた。

「ヤンゾム、しばらくはあんたに合う仕事を見つけるのは難しいと思う。大事なことはじっくり待てって言うじゃない。いい仕事を得られるまでゆっくり探せばいいのよ。まあでもこうして家に引きこもってたら確かに気もふさぐよね。だったら今夜あたしと一緒に店に来ない？　気も晴れるんじゃないかな。お店に行ったら堂々としてれば大丈夫。そうすれば誰も手出しできないから。そもそもスケベな遊び人たちはあんたみたいな子には簡単にちょっかい出したり、遊んだりできないものなの。誰なら相手にしてくれそうか、あるいは誰に手を出したらまずいのかは、連中もはっきりとわかってるからさ」

ヤンゾムがしぶしぶ同意したので、菜の花はこの間のマルタン頭の漢人に買わせたパンツスーツをヤンゾムに着せ、ナイトクラブ《ばら》に連れていった。

早速四人の男性客のグループから指名が入ったので、菜の花はヤンゾムを連れて客のいる個室に行った。そしてヤンゾムを自分の隣に座らせると、「みなさーん、この子はあたしの実の妹なの。この子には手出ししたらダメよ。あたしたちとは違うの。同じ革からできた革紐じゃないいんだからね」と警告した。

ヤンゾムは十八歳になっていたけれど、知らない男の人の隣に座るのは初めてだったので、汗でブラウスがびっしょりと濡れ、肌に貼りついた。止まらない手汗をズボンで何度も拭きながら、うなだれたまま座っているしかなく、客の顔を見ることもできなかった。菜の花は四人の男性の真ん中に陣取り、たばこをおいしそうにぷかぷかとくゆらせながら、客たちに繰り返しお酒を注いだ。

そのうち猥談が始まり、ヤンゾムはあまりの恥ずかしさに耐えられなくなり、トイレに駆けこみ、冷たい水で顔を洗った。鏡を見て、ため息をつくと、少し心が落ち着いたので、もう一度個室に戻った。すると菜の花の姿はなく、さっきまでいた恰幅のいい髭面の男性客の姿もなかった。

おずおずと部屋に入ると、男性客の一人が「さあ、ビールを飲みなよ。うちらにも注いでくれよ」と言いながら、ゆっくりと近づいてきた。彼女が「あたし、あたし……」と後ずさりすると、男は充血した目で彼女をねめつけ、軽蔑したような口調で言った。

「君さ、こんなとこに来るくらいなんだから、清純派を装ったって無駄だよ。あたしたち同じ革からできた革紐じゃないんだから、なんて言ってたけど、こんな店で働いてる以上、そんなこと誰が信じるかってんだよ」

男はそう言ったかと思うと、彼女をぐいと引き寄せて、ビールを無理やり飲ませた。ヤンゾムは恐ろしくて、泣きだしてしまった。そのうち他の二人も加わって、三人で彼女の体を触りだした。彼女はまるでなめされる皮のように体をもみしだかれ、さらにはたばこの煙を口の中に無理やり吹きこまれた。いくら身を守ろうとしても、まるで巨象に踏みつぶされた蟻のように、何の抵抗もできなかった。結局彼女は泣き笑いのような表情を浮かべて「この世は広いけどあたしの居場所はない。ラサは広いけどあたしの生きる場所はない」と心でつぶやき、口にしたこともないビールを一気に飲み干すしかなかった。口の中に入ってきた茨の樹液のような苦い液体はとても飲めたものではなく、嫌でたまらなかったが、三人の男たちに口をこじ開けられ、何度も何度も無理やり飲まされた。

しばらくすると、目が回ってくらくらしてきた。体全体がしびれ、意識も朦朧としてきた。

いつしか図体の大きな男に引きずられるようにナイトクラブの隣の《レンゾム・ホテル》に連れこまれ、気づけばベッドの上に寝かされていた。そのホテルは、ナイトクラブ《ばら》の客たちがホステスを連れこむ売春宿だった。

その日ヤンゾムは、春をひさぐ女のように扱われ、ホテルに連れこまれたのだ。ベッドの上で、犬や狼にむさぼり食われるように、無理やり服を脱がされそうになったとき、意識が少し戻ったヤンゾムは、ありったけの力を振り絞り、「いや！　やめて！」と全力で押し返した。ヤンゾムはふらふらしながら何とか立ち上がったけれども、鷲にとらえられた子羊のように男につかみかかられ、再びベッドに押し倒された。マルタン頭の男に買ってもらったスーツも、情け容赦なく引き裂かれた。

このあとどうなるかは火を見るよりも明らかだった。心臓は激しく波打った。パニックになった彼女はありったけの力で抵抗したけれども、力の強い男の前では、八歳の少女ほどの力しかなかった。男に持ち上げられ、押し倒されてしまうと、力の劣るヤンゾムにはもはや抵抗する力も残されていなかった。

「お願い。放して」

ヤンゾムは懇願したけれども、なすすべもなかった。ああもう終わりだ、何もかも終わり……。

ヤンゾムはあまりの恐怖に、死体のように硬直して動けなくなった。

男はシーツについた赤い染みを確認して満足そうな笑みを浮かべると、ショックで泣いているヤンゾムの額にキスをし、枕もとに五百元を置き、彼女の尻をポンと叩いて出ていった。


その頃菜の花は、《レンゾム・ホテル》の一室を出て、ヤンゾムを迎えに行かなきゃと、髪をなでつけながら、すぐ隣の《ばら》へと急いで戻った。ところがヤンゾムは見当たらない。他の男たちの姿もなかった。

不安になった菜の花は、ビールで酒盛りをしている個室を一つひとつノックして回って捜したが、ヤンゾムの姿はおろか、影すらも見当たらない。菜の花は、ヤンゾムの身によからぬことが起こったのを悟った。体目当ての客に無理やり連れて行かれたんだ。そう思った菜の花は、慌ててホテルに舞い戻った。いてもたってもいられず、ひと部屋ずつ回ってノックしたが、どのドアも中から施錠され、何の反応もなかった。それでも続けて部屋を回っていると、角の部屋のドアが開け放たれていた。部屋に入ってみると、ベッドの上にヤンゾムが裸で横たわっていた。胸の上にはびりびりに引き裂かれた上着がかけてあった。

ヤンゾムは真っ青な顔で、身じろぎもせずに泣いていた。涙はとめどなく流れ、頬を伝って耳にまでぽたぽた落ちている。菜の花はヤンゾムを見た瞬間に、雪の降る冬のあの夜を思い出した。身の毛もよだつあの夜に、我が身に降りかかった悲惨な事件の顛末が脳裏にありありと浮かんだ。彼女はすべてを悟り、後悔の念にさいなまれながら、ヤンゾムにしがみついて泣き崩れた。

「全部あたしのせいね。でも……こんな空から石が降ってくるようなことが起きるなんて夢にも思わなかったのよ。人でなし！　人でなし！　あんなやつ、死ねばいいんだ」

《ばら》や《レンゾム・ホテル》はそんな菜の花の悲痛な叫び声には何の関心もないようで、《ばら》はネオンサインをきらめかせ、相変わらず賑やかな歌声を響かせている。ホテルは暗がりの中で、何事も起きていないかのようにひっそりとたたずんでいた。

菜の花は後悔のあまり打ちひしがれ、肺も心臓も張り裂けそうな、耐えがたい痛みを味わっていた。ぶるぶると体を震わせ、泣きじゃくりながら、自分の上着を脱ぎ、ヤンゾムの体にかけてやった。この忌まわしい部屋を早く出ようと、ヤンゾムを抱きかかえようとしたけれども、まるで死体のように身じろぎもしない。ヤンゾムのひどく重い体を引っぱって、ありったけの力を出して運ぼうとした。

何とか動かしたとき、シーツに赤い染みがついているのが目に入った。その赤い色は、《レンゾム・ホテル》の部屋の天井からぶらさがっている赤いランプシェードよりも赤かった。そのときになってようやくヤンゾムは口を開いた。

「アチャ、どうしよう。とんでもないことしちゃった。ホテルの人に叱られちゃう。あたし、シーツを汚しちゃった」

ヤンゾムの口から最初に出た言葉は、レイプされたことを訴えるのでもなく、体を汚されたことに怒りを表明するのでもなく、ホテルのシーツを汚したことを心配する言葉だった。菜の花はヤンゾムの頭をなでてやりながら言った。

「世の中にはまだあんたみたいなうぶな子がいるんだね。ああ、何もかもあたしのせいだ。あたし、あんたの面倒を見るって約束したのに、結局あんたを守ることができなかった……。ヤンゾム、あたしたちこれから、二人で助け合って生きていこう。幸せなときは青い山の草をともに食み、苦しいときは青い川の水をともに飲むっていうでしょ」

「ねえアチャ、アチャが悲しむことはないよ。これはあたしの業《ごう》が深いせいなんだから。額の皺を消すことができないように業をくつがえすことはできないってことわざにも言うでしょ」

ヤンゾムは絶望したような悲痛の表情を浮かべ、ふらふらしながら何とか立ち上がり、菜の花にすがってその場を離れた。

《レンゾム・ホテル》の真っ白なシーツの上には、ヤンゾムの体からしたたり落ちた赤い血の染みと、男が置いていったよれっとした赤い百元札が残されていた。その二つの赤はまるでヤンゾムの悲惨な運命を憐れんでいるかのようだった。

アパートに戻ったヤンゾムはベッドに横になったまま、天井を見つめて過ごした。昼間は食欲もなく、夜は眠りという栄養も取れずにいた。心は千々に乱れ、五臓六腑は苦しみの炎で焼きつくされそうだった。ヤンゾムは四昼夜をそうやって過ごした。他の三人はどうしたらいいかもわからず、打ちのめされていた。

この事件は菜の花にとってもつらい出来事だったので、仕事を休み、ヤンゾムと一緒に過ごすことにした。彼女はヤンゾムのベッドの脇にひざまずくと、雪の降る真冬の夜に自分の身に起きたことを、ありのままに打ち明けた。

ヤンゾムは菜の花に起きた忌まわしい出来事に耳を傾けながら、涙をはらはらとこぼした。乾いて薄皮のむけた唇が少し動いただけで、菜の花に慰めの言葉一つ口にすることすらできなかった。

菜の花が打ち明け話をした日の翌朝、三人が起きると、ヤンゾムもふらふらと起き上がった。三人は喜びに沸き立った。プリムラは洗面用の水を用意し、ハナゴマは顔も洗わずにサンダルを引っかけて路地に飛び出して行き、朝食を買ってきた。

菜の花は目に涙を浮かべてヤンゾムの手を取って言った。

「ヤンゾム、起きられてほんとうによかった。もしあんたが起きてこなかったら、あたし、後悔でもだえ死んでた。あたしたちって、どんなに苦しくて不幸な目に遭っても、この世からは逃げられないんだよね。ここで生きていくしかない……」

菜の花はそう言いながら、涙をぽろぽろこぼした。とそのとき、涙のしずくがヤンゾムの温かさを失った手にぽたりと落ち、それがヤンゾムの冷えきった心にじわりとした温かさをもたらした。ヤンゾムは菜の花の手を取って言った。

「ねえ、アチャ、アチャは後悔なんてしなくていいからね。これはあたしの業が深いせいなの。嘆いたってどうにもならない。山の高みから自分の運命が見えるなら、過ちなど犯すことはないって言うけど、ほんとその通りだね。こんな災難に遭うなんて予想もできなかったんだから、アチャも苦しまないで。あたしの福徳が足りないだけだから。あたしの福徳が足りないせいで、あの夜、純潔を失ったの。こんな人生うんざりだけど、この先も生きていかなきゃならないし、何とか食べていかなきゃならないんだから選択肢はないよね。両親からもらった体を守れなかったあの日、あたしの心は死んだの。今あたしに残されているのはこの体だけ。だからあたしもアチャたちと一緒に《ばら》で働くことにする。ねえ、アチャから老板《ラオバン》にあたしを入れてくれるよう頼んでくれない？　だってもう白い布に黒い染みがついちゃったんだから、守るものなんてないじゃない」

こうしてヤンゾムは、菜の花の反対にも耳を貸さず、ナイトクラブ《ばら》に足を踏み入れることとなった。

最初の一か月はダンスのレッスンからお酒の飲み方、お酌の仕方、たばこの吸い方に至るまで、ホステスとしてのあらゆる立ち居振る舞いを学んだ。中でも一番きつかったのがダンスのレッスンだった。ヤンゾムにダンスの稽古をつけてくれたのは、《ばら》でダンスの教師をしている漢人の青年だった。どこの誰だかわからない男にバターよりも柔らかな肉体をけがされたヤンゾムは、男性に触れられるだけで不快だった。だからダンスの先生がこっちに近づいてくるだけで思わず避けてしまうし、先生が頭を上げるとついうなだれて足元を見てしまうので、どちらを向くかとか、リズムやメロディーを気にかけることなどできるはずもなかった。

先生も相手が他のホステスだったら粘り強く教えることなどとうに諦めて、こっぴどく叱りつけているところだったろう。でも、おとなしくて慎重で性格のいいヤンゾムが他のホステスのように人をたぶらかしたり平気で嘘をついたりするような人間ではないことはわかっていたので、「一、二、三！　一、二、三！」と声をかけながら、じっくりとレッスンを続けた。ヤンゾムはそれまでダンスの経験もないし、男女が手を取りあって踊るようなダンスは、テレビで見たことがあるだけで、一度もやったことがなかったので、ステップの練習では足が思うように動かず、先生の足をついつい踏んでしまうのだった。その様子を見ていた他のホステスたちは、笑い転げながら声援を送った。

「頑張って！　ねえヤンゾム、あんた内気だしおしとやかだから、ツツジって呼ぶわ。ツツジ！頑張れ！」

　そんなふうに言われたら、なおいっそう足取りが乱れるわ、名前にも慣れないわで、ダンスの先生にひどくきまり悪そうな顔を向けて言った。

「先生、ごめんなさい。このダンス、覚えられそうにありません。でも、お客さまたちだって、酔っ払ってたら踊れないいんじゃ？」

　先生はその発言に驚き、彼女を見つめて言った。

「いい？　お客が酔っ払って死のうが生きようが、うちらには関係ないの。お客が踊れようが踊れまいがどうだっていい。重要なのはね、お客が酔いつぶれる前に、財布からどれだけお金を引き出して、うちらのものにできるかってこと」

　ほどなくして、ヤンゾムはダンスを踊れるようになり、腰つきからも硬さが取れ、しなやかできびきびとした動きを見せるようになった。そのうえいつもにこにこと笑顔を絶やさず、スケベな殿方たちのおもてなしも無事にこなせるようになった。さらには客が酔っ払ってへべれけになる前に、自分がもらえるだけのチップをかき集められるようになった。入店当初と比べて見違えるようになり、三度の食事にも心配がなくなったので、両親を思い出して悲痛な涙をこぼす回数も、徐々に少なくなっていった。

今や彼女はアチャたちと同じように、昼と夜で別人になる化粧を身につけた。たばこの吸い方もビールの飲み方も注ぎ方もうまくなり、さらには優美な手つきまで身につけていた。今は様々な客たちに腰を抱かれたり、唇にキスをされたりしても、まったく恥ずかしいと思わなくなった。でも、自分の体にふりかけた香水の香りに、たばこやお酒の匂い、そこにスケべな男性客の口から吐き出される鼻のひん曲がるような口臭がまざるとどうにも耐えがたく、嗅ぐたびに虫酸が走る思いがした。

ヤンゾムにとって以前からの大きな変化といえば、財布の中にかつては触れるどころか目にしたことすらなかった百元札が大量に入っていることと、ブランド物の服や夢にも見たことのなかった金のアクセサリーを身につけるようになったことだった。こうして彼女は見目麗しくあでやかな女性となっていった。


そんなある日、赤十字社の人びとが、街頭でエイズ撲滅のための広報活動を展開していた。そこへちょうど通りがかったプリムラは、無料配布中のコンドームを箱から何束か取ってバッグに突っこむと、店に向かった。先に店にいたツツジはプリムラがぽいっと渡されたそれを、わけもわからず開封した。これはいったい何？　お菓子でも入ってるのかと思ったら違うし、何なの、このやけに薄い袋みたいなものは……。ツツジはその袋みたいなものを指にかぶせてくるくる回しながら「これって指サックか何かなの?」と言った。

するとその場にいたホステスたちは急に腹を抱えて笑い転げた。菜の花はツツジを部屋の隅に連れていき、真面目な顔で言った。

「それはコンドームっていうの。アレにつけるやつ。あたしたちこんな危ない仕事をしてるんだからコンドームはすごく大事なの。あたし、うっかりしてて、あんたに説明するの忘れてたわ。今後客から特別な接待の申し出があったら、必ずこれを使うんだよ」

ツツジは顔をりんごのように真っ赤にして、菜の花には返事もせずにコンドームをバッグに入れた。

初めは何事にもうぶだったのが、頭で理解できるようになり、頭でわかるだけでなく、精通するようになり、果ては熟練していく。これは世のならいなのだ。ツツジも様々なことを身につけていった。見様見まねで覚えた女の策略と自分自身の美貌を武器に、スケべな男どもの財布から金をむしり取り、自分のものにする方法を体得したのだ。かつて初めて菜の花が連れてきた、マルタン頭の社長に大枚を叩かせたときに胸に抱いた憐れみや良心は、こうして朝日に照らされた草葉の露のごとく消え去っていた。彼女は悟った。欲望に身を任せたスケべな男たちは、肉を削ぎ取りこそしないけれど、若い女性の肉体からすべてをむさぼり食おうとする生き物で、男たちにとってはそんなはした金などどうでもいいのだ。はっきり言ってここにいる女たちはみんな恥知らずだけど、ここに集まってくる男たちだって良心のかけらもない連中ばかり。そうした男たちの金には、たいていどす黒いものが混じってるもんだし、そうでなけりゃはなから真っ黒なんだから、そんな金、いくら使ったって悔やむことなど何もないんだ。

こうして彼女も《ばら》のホステスたちと同じように、昼間は街をぶらつき、社長を呼びだしては茶館でおしゃべりをしたり、麻雀やトランプで遊んだりして過ごすようになった。

同じアパートで暮らす四人のうち、一番年上のハナゴマは、子どもっぽさが抜けきらず、お金を惜しみなく使ってしまい、貯めるという意識がかけらもないタイプだ。これに対して、プリムラはお金に細かくケチだった。彼女にとってはお金が自分の命のようなものだった。無駄遣いにはいつも気をつけていて、石けん一つ買わず、いつも人のものを勝手に使っていた。でも、その代わりに彼女は自ら進んでアパートの部屋を掃除する役を買って出るばかりか、洗濯も一手に引き受けていた。

そこにツツジが加わってからは、プリムラの仕事は少し減った。ツツジが掃除をするようになると、部屋は狭いながらもいつもきちんと整頓されるようになった。ツツジは一番年下だったのでみんなに可愛がられ、ツツジの方も三人のことを実の姉のように慕うようになった。ツツジはみんなと少し違うところがあって、常日頃から新聞や雑誌を読むのが好きだった。それを知った三人は暇なときに街の古本屋に寄って、表紙を見てよさそうだと思ったらツツジに買ってきてやるようになった。

四人の共通した特徴は、共同生活の部屋に決して男性を連れてこないことだった。そしてアパートの中ではなるべくひっそりと過ごし、同じアパートの住人たちに会えば笑顔であいさつをし、とりとめもない会話を交わすことにしていた。これは最初にここに引っ越してきたときにハナゴマがそうしようと提案したことだった。

「あたしたちがどんな仕事をしているか、周りには悟られない方がいいと思う。だいたいお天道さまに顔向けできるような仕事じゃないでしょ。まあ、このアパートの住人はしがない貧乏人ばっかりだからうちの店なんか来るわけないし、そもそも貧乏人が入れる店じゃないんだけどね」

ハナゴマの話を聞いて、まさにその通りだとみな思った。住人たちは四人のことをふくろうと呼びこそすれ、どんな仕事をしているのか詮索してはこなかった。それは彼らなりの、四人への敬意の現れであるように思われた。

《ばら》で働き始めてほどなくして、ツツジの月給はハナゴマに続く第二位となった。それは彼女が「小女王」というランクを得たということだ。これはツツジが女王の名にふさわしいすらりとした太もも、張りのある胸のふくらみ、しなやかな腰つき、美しい流し目などで男性客たちを惹きつけた結果だ。それに釣られた客たちが、暑い最中に美しい蓮華の咲く池に群がる象のごとく吸い寄せられたというわけだ。

ツツジはもはやかつてのおとなしい娘ではない。ナイトクラブの激しい雨風にさらされた彼女は、客に対してはいつも毅然としたふるまいを見せていた。どの客が先に来たのか、誰がチップを多くくれたかにはよくよく注意を払うが、年齢や容姿によって客あしらいを変えることは一切ない。そして自分の肉体をスケベな客たちにさらし、どこでも好きに触らせた。たまに客にせがまれれば《レンゾム・ホテル》に同伴することもあった。お金さえもらえれば自分の肉体を惜しみなくさらけだした。男たちに体を与えるときも、初めての男に抱いたような恨みはもはやない。でも、男に欲情することはそれ以上になかった。男たちがのしかかってくれば、ただただ自分の責務を果たし、作り笑いを浮かべ、しなやかな手つきで遠慮なく代価を受け取るだけだった。

あるとき、《ばら》に六十過ぎのチベット人ビジネスマンが来るようになった。その男性は他のスケベな客と違って早い時間にやってきて、早く帰っていった。数日間様子を見てから、ツツジに対して特別なチップを何度もくれるようになった。少し親しくなると、アクセサリーをくれたり、彼女のことを「私の小さな宝物《ノルブ》」と呼ぶようになり、しばらく歳月が過ぎた。

ある日その客がツツジの手を握って言った。

「君に毎月五千元払うし住む場所も用意するから、私の愛人になってくれないか」

ツツジは初め「愛人」という言葉の意味をよくわかっておらず、この人、年を取った老いぼれだけど、あたしも帰る家と生活をともにする人ができるなら、わが意を得たり、馬走ったりだと思って口約束をした。そうして彼女は、しばらくの間、他の男性とは特別な関係は持たず、ごく普通のサービス、つまり踊ったり、お酌をしたり、自分でも飲むといった程度のサービスに留めて、その客が《ばら》から連れ出してくれるのは今か今かと期待に胸をふくらませていた。

そのいきさつを知って驚いた菜の花とハナゴマは示し合わせ、男性に詰め寄って「ツツジに毎月五千元の生活費なんて払わなくていいから、法的に結婚して家に迎えればいいじゃない」と直談判した。

するとその男性は虚を突かれたような表情で、まぶたの垂れ下がって小さくなった目を丸くしてこう言った。

「私は根っからの女好きなもんでね。まあ、この世の男の大半が持ってる欠点かもしれないが。しかしな、これまで一緒に過ごしてきた伴侶と血を分けた子どもたちを捨てて、君らのような人間と一緒になるわけにはいかんよ。そんなことをする男がいたら、そいつの頭はいかれてるに違いない。正式な結婚なんてしたら、それこそ私という人間の名折れだ」

この一件があって以降、老紳士は店に寄りつかなくなった。こうしてツツジの思い描いた新生活の夢も、はかない虹のごとく消え去った。それと同時に、ホステスの仕事を続けていく決心がついて、これこそが自分が背負っている前世からの業なのだと、それまで以上にはっきりと意識するようになった。

8

ごく普通の夜のことだった。賑やかな《ばら》に、ふらふらと酔っ払いが入ってきて、この店で一番きれいな女の子についてほしいと言った。一番きれいな子と言えば、ナイトクラブの女王であるハナゴマということになるが、その晩彼女は別の客に指名されていたので、小女王のツツジが黒服に呼ばれ、その客につくことになった。

その客は酔っ払って悪ぶってはいたけれど、普段《ばら》に来る客にはあまりいないタイプの、威厳と男くささを感じさせる男だった。この店に来る客は、何軒もはしごしてべへれけになっていても、身なりはきちんとしているものだ。その客も例にもれず有名ブランドのぱりっとしたスーツに身を包み、小脇には革製の小ぶりなクラッチバッグを抱え、いかにも金持ちそうな出で立ちだった。

その男が選んだ個室はＶＩＰルームだった。ツツジが部屋に案内すると、男はどっかりとソファに腰を下ろした。初めはツツジの顔をじっくり見つめるばかりで、ひと言も口を利かなかった。

この手の客はよく店にやってくるけれども、若い女と見たら襲いかかってくる狼というより、特にこれと言った希望も出さずに体を部分的に触ったり、頬にキスをしたりして、ビールを飲み終われば帰っていく。こうした客はホステスにとっては大歓迎だった。そんな客につくことができれば、体も休まるというものだ。だいたいビールを一緒に飲むだけで二百元から三百元の収入になるので、一番うま味のある取引になるのだ。

ツツジはにこやかに笑みを浮かべながら、穏やかな口調で尋ねた。

「お客さん、ビールは何になさいます?」

「まあ、慌てることはないさ。まずはこっちにおいで」

男は真面目な顔でそう言うと、ツツジの手を取って自分のそばに座らせ、彼女の背中に触れ、頬を寄せた。それからラサビールを十缶注文して、お酌するように言った。男はビールをぐいっと飲むと言った。

「独りで飲んでも面白くないから、一緒に飲んでくれないか」

何か嫌な予感のしたツツジは、「ビールは飲めないんです」と言い訳をして、ビールには口をつけなかった。

「君は飲まなくてもいいさ。君の分のビールは体にかけてやろう」

男はじっと見つめると、本当に泡立ったビールをかけてきた。さらには空き缶を彼女に投げつけるなど、奇行を繰り返した。

しかしツツジには、男が何だか演技でもしているように思えてならなかった。彼女はハンカチを取り出して、自分の顔にかかったビールを拭きながら言った。

「お客さん、あまりお酒が飲めないんでしょ。ほら、お水をどうぞ」

ツツジは男のグラスに水を注いでやり、控えめな音量で音楽を流した。ステレオからはテレサ・テンの歌う〝酔っ払いのタンゴ〟が流れてきた。

「何だかうるさいな」

男がまだら模様のネクタイをゆるめて顔をしかめたので、彼女は素早く音を消した。とそのとき、男は彼女の手を取って、自分の膝までぐいっと引き寄せ、じろじろと彼女の体を見つめて言った。

「なあ、君を《レンゾム・ホテル》に連れていってもいいかい？　君たちいつもあそこに行ってるんだろ？」

目の前の男のふるまいはどこをどう見ても、いつもの遊び慣れた常連客とは違っていた。

ふと、去年の冬に摘発があったとき、警官のボスがこんな感じだったと同僚のホステスが言っていたのを思い出し、この人物がただの酔っ払いではないという勘が、確信に変わった。彼女は素知らぬ振りをして、何を言っているのか訳がわからないという口調で丁重に説明した。

「お客さん、お水のことですか？　お水ならお支払いは不要ですよ。この個室にお金を払っていただいてるから、料金に含まれてます」

「こっちが言ってるのはあんたの体に金を払おうって話……」

男は不満そうな表情をあらわにした。

「あらあら、お客さん、ご冗談はたいがいにしてくださいよ。お客さまのおもてなしで、ダンスのお相手をしたり、お酌をしたりはしますけど、はしたない仕事は一切してませんから」

彼女があざ笑うように言うと、男は苦笑いをして立ち上がった。

「なんだ、君の体もてっきり料金に含まれてるのかと……」

男はさっと髪を整えると、部屋を出ていった。奥のトイレに用を足しにでも行ったのかな、変な人と思っていると、突然店内の照明が消えた。BGMもぷつりと切れ、店内は騒然となった。

そのうち電灯がつき、店内は一気に明るくなったが、しんと静まり返ったままだ。大広間の色とりどりの煌びやかな照明をつけるものはいなかった。個室からは客とホステスが次々と出てきた。そのうち《ばら》の隣のホテルからも、たくさんのホステスと男性が引きずり出されてきた。

しばらくすると、ダンスホールの真ん中に全員が集められた。普段は偉そうにしている男性客たちが頭に足でもぶつけられたかのようにうなだれ、首をすくめたまま震えている。ホステスたちも泣きながら互いにしがみつき、ぶるぶる震えている。

中でもハナゴマは一番ひどい辱めを受けていた。さっきまで《レンゾム・ホテル》にいて全裸だった彼女は、かろうじてブラジャーとショーツを身につけているだけだった。ツツジは羽織っていた薄手のストールを大広間の真ん中に立たされているハナゴマに向かって放り投げ、「早く前を隠して」と声をかけた。しかし、それに気づいた若い警官がそのストールを拾い、ツツジに

郵便はがき

料金受取人払郵便

神田局
承認

5054

差出有効期間
2026年7月31日まで
（切手不要）

101-8791

965

千代田区外神田
二丁目十八―六

春秋社

愛読者カード係

＊お送りいただいた個人情報は、書籍の発送および小社のマーケティングに利用させていただきます。

(フリガナ) お名前	歳	ご職業
ご住所 〒		
E-mail 小社より、新刊／重版情報、「web 春秋 はるとあき」更新のお知らせ、イベント情報などをメールマガジンにてお届けいたします。	電話	

※新規注文書（本を新たに注文する場合のみご記入下さい。）

ご注文方法 □**書店で受け取り** □**直送(代金先払い)** 担当よりご連絡いたします。

書店名	地区	書名	冊
			冊

ご購読ありがとうございます。このカードは、小社の今後の出版企画および読者の皆様とのご連絡に役立てたいと思いますので、ご記入の上お送り下さい。

書　名〉※必ずご記入下さい

●お買い上げ書店名(　　　　地区　　　　書店　)

●本書に関するご感想、小社刊行物についてのご意見

※上記をホームページなどでご紹介させていただく場合があります。(諾・否)

●ご利用メディア	●本書を何でお知りになりましたか	●お買い求めになった動機
新聞 (　　　) SNS (　　　) その他 メディア名 (　　　)	1. 書店で見て 2. 新聞の広告で (1)朝日 (2)読売 (3)日経 (4)その他 3. 書評で (　　　紙・誌) 4. 人にすすめられて 5. その他	1. 著者のファン 2. テーマにひかれて 3. 装丁が良い 4. 帯の文章を読んで 5. その他 (　　　)

●内容	●定価	●装丁
□満足　□不満足	□安い　□高い	□良い　□悪い

●最近読んで面白かった本　(著者)　(出版社)

(書名)

㈱春秋社　電話 03-3255-9611　FAX 03-3253-1384　振替 00180-6-24861
E-mail : info-shunjusha@shunjusha.co.jp

向かって投げ返した。

その警官はハナゴマをはじめとするホステスたちやスケベ男たちを一人ずつ広間の片隅の薄暗いところに呼びつけて尋問をした。やりとりはすべて録音され、調書も取られた。

男性客たちには普段ホステスたちに話すときのような堂々とした感じも勢いもなかった。尋問に応じるときも蚊の鳴くような声で、筆記担当者にしか聞こえないほどだった。財産やら名声やらを自慢して威張り散らしていた男たちは、警官の威厳に満ちた態度と立派な制服、バッジつきの制帽にすっかり気圧され、まるで残り物のトゥクパをあさろうとして鍋にどぼんと落ちた子犬のように、がっくりと肩を落としていた。

ツツジの尋問は最後だった。彼女も他のホステスたちと同じように恐怖と恥ずかしさで頬は涙に濡れ、化粧もすっかりはげ落ちた。

「さあ、こっちへ来い」

警官は彼女の尻をぐいと押して言った。

「嫌です。あたし行きません……」

彼女は大広間の柱にしがみついて泣いた。

「まだ言い逃れするつもりか。自分のツラを見てみろ。若いのに好き放題やらかして、たいした恥さらしじゃないか」

腹を立てた警官はツツジに怒鳴りつけ、後ろからどついた。

するとそこへ、さっきまでツツジがＶＩＰルームで相手をしていた男が近寄ってきた。

「その子は違う。この店で雑用をしてる子だ」

男は大広間の中央にぽつんと落ちているストールを拾い上げると、ハナゴマにかけてやった。

静かなその晩、警察車両が赤いランプを点けて、ウーウーとサイレンを鳴らしながら、ハナゴマや菜の花をはじめとするたくさんのホステスを連行していった。

ツツジはパトカーのあとを追いかけようと駆け出したけれども、大通りには白茶けた土埃が残るばかりで、何もなかった。

走って追いかけようとしたが、パンプスのヒールが高すぎて、まともに走れず、最後は靴を脱いで手に持ち、泣きながら少し走った。しかし、真夜中の大通りにはわずかばかりの車が行き交うだけで、人通りもなく、がらんとしていた。

ツツジは絶望的な気分でアパートに戻った。部屋に入ると、先に帰宅して横になっていたプリムラが少し体を動かして、目を片方だけ開け、得意げに言った。

「今夜はおおごとになっちゃったね。私は誰からも指名されてなかったから、うまく逃げられたんだ」

ツツジは押し黙ったままハンドバッグをベッドに放り投げると、ドアの内側にかかった鏡を見た。目の周りに引いた黒いアイラインや顔に塗ったファンデーションやチーク、口紅などが混じってまだら模様になっている。頬を伝う涙で化粧が溶けだし、その跡はまるで顔に二本の長い線を引いたかのようだった。鏡の中の女は、店に姿を現せば誰もが認めるあの美女ではなく、生身の魔女そのものだった。彼女は思わず鏡に拳で殴りかかって叫んだ。

「あんたなんか死んじゃえ」

「あんたったら、やめなさいよ。今回が初めてじゃないんだから。嵐がおさまれば数日で出て来るし、お店も再開するからさ。それよりあんた、何千元か用意しといて。あたしはお金ないから」

プリムラはひどくだるそうに言うと、再び眠ってしまい、気持ちよさそうにぐうぐう寝息を立てるのだった。

プリムラのわけのわからない反応にツツジは不満だったけれども「今回が初めてじゃないんだから。嵐がおさまれば数日で戻って来る」という言葉に少し安堵した。まずは顔を洗い、それから菜の花が彼女のために作ってくれた通帳を確認したところ、一万元強あったので、これだけあれば何とかなるかと思って少し落ち着いた。

数日後、電話がかかってきて、保釈金は一人あたり四千元だと告げられた。ツツジは喜び勇んで銀行に行き、お金を全部下ろして二人を迎えに行った。大変なときに手を差し伸べてくれたツツジに、二人はいたく感激した。

「まったくひどいったらありゃしない。いつもなら先に連絡があるもんだけどなあ。今回は《レンゾム・ホテル》が情報屋への付け届けをケチったんじゃないの」

ハナゴマは不平を並べながらも、最後にはきっぱりとこう言った。

「まあでも、あたしもこれからは少しお金を貯めないと。せめて保釈金を払えるくらいにはさ」

第四章

菜の花

1

菜の花の父親は名高い石工だった。その匠の技のおかげで、一家の暮らしは裕福ではないものの満ち足りていた。菜の花は愛情深い両親と賢い弟に恵まれて幸せだった。弟のツェリンとともに県都の全寮制の学校に進学して、楽しい学生生活を送っていた。

だが、額の皺を消すことができないように前世の業をくつがえすことはできないとはよく言ったもので、まさにそんな世のことわりが菜の花の身に降りかかる。彼女が高校二年のとき、自宅の新築工事をしていた父が屋上から転落したのだ。一命はとりとめたものの、腰の骨を折る大事故で、矢のごとくすらりとしていた父の体躯は弓なりに曲がってしまった。半年間にわたる入院の後、退院して帰宅したときには、痛みこそ消えていたけれども、重篤な後遺症が残り、軽微な仕事しかこなせなくなっていた。その結果、農作業などの重労働は母が一手に引き受けることとなった。

高校で優秀な成績をおさめていた菜の花は、家庭の事情の急変に、泣く泣く布団を担いで大好きな高校に別れを告げるしかなかった。彼女が退学を決意したもう一つの理由は弟のツェリンを大学に進学させることだった。自分にはかなえられない夢を弟に託すことにしたのだ。口数は少ないけれどもしっかり者のツェリンは熱心に勉学に取り組み、姉と同様に成績も優秀だった。姉の期待を裏切ることなく、高校受験の結果はなんと県のトップの成績で、小さな村にはその名声が雷鳴のように轟いた。

こうして菜の花はかばんを捨て、鍬と鋤を持つことになった。明るい教室を出て、広大な土地で母とともに天と地と格闘しながら農作業に勤しんだ。でもそれだけでは家族が食べていくのに精一杯で、現金収入を得るには至らない。現金収入がなければ、父の治療費も出せない。それに前年に一家を襲った不運な事故のせいで、自宅の二階部分はまだ出来上がっておらず、壁もラクダの背中のようにでこぼこのまま、ぽつんと村の真ん中に取り残されているありさまだった。村人たちは近くを通りかかるたびにひそひそと何やら言葉を交わしていた。自分たちのことを噂されているのではないかと思うと、母娘ともども胸中には不安の炎が燃えひろがり、いてもたってもいられなかった。

母は現実の残酷さにおののき、四六時中泣いてばかりだったが、菜の花はまだ若く、読み書きも学び、本を読むことで少なからぬ知識を身につけていたおかげで、母よりすぐれた判断能力を身につけていた。このままずっと田舎で過ごしていたら、家庭の苦境を変えることはできないから、都会に出稼ぎに行って貯金をしよう。そして家を建て直し、父の治療費も途切れさせないようにして、さらには弟の勉学を続けさせてあげられるようにしよう。彼女はそう決意した。その考えを弟に話したとき、ツェリンは大好きな姉の顔を見つめ、「姉さん、ぼくのため、家族のためにそんな決意を……。ぼくも姉さんの期待を裏切らないように頑張るよ」と誓いの言葉を口にした。

こうして菜の花は田舎を出て都会に出稼ぎに行く人びとと同じように、布団を担ぎツァンパを携え、村を出た。彼女は故郷を出るとき、顔には笑みを浮かべ、心には希望を抱いて出立したのだ。

彼女は田舎を出て都会に出稼ぎに来る多くの若い女性たちと同様に、まずは茶館で皿洗いをして、月々三百元の収入を得る身となった。そこから実家に二百元仕送りし、家賃と食費のために百元を手元に置くことにしていた。それは倹約に倹約を重ねて作ったお金だった。同じ村から出稼ぎに来ている数人の女の子たちと共同生活をすることで、家賃と水道光熱費をあわせて月々五十元の支出に抑えていた。残りのわずか五十元で、何とか服代や食事代をまかなっていた。

菜の花は茶館に来る客に片っ端から声をかけ、少しでも給料のいい仕事を紹介してほしいと頼んでいたところ、ガソリンスタンドの従業員の仕事につくことができた。そこは住み込みで水道光熱費も支払わなくてよかったので、ツェリンが高校を卒業するまで、そのガソリンスタンドで働いた。車が入って来ないときは新聞を読んだりしていてもよく、体力的にも楽で、心にも余裕ができた。

その後、ツェリンは高校を卒業して、北京の大学を受験して合格した。両親も彼女も喜びに沸き立ったが、それと同時に学費のことが心配になった。でも、高校から五千元の祝い金と、県の教育局から三千元の奨学金をもらうことができ、それを交通費やその他の費用の足しにでき、ほっと胸をなでおろした。

菜の花の給料も徐々に千五百元ほどまで上がり、毎月弟に送る食費も、四百元から五百元に増やすことができた。ツェリンにしてみれば、姉が送ってくるお金だけでは食費を何とか賄えるくらいで、お菓子や服を買うお金はなかったけれども、彼は文句一つ言うことはなく、お金の面で実家に負担をかけたこともない。そもそも成績や行動、実家の状況などを勘案すれば全面的に奨学金を得ることができるはずだったのに、ツェリンは奨学金を申請するつもりもないのだった。

まだ故郷にいた頃、年末にテレビのニュースで貧困家庭が官公庁から支援金や支援品をたくさんもらいうけ、さらには首からカターをかけてもらい、敬意の印に舌を出し、恭しく腰をかがめている様子を見ていたとき、一緒にいた姉がこんなひと言をつぶやいた。

「寄付をもらったうえに、まるで名誉なことみたいに首にカターをかけてもらってねえ。ほら、ことわざにあるでしょ。施しをしなければ貧乏人に生まれ変わる、貧乏人に生まれたら施しもできないって。とにかく自分の手で食べていけるようにならないとだめだよ」

姉のこのひと言が忘れられないツェリンは、たとえ貧しくてもお金は他人にはもらうまいという決意を石碑の銘文のごとく胸に刻みつけてきたのだった。

大学進学後、姉から送られてきた手紙に「お金はなくても勇気だけは失うな」という言葉が書かれていたことがあった。その言葉は、ツェリンの自立心をさらに固いものにした。ツェリンはその言葉を座右の銘にしようと、四角い紙に立派なウチェン体〔漢字でいう楷書にあたるチベット文字の書体〕で書いて壁に貼った。

その言葉は学業と人生の未来を照らすともしびとなって、ツェリンを叱咤激励し続けた。大学二年生になると、新聞配達のアルバイトを始め、毎月二百元を稼いで生活費の足しにするようになった。おかげで裕福ではないけれど心は満ち足りた生活を送れるようになった。

他の学生たちは寮の部屋のベッドサイドの壁にＮＢＡの有名な選手やサッカー選手のポスターを所狭しと貼っていたけれども、ツェリンが貼っていたのはその言葉を書きつけた紙だけだった。同室の同級生たちが「それって、チベットの偉人さんか誰かの言葉なの？」と尋ねてくると、きっぱりとした口調で「ああ、そうだよ」とだけ答えて、特に何の説明もしないのだった。するとそのうち、その言葉について誰も何も言ってこなくなった。

菜の花は、勤務先のガソリンスタンドではいつも、月末まであと何日かと指折り数え、給料日を待つ毎日で、今月も早く終わればいいのにと思っていた。彼女は知り合いの運転手に会うと、少し給料のいい仕事を紹介してくれないかと頼んでいたけれども、なかなか気に入った仕事には巡り合えなかった。

同郷の親戚筋のプティーが何度も電話をかけてきたのはちょうどそんなときだった。菜の花は、もしかしたらプティーが実入りのいい仕事を紹介してくれるんじゃないかという下心もあって、しぶしぶ承知したのだった。

あのときあの場所に誤って足を踏み入れたがために、心身ともにずたずたに傷つけられた。あれ以来、彼女はすっかり朗らかさを失い、特に用もない限り友だちともろくに口を利かなくなった。もう自分はかつての自分ではないんだ、もうこの世からひっそりと消えてしまいたい、そう思い悩む毎日だった。でも、両親と弟のことはどうしようか。お金を稼いで実家の苦境をなんとしても救わなければならないというのに……。

そんなことばかりぐるぐると考えていたとき、新聞にフロアレディ募集という広告を見かけた。その広告はあるナイトクラブの求人広告で、条件として、中卒または高卒の若くて容姿端麗な女性と書かれていた。詳しく見ると月額三千元以上保証、売り上げ次第ではボーナス支給あり、三食まかないつきだという。ともかく彼女のような女性の心を惹きつけるような文言が並んでいた。菜の花はしばらく考えた末、思い切って応募してみようと、店に出かけていった。

2

店にはたくさんの女性が面接に来ていたけれども、新聞に書かれていたような卒業証明の確認はなく、女性の担当者によって容姿や歩き方などが詳しくチェックされたうえで、面接に来た女性たちの中から、二十人ほどが選ばれた。菜の花はこんな給料のいい仕事をみすみす逃したくないと焦ったけれども、蓋を開けてみれば自分も選ばれていた。それから《ばら》の老板《ラオバン》が選ばれた女の子たちを集めて告げた。

「合格者のみなさん、おめでとう。みなさん採用ですよ。しっかり働いてもらうからね」

しばらくすると、老板は驚くべきことを言った。

「みなさんの将来は希望に満ちたものになるわけですが、まずは保証金として一人あたり二千元を預けてください」

誰もそんな大金など持っておらず、みな諦めて出ていこうとした。すると老板が彼女たちが拇印を捺した契約書をかざし、ゆっくりとした口調で威厳たっぷりに言った。

「あなたたち、出ていこうったって、すぐに出ていけるわけがないんだよ。この契約書は法律で守られているんだからね」

採用が決まったあとのどさくさで、選ばれた嬉しさも相俟って中身も読まずに契約書にサインをし、言われるままに拇印を捺してしまったのだ。その結果、わけもわからないうちに老板に保証金二千元の借りを作ったことになり、どこにも逃げ場がなくなった。こうして借金の形に取られた菜の花は老板に保証金を返済するまではとにかく働かざるを得なくなったのだ。

それから彼女たちは、老板にたばこの吸い方や歩き方、尻の振り方から何から教えこまれた。そのときようやく自分たちが甘い言葉で罠に嵌められたことを悟った。それまで菜の花は、どれだけ生命の危機が迫ろうとも、誰もが軽蔑しているこのような仕事に手を染めようとも思わなかった。だが、あの忌まわしい、雪の降る底冷えのする夜に、無慈悲なカルマ・ドルジェに純潔を汚され、清らかな慎ましい心に苦しみの扉が開いたあの日以来、もはや自分に自信を持つとか、自分を大切にするなどといったことは、彼女の肉体には縁遠いものとなっていた。こうして彼女はナイトクラブの条件を当たり前のように受け入れた。

姉を女神のように慕う弟や、娘を大切にしてくれる両親が知ったらどう思うだろう。弟は学業を諦めて故郷に帰ってしまうかもしれないし、両親は病に倒れてしまうだろう。彼女はそんなふうに考えるたびに心臓が張り裂けるような痛みを覚えた。まずは生活のためにここで働こう。今はそうするしかないけど、弟が大学を出たらこの闇の世界から絶対に足を洗おう。菜の花はそう心に決めた。望む仕事ではないが、ナイトクラブで働きながら、弟が大学を卒業する日を待つことにしたのだ。

《ばら》で働きだした菜の花は、にこやかな笑みをたたえ、美辞麗句を使いこなし、自分の収入を上げるべく努力した。自ら望むわけでも欲情したわけでもなく、楽しくも何ともなくても、自らの大切な肉体を他人に与えることを覚えた。そしてお金を貯めるためならどんな行為でもするようになり、徐々に仕事の幅を広げていった。

命を授けてくれた両親と血を分けた弟は彼女のすべてであり、彼らには今お金が必要だった。だから菜の花はお金を自分の命よりも大切にしていた。

こうして彼女は《ばら》に入店して二年目には、実家の壊れた壁を建て直し、塀には白い石材タイルを使った村の中でもどんと目立つような家を建てることができた。その結果、両親は長い間見せることのなかった笑顔を輝かせ、胸を張って村を歩けるようにまでなった。

時間とはとめどなく進んでいくものだが、菜の花の運命には何の変化も起きなかった。《ばら》の経営状態は上がったり下がったりと安定せず、老板が何度か変わったが、水商売というものには切れ目がなく、そこに集う客たちも途切れることがなかった。菜の花はいつも通り笑みを絶やさず、お世辞を使いこなし、仕事で得た収入はみな貯金をしていた。

ところがあるとき、体力ががくんと落ちて、食欲もなくなっているのに気づいた。それまでは、お酒をがんがん飲むことができたし、客にもたくさん飲ませることができたので、彼女の収入もそれとともにずっと右肩上がりだった。しかし今は、お酒を飲むのがひどく苦痛になったばかりか、人にお酌をするのさえ苦痛に思うのだった。さらには、どうしてそうなったかよくわからないけれども、全身に今まで感じたことのないようなだるさがあった。しばらくは何とかやり過ごしていたが、もう客に具体的なサービス内容の希望を出されても、体が言うことをきかず、接客自体に心底嫌気がさして、どうにもならなかった。

3

夏のある晩、化粧をして身支度をして出勤した菜の花は、どういうわけか客の接待をする気になれなかった。だるくて大広間にあるイスにもたれかかり、しばらく休んでいた。体中から汗が噴き出し、額からは汗がぽたぽたとしたたり落ち、服も肌に貼りつくほどだった。その晩彼女は休みを取ることにした。

重い足取りで店を出ると、店の入り口に茶髪の青年がうろうろしているのが目に入った。不思議に思って目をやると、青年は足をとめ、ナイトクラブの壁の隅にもたれ、中の様子を何度もうかがう様子を見せた。ひと目見ただけでどうしたいのか察した菜の花は、声をかけてみた。

「お兄さん、ここで誰かを待ってるんでしょ」

「え？　ああ、ちょっと知り合いが……」

か細い声でそう言った青年は、きまり悪そうに目を泳がせた。

「あら、もしかしてあたしに声かけようとしてた？」

鎌をかけてみると、青年は、なぜ人の心がわかるのかと言わんばかりの不思議そうな目つきで見つめ返してきた。

「だってここにずっといるんでしょ。ホステスに声をかけようとしてるのくらい見ればわかるって。でもあなたこれあるの？　ただってわけにはいかないからね」

菜の花が両手の親指でお札を数える仕草をして見せると青年は言った。

「お金ならあるんだ。あのさ、タクシー拾って、ホテル行かない？」

結局菜の花は青年の誘いを受けることにして、二人でタクシーに乗りこんだ。

二人はごく普通のホテルに部屋を取った。茶髪の青年は部屋のドアを閉めると、すぐさま主人然とした態度を見せ、冷蔵庫からビールを一缶取り出すと、一気に飲み干した。さっき店の前で見せていたようなおどおどした様子とは打って変わって、ソファにどっかりと腰を下ろした。菜の花は尋ねた。

「ねえ、あなたいくつなの？」

「ぼくはもう大人さ。年齢なんか訊くなよ。ねえ、一緒に二晩過ごしてほしいんだ。つきあってくれたら、千元払うからさ」

青年は何のためらいもなく言った。菜の花は驚いて口をあんぐりと開けたまままつっ立っていた。

「何だよ。君はさ、ぼくに金なんてないだろうって思ってるの？　金のことだったら心配いらないよ。いくらでもあるんだ。二日分の食事代だってぼくがもつよ」

青年はこう言うと、彼女の手に何の躊躇もなく百元札を十枚渡した。

「うちの母親と父親は、今年正月《ロサル》の休暇を過ごしに中国《ギャナー》に行ったきりさ。うちには保姆《ポーモー》〔お手伝いさん〕しかいないんだ。正直言うと独りぼっちで寂しくてさ。だから今日は何か楽しいことをしようと思ったんだ。保姆《ポーモー》には電話で同級生のところに泊まるって言えばいいし」

「え、親御さんと一緒に中国《ギャナー》に行かなかったってこと？」

不思議に思って尋ねると、青年はきまり悪そうに笑って言った。

「へへ。母親はね、男と一緒に旅行に行ったんだ。父親も女と旅行さ。こんなことになっちゃって、ぼくはいったいどっちに行けばいいんだって話。だからこのことはもう話題にしないで。これ以上話したくないんだ。考えるだけでも寒気がするから」

そう話す青年の声はか細く、くりっとした大きな目には涙を浮かべていた。ホテルの小さな部屋はしんと静まり返った。

菜の花は目の前の青年に慰めの言葉か助言の一つでもかけてやりたかったけれども、いったい何と言えばいいのか自分でもわからなかった。そのとき弟の姿が思い浮かんだ。目の前の青年は、贅沢を楽しむためにだけに、何も考えずに札束をぽんと出すことができる。でもあたしの弟にしたら二か月分の食費に相当するようなお金……。そう思うと泣きたくなった。それと同時に、この青年に対して、どこから湧いてきたか自分でもわからないような愛情を覚えた。この子は《ばら》に来る遊び慣れた男たちとは違って、彼女のことを一人の女性と見てくれている。

「アチャはほんとうにきれいな人だね」

青年は菜の花の顔を見つめてこう言うと、彼女の額に口づけをした。それはどこか純真さを感じさせるものだった。その瞬間、彼女は強く心を動かされた。これまでたくさんの男たちの首に腕を絡め、数限りなくキスを交わしてきたけれども、そうしたキスは互いを売り買いする関係のもとで行われるものでしかなかった。彼女を愛しく思ってキスをしてくれる男など誰もいなかった。ところがその青年の口づけは、温かで幸せな、淡い光のように感じられたのだった。

この青年が求めたサービスは、彼女をホテルに連れ込もうとする《ばら》の客たちとはまったく違うものだった。ベッドの中で青年は、菜の花を一人の女性として尊重し、敬意をもって接してくれた。菜の花も彼の期待に応えようとできるだけのことをした。昼間になれば青年はずっと携帯電話をいじってゲームに熱中しているので、菜の花は食事をして空腹を満たしたあとはゆっくりと休むことができた。

別れ際に青年は言った。

「ねえ、アチャ、電話番号を教えて。寂しくなったら電話をするから。今回のことは二人だけがわかってればいい。他の人には知られないようにしよう。さあ、先に出てタクシーに乗って帰って」

菜の花は部屋を出るとき、前の日にもらった千元を彼に返して言った。

「君がお金に困ってないのはあたしもわかってる。でも自分のことをちゃんと大切にして、今後はこんなことをするのはやめな。君はまだ若いし、家も裕福なんだから、しっかり勉強して、ちゃんと就職しなさい。そうしたらその先は家庭を持って、子どもをもうけて、しっかり生きて行くのよ。とにかく将来、美しくて魅力的な道が君を待ってるんだからさ。電話番号は教えないでおくよ」

青年は説教されるのが不服なのか、あるいはただ不機嫌なのか、どちらかはわからなかったが、返された百元札の束を押し戻した。

「アチャ、わかったよ。でも頼むから受け取って」

いくら言っても菜の花がお金を受け取ろうとしないので、青年はせめてタクシー代にしてほしいと言って彼女の手に百元札一枚を握らせ、別れた。

菜の花はエレベーターの中で、素性も知らない青年になぜあんなことをしたのか、不思議でならなかった。なぜくれたお金をつっ返してしまったんだろう。あたしだってお金がすごく必要だっていうのに。特に今こんなに体調が悪化してるわけだから、もっとお金が必要になるかもしれないのに。なのにあたし……。

彼女はああでもないこうでもないと考えながら、街の雑踏に足を踏み入れた。街中で朝食を少しだけ食べると、アパートに戻ってそのまま横になった。

その晩、他の三人は夜が深まっても帰ってこなかった。菜の花は静かな部屋で横になっていたが、心地よい眠りが訪れることはなかった。一晩中高熱にうなされ続け、喉は渇き、唇もひび割れてきた。ラサに来て以来、昼間どんなに心配ごとがあっても、夜眠れないということはなかった。今こうして眠れなくなってみると、夜はひどく長く、昼よりもやり過ごすのがはるかに難しく思えた。

明け方近くなって、一人、また一人と時間差でアパートに戻ってきたけれども、みなくたびれ果てているようで、布団に潜りこむなり寝てしまい、誰も菜の花の変化を気にも留めなかった。菜の花が高熱を出していたのに、くたくたのツツジは、あまりに眠くて菜の花に声もかけずに布団をかぶり、彼女に背を向けてあっという間に眠ってしまった。菜の花は狭いベッドで寝心地が悪かったが、ツツジを起こしてしまうのを恐れて、じっと息をひそめていた。

朝焼けの赤みを帯びた光が窓から差しこんでくる頃、菜の花はようやく眠りに落ちた。昼食の時間になると、ようやくみんな起きてきた。その頃には菜の花はすっかり目を覚ましていたけれども、起き上がろうという気になれずにいた。

目を覚ましたツツジが、顔も洗わずに菜の花の布団をはぎ取ろうとして声をかけた。

「はーい、豚さん、もう起きる時間でしょ。さっさと起きなさいってば。だいたい二日も留守にして、どこに行ってたの？　秘密にしてないで正直に言いなさいよ」

ところが菜の花は返事もしないばかりか体を起そうともしない。

「アチャ、そんなに寝てたらだめだよ。それよりご飯食べに行こう」

ツツジは布団をばっとはいで、無理やり引っぱりだそうとしたけれども、菜の花ははがれた布団をぐいっと引っぱり、もう一度布団を被ってそのまま横になった。菜の花がいつまでもベッドから起き上がろうとしないので、しびれを切らしたハナゴマとプリムラは食事に出かけていった。

ツツジは唇を尖らせて不満そうな表情を浮かべて言った。

「アチャったら、もう。ちゃんと食べなきゃだめでしょ。あたし待ってるから。急いで起きてちょうだい」

菜の花はいったん体を起して言った。

「ヤンゾム、あたし最近体調がよくないのよ。昨日の晩も一晩中高熱が続いて、眠れなかったの。そのせいか力が出なくて。あたしもう泣きたい。何もする気になれない」

大きな目を潤ませた菜の花は、大粒の涙が両の頬を伝ってこぼれ落ちるのをだるそうに拭うと、顔を背け、再び横になった。ツツジが菜の花の額に手を当てると、確かにひどく熱っぽかった。

「ねえ、アチャ・ドルカル、最近顔色もよくなかったよね。それにずいぶん痩せたんじゃない？　絶対に医者に診てもらった方がいいよ」

「実はおしもの状態が悪いのよ。ものすごく痛いし。もしかして梅毒にやられたのかも。あたしたちの仕事って、梅毒にかかるリスクが高いよね。でもさ、いつも気をつけてたし、清潔にしてるから大丈夫だと思ってたの。だけど急に悪化してきたし、おしもが腫れて痛くなってきて、痒みもあって……。それに反吐が出るような臭いもするの。これは絶対まずいと思う」

菜の花は悲痛の面持ちでそう言いながら、涙をこぼした。

ツツジは菜の花の涙を拭いてやりながら、せめてもの慰みにとこう言った。

「ねえ、アチャ・ドルカル。確かに顔色も悪いね。でも、そんな縁起の悪いことを言わないでよ。仏さまが見守ってくださってるから、そんなひどい病気にかからないよ」

そんなことを言われても菜の花の心が休まるはずもなく、長いため息をつきながら、くりっとした大きな目から涙をあふれさせながら言った。

「弟がまだ大学を卒業してないっていうのに、あたしがこんな病気にかかったら仕送りもできなくなっちゃう。ああ、本当にどうしよう」

「アチャ、あたしたち今生で他人に害を及ぼすような仕事をしてるから、因果が巡ってきたのかな。でも仏さまがあたしたちにこんなに早く罰を下すなんて思ってもみないことだった……。ともかく医者に診てもらうのが先決だと思う。とにかく今すぐ病院に行きましょ」

ツツジも悲痛のあまり、涙をぽろぽろとこぼしながら、菜の花をぎゅっと抱きしめ、真心を込めて言葉をかけた。ツツジが菜の花をすぐさま病院に連れていこうとしたけれども、菜の花は首を振った。

「今日は嫌。病院には行かずにこのまま家にいる。お願いだから病気のことは知らないふりをしておいて。あたし、お店には風邪だって言って、数日休みを取るから。そしたら病院に行く」

結局、その日はツツジがどんなに促しても頑として動かなかった。

菜の花はじっとベッドに横になっていたけれども、不安にさいなまれ、心臓が張り裂けそうだった。ああ、こんな仕事をしている以上、病気になったことは不思議なことでも何でもない。ただ、もしこの病気が完治しなければ、もう仕事は続けられない。たとえ生活のためだったとはいえ、こんないかがわしい仕事に手を染めているうちに、やっぱり大変な悪業を積んでしまったんだ……。そう思い悩んでいるうちに、あの茶髪の青年のことが心配になった。あの日ホテルの部屋を出るときに電話番号を交換していたら、今頃連絡して、病気のことを伝えることもできただろう。でも、今さら連絡できるわけもない。ラサはあまりに大きな街だし、あの青年を捜しだすことなんてできないし……。今はもう、仏さまに心の底から懺悔をして、どうかあの若者の無事をお守りくださいと真摯に祈るしかなかった。

菜の花は葛藤を繰り返した挙げ句、今は治療を受けるしかないと心に決め、翌朝、早起きして病院に診察を受けに行くことにした。アパートを出る時点では、朝早いこともあって、三人はまだすやすやと眠っていた。菜の花は出がけにツツジの顔をちらりと見た。気持ちよさそうにぐっすりと眠っている寝顔を見ていると、またあの夜のことが思い出された。ああ、ただでさえこの子を誤った道に引きずりこんでしまったというのに、病気までうつしてしまったらどうしよう。そう思うと、もう何も考えられなくなり、心の底から後悔の念がこみあげてきた。いつの間にか両の眼からは後悔と苦しみの涙がぽろぽろとこぼれ落ちた。彼女は手で涙を拭いながら、玄関のドアを静かに引いて、外へ出た。

4

「ドルカルさん。ドルカルさーん。ドルカルさん！」

看護師の女性が出てきて、三回にわたってドルカルという名の患者を呼んだ。初めは小さな声だったが、徐々に声が大きくなった。その声で、待合の廊下のざわめきがしんと静まり返った。廊下に腰かけて待っている女性の患者たちはあたりを見回し、自分はドルカルではないという素振りをして見せた。

ざわざわした病院の廊下に訪れたただならぬ一瞬の静寂で、ぼうっとしていた菜の花は目が覚めたようになった。看護師の呼ぶ「ドルカル」が自分のことだとわかると、慌てて立ち上がり、診察室に向かおうとしたが、そのときにはすでに別の患者の名前が呼ばれていた。《ばら》で働き始めてからというもの、自分の名前を呼んでくれるのはツツジだけで、他には誰からも本名では呼ばれなかった。本名は身分証と戸籍には記載されてはいるものの、普段は菜の花という源氏名で呼ばれている。しまいにはナイトクラブから給料をもらうときまで「菜の花」とサインするようになった。

先に呼ばれた患者が出てくるのを待って、菜の花はそそくさと診察室の中に入った。

「先生、すみませんでした。あたし、考えごとをしてて、よく聞いてなかったんです。ドルカルです」

菜の花は軽く会釈した。診察室は廊下の待合とは別世界で、ドアを閉めると、彼女の目の前には明るい世界が広がっていた。診察室の中の設備は非常にシンプルながら、きちんと整理整頓され、清潔感にあふれている。鼻をくすぐる病院の匂いは、塗料の匂いやたばこの香り、お酒の匂いなどのどれとも違って、何とも言えないいい香りだった。

診察室にいたのは女性の医師だった。うつむいてカルテに何やら書きつけていたので顔の一部しか見えなかったけれども、すっと長い首はまるで花瓶の首のようだった。髪の毛を真ん中で分け、お下げにして後ろにたらし、色白のしなやかな手でカルテの上にさらさらとペンを滑らせている姿はとても新鮮に映った。医師はカルテを書き終えると、立ち上がって手を洗った。それからまたイスに腰を下ろし、菜の花の方に向かって尋ねた。

「今日はどうしましたか？」

医師の声音はかつて小学校に通っていた頃に学校のテレビで見た「イザウラ物語」というブラジルのテレビドラマの主人公の声とそっくりな、うっとりするような声だった。スタイルもすらりとしてしなやかで、その医師を見た瞬間に、菜の花は高校のチベット語の授業で、先生が詩における女性への修飾表現の例として挙げていた、「立ち姿は聖なるツァリ山の竹、声はヒバリの歌声」というフレーズを思い出した。そのたとえはまさにこの女性医師を形容するための言葉と思われた。

菜の花は《ばら》でこの医師よりも若くてきれいな女の子たちをたくさん見てきたけれども、彼女たちの多くは生まれ持った容貌を隠し、出っ張ったところを削ったり、窪んだところを埋めたりするなど、派手な化粧をした子ばかりだった。そう思うと目の前の医師に好感を覚え、信頼の情が芽生えた。

医師は彼女が他のことに気を取られているのに気づいて、もう一度尋ねた。

「それで、どこが悪いんでしょう」

それでようやく菜の花は集中を取り戻し、恥ずかしそうに「あの、わたし……」とひどく言いづらそうな表情で、股間のあたりを手で何度か握った。医師は驚いた表情一つ見せずに言った。

「じゃあ、下着を脱いで診察台に上がってください」

「えっ、先生、下着を脱ぐんですか？」

菜の花は驚いて聞き間違いではないかと思いながら尋ねた。

「何言ってるの？　診察に来たんでしょ」

医師は平然と言った。菜の花はこれまでたくさんの男の前で下着を脱いで下半身をさらしてきたけれども、医師の前で下着を脱ぐことには抗いがたい羞恥心を覚えた。でも医師の前で恥ずかしがっていては何の意味もない。菜の花はおずおずと帯を解き、指示に従った。医師は手袋をはめて患部を診察しながら言った。

「もっと早く病院に来ないとだめじゃない。もう子宮口がひどい炎症を起してるから、すぐにでも治療を始めないと危険な状態ですよ」

それから診察台から下りるように言い、カルテを書きながら言った。

「まずは血液検査。それから尿検査を受けてきてちょうだい。おそらく梅毒に感染してますね。常に清潔を心がけるように。性行為は厳に慎んでください」

医師に検査用紙を渡された彼女は、目の前が真っ暗になった。それはあたかも急に陽が落ちて夜闇が訪れたかのようだった。もう終わりだ。すべて終わりだ。耳には「梅毒に感染……梅毒に感染……」という声がこだまのように何度も響いていた。しばらくして放心状態から醒めると、ああ、これで病気の原因がはっきりした。聞きたくなかったけど、予想通りの病気だった。もうこれ以上検査を受けても意味もないし、お金の無駄。そう思った彼女は医師に小声で懇願した。

「先生、これから数日仕事で忙しくなるから、まずは炎症を抑える薬をいただいてもいいですか？　少し仕事がましになったら、また病院に来るんで」

「まったくあなたたちみたいな人がいるから……。若い子たちは何を言っても信じないでしょ。でも医者として責任ある立場から言わせてもらうけど、必ず検査をして、治療を受けなきゃだめよ」

医師は命令口調できっぱりと告げた。

そう言われてますます気まずくなった彼女は「あたし……あたし……」と繰り返すばかりだった。医師は彼女の胸のうちを見透かしたようにこう告げた。

「あなたにはっきりと言ったのはね、あなたの病気が普通の婦人病じゃないからなのよ。梅毒にもいろんな種類があってね、治療の難しいタイプだったら大変なの。今治療しておかないと、命にかかわるかもしれないのよ。もう一度繰り返すけど、しばらくの間、パートナーとのセックスは禁止ですからね。今ちょうど発症したときだから、他人に感染させる可能性が高いの。もし検査して、軽症だとわかったらまだましですけど。そりゃ当然、私だって軽症であることを願ってますよ」

菜の花は真っ青になった。ああ、もう治る見込みのないひどい病気にかかってるのなら、検査結果が出たら、さしずめあたしへの死刑宣告ってことになるんじゃないの。ここ数年、風邪を引くことはあったけど、病院の門をくぐったことは一度もなかったのに、今日こうやって病院に足を踏み入れてみたら、まさかこんなひどい病気が降りかかってくるなんて。そう思うと、腰が引けて、検査用紙を受け取ることもできなかった。医師は検査用紙を彼女の手に握らせると、水道で手を洗いながら尋ねた。

「お子さんはいる？」

菜の花は用紙を手に、体をわなわなと震わせ、泣き声で答えた。

「あたしまだ結婚もしてないから子どもなんていません」

医師は彼女の返事を聞くと、言葉をひと言も発さないまま、首を振り、ため息をついた。それから菜の花を見つめて言った。

「あのね、検査は必ず受けてちょうだい。早めに病気が突き止められれば、治療がしやすくなるの。いい？　時間は誰のことも待ってはくれないってことをまず理解してちょうだい」

医師に検査を受けるように強く促された菜の花は、用紙を手にぎゅっと握りしめ、悲痛の涙をこぼしながら診察室を出た。

悪性の梅毒に違いないと確信した彼女はそのまま病院を後にし、とぼとぼと歩いて大通りに出た。歩くうちに悲しみの涙がとめどなくあふれ、自分の嗚咽まで聞こえてくるほどだった。菜の花は道を歩きながら思った。こんな病気にかかってしまったら、もう女として生きていく道は閉ざされたも同然……。特にこういう仕事に従事する人間にとっては、健康な性器はなくてはならない商売道具だというのに。あたしにとってこの体は金《きん》そのものだし、おしもは銀そのもの。これを失ったら、あたしはいったいどうやって生きていけばいいのよ。父さんの医療費も誰が払うというの。弟の食費は誰が送ってやれるというの……。

菜の花の赤く小さな心臓は張り裂けそうになり、意識も朦朧としてきた。彼女は道端のベンチに腰を下ろすと、耳に再び医師の言葉がこだました。言われたことを思い返しているうちに、菜の花の両の眼からは泉のように涙があふれた。心に抱いた悲しみを何とか表に出さないようにしていたけれども、今や隠すことはできなかった。ベンチから崩れ落ち、地面に膝をついた彼女は、髪の毛を引っぱってわななき、泣き叫んだ。しかし、そんな彼女に関心を払う者は誰一人おらず、道行く人びとはみな素知らぬふりをして、ある者はゆったりと、ある者は急ぎ足で、自分の生活のためにそれぞれの道を歩んでいるのだった。

しばらくすると、菜の花の慟哭はおさまった。そして、身じろぎもせず、泣きもせずに道行く人びとを見つめていた。あたしみたいな人間が路上でのたれ死んでもこの街は一粒の涙すら流さないんだろうな。それが都会と田舎の違いなんだ。でも……あたしはまだ若い。こんなことで諦めたくない。やっぱりちゃんと治療して治そう。少なくとも弟が大学を出るまでは頑張ろう。菜の花はそう決意すると、ふらふらとした足取りでアパートに帰った。

その日、三人が起きたとき、菜の花の姿はどこにもなかった。携帯電話も電源が切ってあってつながらない。部屋で菜の花の帰りを待つしかなかった。菜の花が重い足取りで階段を上ってくる音にツツジがすぐさま気づいて、部屋を飛び出し、大きな声で問い詰めた。

「アチャったらもう！　あたしたちを起さないように一人きりで出ていったでしょ。まったく！半日経っても携帯に電源も入れないなんて。ほんとに心配したんだから。いったいどこに行ってたの？」

菜の花は口を真一文字に結んでいた。顔色はすっかり衰えて、土気色をしている。朝、化粧もせずに家を出たこともあって、ひどく冴えない顔をしていた。ただならぬ様子にツツジは落ち着かず、菜の花の手を握ってぐいと引き寄せたけれども、菜の花は応じようともしなかった。それどころか自分に話しかけられているのに気づいてもいないかのように、玄関の前で立っているツツジには目もくれず、彼女を避けるようにして部屋に入っていった。バッグをベッドに脇に置き、長いため息をついたあと、ベッドに上がった。そして仰向けに寝転ぶと、天井をぼんやりと見つめていた。

そんな彼女の態度を見てうろたえた三人は、菜の花のベッドの周りに集まって尋ねた。

「アチャ、誰かにひどいことでも言われたの？」

ハナゴマも訊いた。

「もしかして、あんたの家族に何かあったの？」

みな動転して、口々に尋ねたけれども、菜の花は押し黙ったままだった。彼女の身に何が起きたのか、想像を巡らすよりほかなく、仕方がないのでみなで白湯《さゆ》を用意してやったり、おいしい食事を枕もとに置いてやったりした。だが、菜の花は見向きもしない。ツツジはアチャの病気、きっと悪いものだったんだと思って、長いため息をつき、涙をほろほろとこぼした。他の二人は菜の花にいったい何が起きているのか、想像するしかなかった。

菜の花は食事には一切口をつけず、水もひと口も飲まず、ひと言も口を利かずにベッドで丸二日間を過ごした。

苦しい二昼夜を過ごしたあと、菜の花はよろよろとベッドから起き上がった。顔はさらに肌つやを失い、美しい目もすっかり落ちくぼんでいる。体力もさらに落ち、自力で立っているのも辛そうに見えた。

とそのとき、菜の花の体から紙がはらりと落ちた。あの女性医師から渡された血液検査の依頼書だった。ツツジはくしゃくしゃのその紙を拾って読もうとしたけれども、走り書きで読めない漢字が並んでいた。医師の手書きの文字は彼女の目の前で見たことのないぐにゃぐにゃした模様か何かにしか見えなかった。ツツジは焦りを募らせた。

「アチャ、いったい何の病気だったの？　口も利かないまま丸二日も過ぎちゃったじゃない。あたしたちがいくら役立たずだからって、心を寄せあったり相談に乗ったりはできるのに。あたし心配でもう死にそう」

ハナゴマも菜の花に寄り添い、ぼさぼさの髪の毛をなでつけながら、せがむように言った。

「ねえ、菜の花。あんたがどんなに悩んでてつらくても、そうやって独りで抱えこんでたらだめよ。あたしたち四人は運命共同体でここに集まってるんだからさ。あんたの身に起きたつらいことはあたしたちに話してよ」

しかし、菜の花は相変わらず黙りこくっていた。チベット語があまりわからないプリムラも、ハナゴマが言ったことをすべてわかっているかのようにうんうんとうなずきながら、菜の花のカップに白湯を注いでやった。菜の花はプリムラが注いでくれた白湯にも手をつけず、相変わらず黙ったままだったけれども、彼女の両の眼からは涙がこぼれ、それが二つの筋となり、左右の頬を伝って口に入った。菜の花の悲痛な様子を見て、三人とも背筋に冷たいものが走った。

部屋はしんと静まり返り、口を開く者は誰もいない。菜の花は自分の「姉妹たち」に何か話しかけたかったけれども、喉が詰まるような感じがして言葉が出てこなかった。

ツツジは悲しみのあまりに息をするのもつらいほどだった。しかし自分の心を何とか抑え、内心の変化を表に出さないようにして、菜の花に寄り添った。

「アチャ、お願いだから話して。いったい何の病気だったの？」

菜の花は口をつぐんでいる。不安に駆られたツツジは菜の花の顔をなでながら言った。

「ねえ、ほら。最近こんなに痩せちゃったじゃない。顔にも血の気がないし。しばらく休みを取って何も考えずに休んだ方がいい。今日の午後はちょっと外に出て、もっといいアパートを探して、鍋釜も一式買って、自炊しようよ。あたし、ニェンタクさんのお屋敷にいたとき、料理の腕はだいぶ鍛えられたから、安心して。あたしがおいしいご飯を作ってあげるね」

そう言われて菜の花はようやく口を開き、弱々しい声で言った。

「今のあたしにとって、お金は命そのものなの。一銭だって無駄にしたくない。もし医者の言う通り梅毒だったら、あたし銀行強盗でもするしかない……。もうどうしようもないのよ……」

ツツジは自分の耳が信じられず、真っ青になり、しばらく口も利けなかった。それから何かを思い出したかのように慰めの言葉をかけた。

「アチャ、そんなに心配しないでよ。どんな病気でも治療方法はあるでしょ。最近は治療技術も進歩してて、ガンはまだしもほとんどの病気は治せるんだから」

話を聞いたハナゴマは、初め信じられない思いで固まっていたが、ツツジの方を向いてまくし立てた。

「ねえ、菜の花。ツツジちゃんの言う通りよ。そんなに悲しまないで。あたしたちの周りにも梅毒にかかった子はたくさんいるけど、ちゃんと治ってるし、働き続けてる子も多いよ。最近の医療技術は高度だから、治るって」

そう言いながらも、ハナゴマも内心では、今日の菜の花の運命はそのまま明日の自分の運命だと思うと、鬱々として、気分もすっかり落ちこんだ。普段からおしゃべりの得意な彼女だったが、そのときばかりはまともな慰めの言葉ひとつ思いつかなかった。

その様子を見ていたプリムラは不思議そうな顔をした。彼女はチベット語は話せないけれども、聞くだけなら少しはわかる。彼女たちが話していた内容はほとんど理解できなかったが、菜の花が何か重い病気にかかったことはわかった。それでプリムラは菜の花の顔色をうかがってから、おずおずとツツジに話しかけてみたけれども、彼女は首を横に振るばかりだった。今度はハナゴマの方を向いて、お世辞の言葉を連ねて尋ねた。

「女王陛下、いったいわれらが菜の花姉さんはいったい何のご病気だったんでしょう?」

ハナゴマは怒って、漢語で叱りつけるように言った。

「知らないってば。あんたは口をはさんでこないで!」

恐れをなしたプリムラはうなだれたまま、黙りこんでしまった。しばらくして、彼女は何か思いついたかのように菜の花のベッドの隅から急に立ち上がり、慌てた様子で尻をぱんぱんと叩くと、自分のベッドの方に行って腰を下ろした。

親きょうだいもなく頼れる人といえば菜の花しかいないツツジは、菜の花にしがみついて一緒においおい泣いた。ハナゴマもプリムラも涙をほろほろとこぼして菜の花への同情を示すのが精一杯だった。

菜の花の治療費は自分が何とか工面しなくては、そう思ったツツジは励ますように言った。

「アチャ、もし病気が治る見込みが胡麻粒ほどしかないとしても、諦めないで治療をしてちょうだい。あたしが仕事をたくさん取ってきて、お金を貯めるから」

ツツジは慰めの言葉を何度も繰り返しかけると、買い物に出て、菜の花のために鶏肉のスープを買ってきてやった。

食欲のない菜の花は、白湯すら口に入れたくないほどだったけれども、ツツジをがっかりさせたくない一心でスープをすすると、ようやく体が温まった。それとともに少し意識も戻ってきて、ゆっくりと起き上がった。それを見た姉妹たちはほっとして仕事に出かけた。
一人きりになると、部屋はしんと静まり返った。ふと弟のことを思い出した菜の花は、電話をかけようかと思ったけれども、少し考えてから、電話では思いの丈をうまく伝えられないから、手紙を書いた方がいいと思い直し、丸めた布団を背当てにすると、膝の上に紙を置いて手紙を書き始めた。

親愛なる弟へ
元気ですか？
先日電話で話して元気だということはわかっているので、何の心配もしていません。でも、いったいどういうわけか、今日はどうにもあなたのことが思い出されてなりません。前世によくお祈りした甲斐あって、私たち二人がこうして血を分けた姉弟となったことは、私の福徳です。愛情深い親子や、今生に運命づけられたきょうだいが、死別せずに済むならどんなにいいことか。たとえお別れすることがあっても、来世で再び一緒になることができるなら、どんなに幸せなことでしょう。
ツェリン、愛する弟よ。今日私はあなたに話したいことがたくさんあるけれども、いったいどこから始めたらいいのかよくわからなくなってしまいました。私はいったいどうしてしまったのでしょうか。もし思いのままに飛べる翼があるなら、あなたのところに飛んでいきたい。生まれ変わっても、もう一度あなたの姉として生まれたい。

ここまで書いたところで、涙がとめどなくあふれてきて、手元の手紙にしたたり落ちた。自分の泣き声を聞いていたら気持ちも鬱々として、悲痛な思いをそのまま文字に書き記すことに耐えられなくなったので、手紙をはじめから書きなおすことにした。

頑張って北京の最高学府に進学できたというのに、家計が大変なせいで、あなたには生活全般で苦しい思いをさせてしまいましたね。今、姉さんは職場で昇進して、部署の経理を担当しています。月給は四千元になりました。来月から食費は千元送りますね。今あなたは食べ盛りだから、毎食しっかり食べるのが大事ですよ。栄養が多少偏っていても、お腹いっぱい食べなさい。一番心配しているのは今年大学四年生にもなったのに、あなたがまだパソコンも持っていないことです。今回は銀行口座に六千元入金しておいたから、四千元でいいパソコンを買ってください。残りは食費や服を一揃い買うのに使いなさい。

今は青蔵鉄道があるから、チベットを離れて中国で勉強している学生たちもみんな故郷に帰省していますね。運賃も学生料金は安いだろうから、今年の冬は一度帰省してください。

姉さんも帰りたいと思っています。

他にはあなたに言うことは特にありません。あなたはしっかり考えられるんだし、努力家の立派な子です。何かひとこと言うとしたら、体を大事にしてください。今回はこれくらいにします。

早く再会できるように祈りつつ、姉より、ラサにて。

○月○日

封筒に入れて切手を貼ると、額にさっと付け、封筒にキスをした。そのとき彼女はようやく大仕事を終えたような気持ちになった。でも弟が恋しくて打ちひしがれた気持ちになり、またしても涙がぽろぽろこぼれて封筒の上に落ち、封筒も涙に濡れた。彼女は瘦せて鶏の足のようになった手で封筒に落ちた涙をきれいに拭いて、テーブルの上に置いた。それから巻いた布団に寄りかかり、バッグからゆっくりと携帯電話を取り出すと、やっとの思いで実家の電話番号を押した。

電話の向こうから母の懐かしい声が聞こえてくると、目に涙があふれた。

「もしもし、ドルカル？　あんたなの？　ずいぶん長いこと電話もかけてこなかったじゃない。たまにあんたのことが恋しくてたまらなくて、電話をかけようかと思うんだけど、電話のかけ方がよくわからなくてさ。それに……あんたも仕事中なんじゃないかと思うと、かけられなかったのよ」

「母さん、あたしは元気だから、心配いらないよ。最近は母さんのことや父さんのことをよく思い出すの。たまに家に帰った夢を見ることもあるくらい。今は忙しいから、帰省はできそうにないの。仕事が少し暇になったら、必ず帰るからね。肥料代は村のアチョ・ドルジェに預けたからね。それから食費と、父さんの治療費も託したから。母さんも体を大事にしてね」

話しているうちに涙がぽろぽろとこぼれてきて、それ以上続けられなくなった。

「あんたが忙しいのはわかってる。でも体には気をつけるんだよ。うちじゃあんたがいなけりゃどうなっちまうか、考えるのも怖いよ。ほら、人間の欲望ってのは果てしがないだろ。だからあんたも無理はしないでおくれよ。よその土地でどれほど幸せになれたとしても、そこはあんたの生まれ故郷じゃない。あんたには故郷もあれば家もあるんだ。一番幸せなのは自分の家だよ。家に帰ってきたくなったら、数日休みを取って帰っておいで。今うちは二人きりだからさ、あたしたちはあんたたちのことが恋しくてたまらないよ」

母はここまで話したあと、言葉の接ぎ穂が見つからず、しばらく黙りこんだ。電話のこちら側で、静かに母の話を聞いていた菜の花も、何と返事をしたらよいかわからなかった。母親は胸のうちの悲しみを押し隠し、頬を伝う涙をおぼつかない手つきで拭いながら、明るい声で近況を語りだした。

「そうそう、母さんは元気だよ。父さんの具合もね、あんたのおかげで薬を続けられてるから少しよくなったよ。あとね、めんどりは四羽、おんどりは二羽増えたし、妊娠中の豚もいるんだ。

これを売ったらツェリンへの仕送りの足しにもなるだろ。これがうまくいけばあんたの重荷も少しは軽くなる」

するとそばにいた父が母の手から携帯電話を奪うと、「こんなに長電話したらお金がかかっちまうだろ」とぶつくさ言いながらも、携帯電話をしっかりと握りしめ、電話に口を近づけると、声を張り上げて言った。

「おう、ドルカルか。こっちは二人とも元気だから心配するなよ。おまえはよその土地で自活しなきゃならないんだから、しっかりしろよ。あとな、今度の正月には帰っておいで。なあ、おまえが出ていってから四年も経っちまったんだ。こっちじゃおまえたちのことが恋しくてたまらないよ。ってことで、他に言うことはないからこれ以上はしゃべらんぞ。体を大切にな」

父はそう言うと、何のためらいもなく電話をブチっと切った。

その日、菜の花は体調が悪く、動くのもしんどいほどで、おしゃべりなどまともにできない状態だったけれども、懐かしい両親の声を聞くと何だか元気になったような気がした。脳裏には故郷の山や谷、白茶けた畑や平原、清らかに流れる小川が思い浮かび、耳には心地よい家畜追いの歌が聞こえてくるようだった。もっと故郷の話を聞いていたかったけれども、電話口から聞こえてくるのはツー、ツーという音ばかりで、自分の聞きたい声はもう聞こえてこないのだった。

しばらくしてから電話を切り、隅の方に置くと、彼女はベッドに寝転がってごろごろしながら、さっきの両親の話を思い出していた。両親はきっと本音を押し隠して話していたのだろう。悲痛な思いの刻まれた、皺だらけの喉から繰り出される両親の震える声は、あまたの山や谷に隔てられているにもかかわらず、目には見えない愛情の波となって押し寄せ、菜の花の心の湖面を大きくうねらせた。すると彼女の心は風に吹かれる鳥の羽のように遠く離れた故郷の方へと舞っていった。まるで映画のように、愛情深い両親や、生まれ育った白茶けた小さな谷が、心の銀幕に映しだされた。

故郷に帰りたい。そう思ったとき、急に我に返った。ああ、こんな状態で実家には戻っちゃだめ。弟と実家に送るためのお金を貯めなくちゃ。それにあたしにはこの仕事以外に何もできないもの。田舎に土地はあってもあたしには農作業はできない。それより、今の仕事はろくな仕事じゃないけど、あたしにとって仕事の一つであることは確かだし、この仕事のおかげであたしは有名ブランドの服を着ることもできる。老板《ラオバン》には空を飛ぶ鳥から、海を泳ぐ魚、地中に棲む虫に至るまで、ありとあらゆるものを食べさせてもらった。有名な銘柄のたばこやお酒をたしなむこともできた。急にこの生活を捨てろと言われても捨てられるものじゃない。それに、こんな病気になってしまった以上、お金は不可欠だし。お金を貯めるには望もうと望むまいと、好きだろうが飽き飽きしていようが、この仕事を続けないわけにはいかない。でも、今後はお客さまに迷惑をかけないように、愛想笑いと媚びへつらいだけを武器にお客さまをもてなして、しっかり稼いでいこう。これ以外の特別な接待は一切しないことにしようと心に誓った。

数日後、病状は少し回復し、化粧をして夜の仕事に出た。菜の花は巧みな話術や媚びた表情で客をもてなしてお金を稼ぐという腹づもりで店に出たのだが、体力もなく、愛想笑いをすること自体負担が大きくてつらかった。結局再び休みを取って病院に行かざるを得なかった。

初め、ツツジと菜の花は簡単に診察してもらえるし安くていいだろうと思って個人経営のクリニックに行ったが、医師に釘を刺された。

「この病気はうちのクリニックだと点滴をして炎症を抑えるくらいしかできませんよ。本格的な治療はうちじゃ無理だから、絶対に大きい病院に行った方がいい」

菜の花は言われた通りにすると約束をして、まずはそのクリニックに頼んで数日間点滴を受けさせてもらった。病状が好転したので、医師に処方された抗炎症薬を多めに買い、服用しながら半月休養を取ったところ、体力が戻ってきて元気になった。膣の炎症がすっかりよくなると、体調もすっかり元通りに回復したような気がした。とはいえ菜の花の脳裏には、大病院のあの女性医師の最後の言葉が何度もよみがえってきた。検査を受けなきゃならないのはわかってる。でも、休んでばかりもいられない。実家に送金しなくちゃいけないし、弟にも食費を送ってやらないと。あたしが稼がなきゃ誰が稼ぐというの……。初めて病院に行ってからというもの、この問いかけが体と影のようについてまわるのだった。

菜の花は再び化粧をして、唇には口紅を差してベニハシガラスのくちばしのように赤くし、きつい香りの香水をふりかけると、四人で一緒に仕事に向かった。しかし、客には席について接待するだけで、「特別な」接待はしなかったため、彼女の収入はみるみる下がった。今の彼女にとって命と同じくらい大事なのはお金だった。だから時間はきっちり守って客には白い歯を見せ、赤い舌を見せた。ベニハシガラスのように赤い唇は、口臭のひどい気持ちの悪い男たちに好きに貪らせてやり、体も客たちの望み通りに触らせてやった。こうして必要なお金をできるだけ貯めるようにしていた。

ほどなくして病気がぶり返した。熱は一向に下がらず、体重もどんどん落ち、すっかりやせ細ってしまった。顔色も悪くなるばかりで、肌も黒ずんできた。さらに恐ろしいことに、下半身から腐ったような匂いがし始めて、もはや自分だけでなく、周りの人間にもわかるほどだった。

接客する体力もなくなった菜の花は、たった一つの収入源であるホステスの仕事を辞めざるを得なくなった。同居している三人しか知らなかった病気のことも、今や《ばら》で働くホステスたちみなの知るところとなり、異変を知ったホステスたちは、病院にかかるべきだと彼女に詰め寄って懇願した。そしてそのうちみな彼女と距離を置くようになった。

生活をともにする三人は心配して、何度も診察を受けに行くように促した。しかし菜の花は病院に行くのが怖いと言って頑なに拒み、「一度病院に行ったらもう帰ってこれなくなる」と言い張って、何日も先延ばしにした。三人は菜の花の頑固さに頭を抱えたが、「どうしよう、どうしよう」と繰り返すばかりでどうにもできないのだった。

結局、菜の花は自分の希望通りに部屋に独り籠もって静養を続けた。少しは体が休まったものの、不安にさいなまれ、気が狂いそうだった。

ある日、菜の花とプリムラの二人だけでアパートにいたときのことだった。プリムラは、ツツジとハナゴマの服をひっくり返しながら、自分に合う服を探していた。菜の花は、自分はもう仕事には行かないから、ファッションに心を砕く必要もないんだなと思って、ゆっくりと起き上がり、ベッドの下からトランクを出し、中から美しい上着を取り出すと、プリムラに渡した。

「ねえ、プリムラ。もうあたしにはこういう服はいらなくなったから、あんたが着てよ」

普段三人の服を好き勝手に使っているプリムラも、わけがわからないという顔をして、慌てて菜の花に上着を突き返した。

「アチャ、そんな高価な服、もらえるわけないじゃない」

普段はがめついくらいの彼女が今日はすっかりいい子になったかのような顔をして言った。でもそのひと言が菜の花の気分を害したことに気づき、いたたまれない気持ちになったプリムラは、慰めのつもりで言った。

「アチャ、心配しないでよ。ちゃんとお医者さんに診てもらえば、治らない病気はないからさ」

プリムラはグラスに白湯を注いで菜の花に渡すと、別の新しいカップに白湯を注いで自分でも飲んだ。普段なら三人のカップを勝手に使って白湯を飲み、自分のカップに特にこだわりはなさそうなプリムラだったが、今回のふるまいを見れば病気がうつるのを恐れていることは明らかだった。菜の花はイライラして何か言おうとしたけれども、喉まで出かかった声が引っこんでしまい、結局何も言えなかった。プリムラに渡された白湯をテーブルの上に置くと、彼女に背を向けて静かに布団に潜りこんだ。

しばらくするとツツジが帰ってきて、菜の花に呼びかけた。返事がないので、布団をはいでのぞきこむと、涙をぽろぽろとこぼして泣いていた。アチャの病気が悪化してるのではと思って菜の花の額に触れると、ひどい高熱だった。ツツジは無理やり布団をはぎ取り、強い口調で言った。

「もう、アチャったら！　誰もいない部屋に引きこもってたら死んじゃうよ。今すぐ大きい病院に行こう」

ツツジの説得に折れた菜の花は、ふらふらと起き上がり、ようやく病院に行く決意をした。

家を出るとき、プリムラが菜の花を支えようとしたけれども、菜の花が手でさえぎって、体に触れさせなかった。自分の気遣いが足りなかったせいで菜の花姉さんの心を傷つけてしまった……。恥ずかしくなったプリムラは、忸怩たる思いを抱いたままアパートの外まで出て、二人の姿が見えなくなるまで見送った。

病院の玄関までたどりついたとき、菜の花はツツジの方を向いて、ほとんど命令のような口調で言った。

「ヤンゾム、今回は仏さまに誓って、必ず診察を受けるよ。でも、あんたは一緒に来ない方がいい。もし誰かに見られたら、あんたまで梅毒にかかってると思われちゃうでしょ。そんなことにでもなったらあんたに迷惑がかかるから、病院の外で待っててちょうだい」

ツツジは菜の花を病院の玄関口まで送り届けたあと、近くの茶館で診断が出るのを待つことにした。

そこは前にも訪れたことがある病院で、医師も前と同じあの女性だった。病院の廊下で長い間待たされた挙げ句、ようやく看護師に名前を呼ばれ、菜の花はおずおずと診察室に入った。

「先生、熱が上がったままずっと下がらないんです。それと最近口の乾燥がひどくて、唇もずっと割れたままで……」

医師は無表情のままで、話を聞いているのか、無用な説明だと無視しているのかもわからなかったが、ともかく彼女の言葉には耳を貸さず、前と同じ用紙にさらさらと何やら書き入れると、血液検査と尿検査を受けてくるように指示した。

その日は患者が少なく、検査結果も早めに医師の手元に届いた。医師は検査結果をつぶさに確認すると、がっくりと肩を落とし、首を振った。

「やっぱりね。あなたには前にもこの病気の危険性について話したわよね。なのにあなたは言うことを聞かなかった。最近の患者はどうしてみんな医者の言うことを信用してくれないのかしら。この病気は医学書では梅毒という名前でまとめられてるけど、段階が四つあるの。あなたの場合は第三期まで進行してるから、まずはすぐに入院して治療をすることです。この病気は簡単には治らないから、治療費もかなりかさむのよ。それに、完治は難しいし、妊娠も望めないでしょうね」

医師はきっぱりとした口調で言うと、入院指示書を書いた。

「先生、あたしはナイトクラブでホステスをしてまして……。治療のためのお金がないんです。でも、病気が早く治らないと困るし……」

菜の花は震える声で言った。医師は、彼女の身につけている端正で高級そうな服装や美しく整った顔の造作に目をとめて、娼婦にこんなに麗々しい人がいるなんて信じられないとでも思っているようだった。彼女は医師の思いを見抜いたかのように言った。

「先生、あたしたち、昼間は人間のなりをしているんですが、夜になると魔物とさして変わらないものになるんです。だからあたしたちのような人間はファッションもメイクも昼と夜とでは変えてるんですよ」

医師は深くため息をついた。その表情には菜の花への憐れみの思いがうかがえたけれども、それには触れずに言った。

「でもね、命はお金とは引き換えにはできないわよ。お金より命の方がよっぽど大切です」

「先生、命とお金が引き換えにはできないのはおっしゃる通りです。でも、お金さえあれば人の命を救えるんです。だって……」

菜の花は絶望的な表情を浮かべ、涙をぽろぽろとこぼした。医師はその言葉を聞いて、しばらく言葉を失っていた。それから医師はさらに憐れむような面持ちで言った。

「あのね、あなたがどんな仕事をしているのか訊くつもりはないわ。あなたは私にとって患者の一人に過ぎないの。それ以上でも以下でもない。でもね、お願いだから命は大切にして。そして諦めないで。馬の尻尾の毛ほどのわずかな希望しかなくても、私たちがしっかり支えるから」

穏やかな声でそう言うと、医師は入院指示書を彼女に手渡した。

「どうせ死ぬ身です。入院してもお金の無駄遣いですよ。それより時間の許す限りお金を貯めて、弟と実家にお金を送りたいんです」

菜の花が泣きながら訴えるのを医師はじっと黙って耳を傾けたあと、尋ねた。

「最近よく眠れてますか？　それとも何か聞こえたり見えたりとかいう症状は？」

「ベッドで横になってもまったく眠れないし、騒々しい《ばら》の店内の様子がいつも見えてます。時には弟が学校を卒業して就職が決まったという知らせを持って私の方に駆け寄ってくるような気がすることもあるし、声が聞こえているような気がすることもあります」

「ああ、それはね、幻覚というの。病気が悪化している兆候です。とにかく絶対に入院してください」

第五章

プリムラ

1

シャオリーは四川の田舎の出身で、実家は農業収入だけを頼りに食いぶちをつないでいる一家だった。労働力になる村の若い男女は、ほとんどが四川の農村部から大都会へと出稼ぎに行っている。よその土地へ出稼ぎに行った若者たちは、年末の帰省時に数万元の収入を持ち帰り、家を建てたり、家具を買ったりなどして、実家の状況を大きく変えることができるのだ。出稼ぎに行く若者は増加の一途をたどり、村に残っているのは三《おんな》、六《こども》、九《としより》ばかりなのだった〔三月八日が女性の日、六月一日が子どもの日、九月九日が老人の日であることにちなんだ中国の表現〕。

シャオリーの故郷の大地は肥沃で、天水も豊富だった。畑では穀物や野菜、果物がよく取れるのだが、自給自足できる程度で、畑地だけに頼って裕福になることは不可能だった。ほとんどの世帯は大部分の畑地を貸しつけたり、休耕地にしたりして、労働できる者はみな外へ出稼ぎに行く。やり手の世帯なら畑地や家屋は親戚に預けて、都会に移住してしまうのだ。

あるとき四川電視台や中央電視台などのテレビ局の報道クルーがやってきて、農民たちが畑を顧みず、農作物の栽培を放棄している状況を取材して報道した。かつてはそのような状況に対して村ではさして関心も払われていなかったが、番組を観てみると、確かに村人は三《おんな》、六《こども》、九《としより》しか残っていないのだ。

しかしやはり彼らにとってはそんなことはどうでもよいようで、目先の利益が最優先なのだった。まずは出稼ぎで十分な資金を貯蓄し、大きな家を建て、子弟を大学に進学させたら、ようやく故郷で悠々自適な暮らしをしようと考えているのだ。それは彼らがみな共通して思っていることで、本気で考えている将来計画なのだった。

シャオリーの家はもともと父親と継母とシャオリーの三人家族だったが、継母が来て数年後にシャオリーに弟が生まれた。両親は息子が生まれると宝物のように可愛がった。そして、息子を必ず大学にやって、将来はいわゆる鉄の茶わん、つまり食いっぱぐれのない公務員にしようと決意した。当時シャオリーは中学は卒業していたけれども、家が貧しいからという理由にかこつけて、高校へは進学させてもらえず、出稼ぎに行くようにと口うるさく言われた。見かねた父親が娘の代わりに上海に出稼ぎに出た。

父が不在となった家では、継母がシャオリーを目に刺さった棘のように目の敵にして、いつもイライラし、怒りを爆発させていた。

「あんたったら仕事もしないでのうのうと暮らしてさ。うちらはね、あんたみたいな穀潰しを一生養ってやるわけにはいかないんだよ。村の中をよく見てごらんよ。みんな出稼ぎに行って、暮れにはたんまり金を持って誇らしげに帰ってくるじゃないか。それにひきかえあんたは引きこもってばかりだ」

食事のたびにこんな嫌味を言われ、がみがみといびられる毎日を送っていた彼女は、出稼ぎに行けと言われても、いったいどこへ行けばいいのか、途方にくれていた。そんなあるとき、母方の従姉が出稼ぎに行くというので同行することにした。こうしてシャオリーは、何日もバスに揺られ、耳にはしたことはあるが目で見るのは初めてのラサの地にたどりついたのだ。

当時彼女は十七歳になったばかりだった。見知らぬ都会での仕事探しは想像していたよりはるかに難しく、何日もほうぼう歩き回って探しても、いい仕事にはありつけなかった。結局従姉の友人に紹介してもらったエステサロンに弟子入りし、一から技術を学ぶことになった。修業中の弟子ということで月々百五十元しかもらえなかったけれども、何とか食べていくことはできたので、頑張って雑用をこなし、遣い走りもして、しばらくその店で働き続けた。

しかし故郷の継母は「一年経つのにまだ実家に送金もできないなんてね。あんたったら、ラサで日向ぼっこでもしてんのかい」と電話をかけてきて、口を開けばお金の話しかしないのだった。でも、食事はエステサロンが最低限のものは提供してくれるから、食費はかからないし、食堂で働いている従姉が自分の方が給料がいいからといって、家賃や光熱水料を負担してくれた。とはいえひと月百五十元しかもらえず、百元では一番安いフェイスクリームや細々した雑貨程度しか買えない。何とか切り詰めて月々五十元を実家に送金し、従姉の着古しを着て、髪をまとめるためのヘアゴムもエステサロンにくる客が捨てたものを使っているのだった。

がめつい継母にたびたび送金を迫られているうちに、少しはましな収入を得られる仕事を探したいと思うようになった。いったいどんな仕事をすればいいのだろうと、何度も考えていたあるときのことだった。エステサロンにエレガントな美女が連れ立ってやってきて、一万元近くするクレンジング用のクリームと化粧品を購入した。二人の女性はバッグから百元札の束を取り出して、何のためらいもなく店長に支払った。そんな大金を目の当たりにしたのはそのときが初めてだった。数元しか現金を持っていない自分の悲惨な状況を思って悲しくなった。

シャオリーは、この女性たちがいったいこの大金をどうやって貯めたのか訊きたくなったけれども、客に自分の仕事と無関係なことを尋ねると店長に叱られるので、言い出せずにいた。でも、二人が会話をしている様子から、二人が何の仕事をしているのかおのずと察せられた。最初のうちは、二人のお金が汚いものに思えて吐き気がして、心の底から軽蔑していた。でも、いつしか考えが変わっていった。汚《けが》れのない仕事をしていたって、財布は一向にぱんぱんにはならないし、口うるさい継母を満足させることもかなわないではないか……。

シャオリーは数日間、二人の女性と自分の状況を何度も何度も比べているうちに、この世の人生は平等にはできておらず、お金に余裕があり、なおかつ誇り高く生きるのは並大抵のことではないんだと悟った。彼女たちの女性の仕事もまた、生きていくためのものなんだと納得し、そういうものだと受け入れられるようになった。

二人の女性はフェイシャルエステを受けるためによく来店した。彼女たちは来るたびに違う服をまとっていたが、どれも上質なものばかりで、手にしている携帯電話は売り出されたばかりの最新モデルだった。最初に抱いていた軽蔑の念はすでに消え去っており、むしろ羨望のまなざしで二人を見るようになっていた。

シャオリーは二人のうち一人の、肌つやのよいもちもちした顔からマスクをはがしながら探りを入れた。

「あの、アチャのお仕事先は割と簡単にお金を貯められるみたいですね」

美しいその人は、胸を張って言った。

「まあその通りね。楽しくお酒をいただいて、お客さんにお世辞を言っておもてなしするだけで、一晩五十元にはなるもの。お股をちょっと開いて特別なおもてなしをすれば百元の現ナマをもらえるし。うちらみたいな媚びる女が嫌いな男なんていないからね。ま、たいていの男は生きていくのにうちらみたいな女が必要なのよ。うちらがいなけりゃ、人生が味気ないものになるんだってさ。うちらは料理に欠かせない塩みたいなもんよ」

楽しそうにそう言うと、今度はシャオリーに向かって訊いた。

「この仕事、めちゃくちゃ大変でしょ。ずっと水仕事し続けてるんだから、お給料だってさぞかしいいんじゃない？」

さりげないその質問に何と答えたものかしばらく悩んだ。それから店長の顔をちらりと見て、自分の五本の指を見せ、五百元だと見栄を張った。それを見た女性は吹きだして、見下したような顔つきで言った。

「何それやめてよ。それじゃうちらのフェイスクリーム一つ買えないじゃない。だったらうちらの店においでよ。少なくとも一桁は上がるから。仕事なんてどうせ白も黒もないんだから、何やったっていいのよ。お金が入れば同じなんだから」

もう一人の女性が続けた。

「あのね、うちらの仕事って、人に何を言われても気にしないくらいの厚かましさが必要なの。他人はうちらがどんな仕事をしてるのかなんて関心ないし、田舎に帰ったら帰ったで、出稼ぎに行ったうちの誰が一番大金を持ち帰ったかって話ばっかりしてるんだから。よその土地でどんな生活をして稼いでるのかとか、お金の出所がきれいか汚いかなんて、誰も気にしないのよ」

その話を聞いて、できたてのヨーグルトのように平らかだった彼女の心が、体内を巡る血液のようにぐるぐる回転しだした。彼女の変化を見てとった店長は、それまでシャオリーが辞めることなど想像したこともなかったのでひどく慌てた。もしこの子が店を辞めてしまったら、この子みたいに細々した雑用を何でもやってくれる子をどうやって探したらいいんだろう。そう思った店長は不安を募らせた。この子への支払いがさすがに少なすぎたのだとようやく思い至り、どうしてもっと早く気づかなかったのかと後悔の念まで抱いた。

店長はその二人を心底軽蔑していたが、彼女たちがフェイシャルエステに来てくれなければ、これほどたくさんの百元札が店に入ることはないので、仕方なく愛想笑いを浮かべて接客をしてきた。それが今日こんなことになるとはまったく想定外で、従業員の心を動揺させるような話はやめてほしいと思いながら、何とか気持ちを抑えて聞こえよがしに言った。

「お二人とも生まれ持った美貌がありますからねえ。世の殿方たちはとにかく美女とお酒には目がないですし。でも、そんな美貌もないみにくいアヒルの子が美しい鶴と競うような真似をしたってもどうにもならないでしょう」

しかし店長のそんな思いは、現ナマの札束に心をすっかり奪われているシャオリーにはまったく届かなかった。

ああ、そうだ。あたしだってこんなに業《ごう》が深いんだから、慎ましく生きることに何の意味があるというの。故郷を離れて、満足に食べることもできずにいるんだもの。食べていくためには仕事の貴賤をとやかく言ってる場合じゃない。若いうちにお金を貯めれば、故郷に帰る頃には自分のためのアクセサリーだって買える。いい家に嫁に行って、それなりの暮らしが送れればいいな。そう思ったシャオリーの足はナイトクラブ《ばら》へと向かったのだった。

人間とは歳月とともに変わりゆくものである。生活であれ愛情であれ常に変化し、永遠に変わらないものなど何ひとつない。だが、誰しも「幸福」の二文字を追い求めていることだけは変わることがない。全ての人間に幸せな暮らしを追い求める権利がある。どんな仕事をしようとも、幸せを求めて努力をしていることに変わりはないのだ。

2

シャオリーは肉体を酷使するその仕事を辞めて、自分の若さを頼りに生きていく道を選んだ。収入は倍増したけれども、生来のケチな性分は変わらないままだった。財布の紐のゆるい年若い漢人の女の子たちと折り合いが悪いのは、自分があまりにケチなせいだとわかってはいたけれども、彼女は相変わらずしっかりと切り詰めた生活をしていたので、友だちもおらず、独りぼっちだった。

それを見てかわいそうに思った菜の花とハナゴマが一緒に暮らそうと誘い、共同生活が始まったのだ。持って生まれた性分は直せないということわざはまさにその通りで、シャオリーはいつも自分のお金を使わずに済ませようとして、人が買ってきた物を食べ、同居している二人の服を借りるのは日常茶飯事だった。

あるとき菜の花がハナゴマに言った。

「うちらの田舎だとね、野花がたくさんあるんだけど、その中でも草原が青々としてきたら真っ先に咲くピンクの花があるのよ。プリムラ〔サクラソウ〕っていってね、他の野花がまだ咲いてないうちに咲くから、ひもじくて食べ物を欲しがる花ってことで、ひだる神の花《トーラ・メト》って呼ばれてるの。この子って欲しがりさんだから、源氏名もプリムラにしたらぴったりだよ」

それ以来、彼女は菜の花とハナゴマの二人からも、漢人ホステスたちからもプリムラ《トーラ・メト》と呼ばれるようになった。プリムラは後から入ってきたツツジともすぐに仲良くなり、後輩だからといっていじめたりしなかった。彼女の手にはケチの鍵がかかっていたけれども、気立てがいいし、機転も利いた。普段から部屋の掃除は率先してやり、誰かが服をベッドの上にぐちゃぐちゃに脱ぎっぱなしにしていれば、それらを集めて洗濯し、きちんと畳んでおくのだった。

プリムラは、節約して貯めた月々の収入から半分は実家に送ったが、半分は銀行に預け、お金をとりわけ大切にしていた。普段から暇を見つけてはバッグの中から銀行通帳を取り出して、じっくりと最初から最後まで目を通したあと、満足げな表情でまたバッグの中に慎重な手つきでしまいこむのが彼女のならいだった。

3

いつもと何の代わり映えもないある晩、他の三人が帰ってきているのに、プリムラだけが明け方まで帰ってこなかった。翌朝、曙光が射す頃になってようやく帰ってきて、寝床に潜りこむと、「ヒック、ヒック」としゃくりあげていた。他の三人がいったいどうしたのかと尋ねると、プリムラは小声で言った。

「ああいうところ、チベット人の男の人の方がましだと思う。望み通りのことをやってあげれば、ときどきは情けをかけてくれて、お小遣いってことでチップをはずんでくれたりもするし。でも……」

プリムラの頭も尻尾もないわけのわからない話を聞かされた三人はすっかり眠たくなった。

「あんたさ、みんなが寝てるときに寝ないで泣いて。しゃべりだしたと思ったらそんな意味不明の話。とにかくちゃんと寝た方がいいよ」

するとプリムラはさらにしゃくりあげ、打ち明け話を始めた。

「昨日の晩ね、漢人のじじいにホテルに連れていかれたの。最初はお金をたんまりもらえるだろ

う と思って、尻尾ふりふりついてったんだけどさ……。でも、そいつ、頭がおかしいの。勃たないのわかってるくせに、一晩中ずっと前戯を繰り返してるの。ほんと嫌だった。それに……、千元やるからって、あたしのおっぱいに歯を立てて、乳首を噛みきろうとしたんだから。あと、膣にビール瓶を突っこんできたり。あたしは必死で抵抗したんだけど、『地獄の沙汰も金次第って言うだろ。俺は金を払ってるんだから好きにさせてもらうよ』なんて言って、ひどい暴力をふるわれたの」

プリムラは、胸元を開いて出血した乳首を見せ、わんわん泣いた。

驚いた三人は、「ひどい！　畜生め！　畜生！」と口々に言いながら、プリムラを慰めてやるほかどうしようもなかった。しばらくして、ハナゴマが思いついたように言った。

「そのじじいはさ、仏さまのおかげかなんか知らんけど、よぼよぼでアレも勃たないってのにそんな横暴をふるうんでしょ。この世を支配する王者になってすべての女をものにできるご身分になったって、満足なんかできやしないんだろうね。さっさと死んじゃいますように」

そうでも言わないと怒りがおさまらないのだった。

それまで彼女たちは自分の運命をあたかも当然のものとして受け入れていたせいか、さほど悲しい気持ちになったり、無力だと感じることはなかった。でも、ツツジの身に起きた出来事に始まって、プリムラが受けた理不尽な性暴力、そして菜の花の病気の発覚と事が重なってくると、あたかも自分たちの身に不幸の石が降りそそいできたかのように思えて、さすがにしんどくなった。いくら容貌が美しくても、どんなに高級な服を身にまとっていても、結局他人からは軽蔑され、ひどい仕打ちを受けなければならないんだ。彼女たちはそんな思いにさいなまれ、自分たちのみじめな運命を恨めしく思った。

しかし嘆き悲しんだところで持って生まれた業を変えられないことはわかっている。だから彼女たちは仕方なく現世を生き、血のつながった親きょうだいのため、あるいは自分自身が生きていくために、《ばら》にやってくる客たちにどんな横暴なふるまいをされても、笑顔を見せ、いつわりの表情を浮かべ、しなやかな体つきで、豊満な胸やお尻を揺らし、男たちの望みをかなえてやりながら、お金を稼いでいるのだ。

第六章

ハナゴマ

1

ゾムキーには実家への愛着は一切なかった。どこへ行くあてもなく、おぼつかない足取りで家を出た。空っぽのリュックには、家から持ち出した三千元しか入っていない。彼女はチャムド〔チベット自治区東部に位置するチャムド市中心部〕のバスターミナルに向かいながら、いったいどこへ行けばいいのだろうと考えていた。ここ数日、ずっとそのことばかり考えていたけれども、いい答えが見つからない。

バスターミナルに着いてもなお、チケットの販売窓口の前で、成都に行くべきかラサに行くべきか迷っていた。バスの出発時刻まであと三十分。それでもまだどちらのバスに乗るか決めかねていた。

チャムドの町から成都に向かう人は多いから、行った先で知り合いに会ってしまいそうで嫌だなあ。それよりはラサに行った方が巡礼もできるからいいか。ゾムキーは結局、最後の最後でラサ行きを決意し、チケットを買った。

出発間際になると、見送りの人びとが大勢詰めかけて、「道中の無事を祈るよ」などと口々に叫びながら別れを惜しんでいたが、独りぼっちのゾムキーはさっさとバスに乗りこみ、一番後ろの席に体を沈め、顔を空っぽのリュックで覆った。

彼女はこうして自分の生まれ育った土地を捨て、ラサに向かった。故郷には無念と苦痛しか味わわされてこなかったので、未練はなかった。


青春真っ盛りの十六歳だった頃、ゾムキーはすらりと背が高く、身のこなしはしなやかで、栗色の柔らかな長い髪を三つ編みにして垂らしていた。かかとまで届くほどのお下げは歩くたびに揺れ、道行く人びとの視線を惹きつけてやまなかった。正面から見れば鼻筋が通り、明けの明星のように大きな目をした、白く柔らかい肌が印象的な美少女だった。美貌が目立つようになると、同じ学校の男の子たちが授業の合間に彼女に向かって冗談を言ったりからかったりしてくるようになった。

高校二年のとき、上級生の男子が授業の合間などに廊下で声をかけてくるようになった。そのうち食べ物や飲み物を持って近づいてきて、彼女に好きだと告白までしてきた。ゾムキーは初めのうちは相手にせず、むしろ嫌だと思っていたけれども、馬鹿みたいな押しの一手に徐々にほだされて、結局つきあうことにした。

女の子というのは好きだと言われると心を動かされやすいもので、そのうち二人は深い仲になった。そうこうするうちに彼女に「果実」がみのり、ほっそりしていた体は徐々にふっくらしていった。白い肌に赤みのさした肌つやも失われ、顔にはしみが増えた。胎内に生じた肉塊は日増しに大きくなった。ゾムキーは不安のあまり心臓が張り裂けそうで、焦りが募り、いても立ってもいられなかった。しかし、胎内の肉塊は口から吐き出すことも尻からひりだすこともできないのだった。

絶望して行き詰まった彼女は、スカーフでウエストをきつくしばってみたけれども、肉塊の成長は留まるところを知らず、腰回りは外から見てもわかるほど大きくなった。妊娠が発覚してから四か月も経つと、胎児がぴくぴくと動くのがわかるようになり、もはや勉強にも集中できなくなった。

ゾムキーはすがるような思いで、「君のことを愛してる。君のためなら俺は命を捨てることになっても悔いはない」とまで言っていた恋人に、ありのままを打ち明けた。

ところが彼はひどく冷たい表情で「ねえ、脅かさないでくれる？　その子が俺の子かどうかなんてどうやってわかるの？　こっちは大学受験を控えてるってのに」と、笑みさえ浮かべながら言い放ち、振り返りもせずにさっさとその場を立ち去ったのだ。

それ以降、彼は教室の廊下から彼女を呼びだすこともなくなり、まるで彼女を伝染病患者のように遠ざけるようになった。相談できる相手がいない彼女は、もう中絶するしかないと思い詰めるようになった。

ある日たまたまついていたテレビ番組で、痛みもなく安価で保険適用の中絶薬があるという話をしていた。ゾムキーは薬の入手方法を確認すると、翌朝早速買いに行った。

少し心が軽くなった彼女は、家に帰ると、期待に胸をふくらませて薬を飲み、頭から布団をかぶって横になった。しばらくすると天地がひっくり返ったかと思うほどの激しい痛みに襲われ、それが長時間続いた。そのうち下半身から大量の血がどくどくと流れてきて、気を失った。

目を覚ましたとき、ゾムキーはすでに病院のベッドの上だった。正気を取り戻し、目を見開くと、そばにいた母親は、娘が意識を取り戻したことを喜びもせず、顔に唾を吐きかけて叫んだ。

「この面汚しが！　なんて恥さらしな娘だ。あんたなんて死んじまえばよかったんだ。ああ、もうあたしらよそさまにどうやって顔向けすればいいんだ」

母親はそう言うと、泣きながら出ていった。

ゾムキーの心の中では恐怖と恥の感情がせめぎ合って、誰にも顔を見せる気になれなかった。ああ、地面に潜りこむなり空に消えるなりして、ここからいなくなってしまいたい……。そう思いながら、頭から布団をかぶり、ぐっと下唇を噛んだ。

ゾムキーは病院に一週間入院した。その間、寡黙な父が毎日三回食事を届けてくれていたが、母は一切姿を見せなかった。父は「いいかい、とにかく食事はしっかり取るんだぞ。それからよく休むこと」と繰り返すだけで、慰めの言葉こそかけてくれなかったけれど、叱ることもなかった。ゾムキーは静かな病室で父の言葉に耳を傾けている間、目を瞑っているばかりで父の顔を見ることもできなかったし、ましてや心中の苦しみを父に打ち明けることなど、とてもできなかった。彼女の脳裏には母の怒りに満ちた表情がこびりつき、耳には母の怒号が何度も蘇ってきて、頭が割れそうになった。

相部屋になったのは田舎から出てきた夫婦だった。入院しているのは妻の方で、流産の際に出血が止まらず、この病院に運ばれてきたのだった。外から見ている限り、二人の暮らし向きはあまりよい方ではなさそうだった。

夫は毎日病院に通ってきて、いつも順番待ちの電気コンロの列に並び、ツァンパを練って作った団子をさっとゆがき、その上に雌ヤクの乳で作ったおいしそうな黄色いバターをのせた団子粥《パクツー》を、三度の食事ごとに用意して食べさせていた。夫自身は一日中ミルクなしのお茶ばかり飲んでおり、バター茶は口にすらしなかった。自分の茶わんには宝貝ほどのほんのわずかなバターすら入れないのに、妻のパクツーにバターをのせるときはケチケチしたところを微塵も見せないのだった。妻があまり食べたくなさそうに顔をしかめていると、夫は「母さん、頑張って食べるんだぞ。体が大事だからね」とやさしく声をかけてやりながら、根気よくスプーンで一口サイズに小分けにして、パクツーを口元に運んでやっている。妻はやっぱり食べたくなさそうだったけれども、夫に根負けして抗うこともできず、涙をぽろぽろこぼし、夫の顔をやさしい表情で見つめながら、聞き分けのいい娘のようにパクツーを呑みこむのだった。

近くの病室からは子どもの泣く声や、見舞い客のおしゃべりが聞こえてきて騒々しかった。でも、朝の回診が終わると、彼らの病室を訪れるのは看護師だけになり、とても静かだった。たまに夫が居眠りして、妻の点滴が切れているのに気づかないことがある。そんなときはゾムキーが小さい声で「おじさん」と声をかけてやると、恥ずかしそうに「いやいや、また眠っちまった」と言って、看護師を呼びに行くのだった。

午後は点滴がなく、何もすることがなかった。夫が口をもごもご動かしながら「二十一ターラー菩薩讃」を唱えながら、妻の頭からシラミとシラミの卵を根気強く取り除いていた。自分の頭を夫に触られているとき、妻はとても安心しきった様子で気持ちよさそうに眠りに落ち、すうすうと鼻を鳴らしていた。目を覚ましているときは、大きな目を見開いてじっと窓の外を見つめていた。そんな彼女の顔からは幸せそうな雰囲気が漂っていた。夫は途切れなく読経をしているだけで、あまりおしゃべりはしていなかった。

世の中には何もかも持つ者はまれという昔の人のことわざはまったくの真実だ。この農民夫婦は、おしどりのように愛情深く慈しみあっていたけれども、自分たちの子どもを胸に抱くという願いはかなわなかった。彼はラマに言われた通りに「二十一ターラー菩薩讃」を唱え続け、自分にできる限りの五体投地をし、お供えをしたけれども、妻は流産した。今回妊娠してから、二人は年寄りの言うことを聞いて、村の上手にある業病《ごうびょう》仏塔〔前世の悪業の現れとしての体調不良が治るよう祈るための仏塔〕の周りを十万回まわって祈りを捧げた。二人は子宝に恵まれることを願って互いのことを「父さん」「母さん」と呼んでいる。だが、結局何度も流産を繰り返している。今回は流産したばかりか、母体まで危険にさらされることとなった。

二人についてのこうした話は、話すのがあまり好きではない夫に対して、おせっかいで首を突っこむのが好きなおしゃべりな看護師が根掘り葉掘り訊き出すのを漏れ聞いて知ったことだった。

ある日、体を起した妻に向かって夫がやさしい声で言った。

「さて、することもないから、ちょうど俺も病院にいることだし、おまえさんの頭のシラミでもとってあげようかね」

「もういいってば。そんなことしたって無駄よ。今はこうして村を出てきてるけど、里に帰ればシラミを取る暇もないんだから、またシラミの巣になるだけよ。そんなことよりベッドでちょっと横になって」

妻はくすりと笑ってこう言うと、ベッドの端に夫を寝かせてやった。それから、夫の腰に鍵束と一緒にぶらさがっている爪切りを外すと、汚れの溜まった夫の爪をぱちんぱちんと丁寧に切ってやるのだった。

ゾムキーはこっそり二人の様子を見ていて、この女の人も幸せな人だな。やさしい連れ合いがいて。それにひきかえあたしはなんて運がないんだろう。そう思うと、何だか悲しくなってきて、涙がほろほろとこぼれた。

退院したゾムキーはすっかり痩せて目も落ちくぼんでいた。朗らかでおしゃべり好きだった彼女はすっかり寡黙になり、そのまま数か月家で過ごした後、かばんをさげて学校に行った。

今度こそちゃんと学校に通って、いい学生になろうと自分に言い聞かせて登校した。母親が病欠届を出してくれていたのだが、いざ登校してみると先生からも同級生たちからも疑惑の目で見られ、その視線が痛かった。休み時間になると学生たちはこそこそしゃべり、ゾムキーの姿を見るやさっと顔を背けて別の話題に切り替えるのだった。

彼女には、家でも学校でもやさしい声をかけてくれる人はいない。先生にも同級生にもこれまでと違う目をむけられ、その視線は彼女の心臓に矢のように刺さった。その痛みはあまりに堪えがたいもので、いたたまれない気持ちになった。先生や学生たちの顔を見るのも辛く、果てしなく繰り出される母親の小言を聞くのも嫌になった彼女は、一週間後、家を出た。


バスに揺られて数日後、ラサに着いた。ラサは人と物でごった返す賑やかな街だった。この街のことなど何も知らない彼女は、数日間小さな旅館に泊まり、日中はパルコルなどのあちこちの通りを歩き回った。家から持ち出したお金も底をつきそうになったとき、何とか自活していかなければと必死で仕事を探し回ったけれども、ほとんどが食堂のウェイトレスの募集広告だった。食堂のウェイトレスはできそうにないと思った彼女は、服屋の店員になった。

小規模ながら地の利のおかげで繁盛していたその店は、ゾムキーが働くようになってからさらに儲かるようになった。流行に敏感な若者たちが、漢語が得意で美貌のゾムキー目当てに服を買いに来るようになったのだ。

漢人の女老板《ラオバン》はゾムキーを可愛がり、月末にはボーナスまでくれ、老板夫妻が外食するときも連れていって、おかずから肉の塊をとりわけてゾムキーの取り皿にのせてくれた。特別に取っておいたお菓子を彼女にだけ分けてくれることもあった。

見知らぬ土地で不安だったゾムキーも、老板夫妻に可愛がられるようになると、冷えきった心に少し温かな火がともり、長いこと消えていた笑顔が蘇ってきた。

彼女の魅力的な笑顔は客の心を惹きつけたばかりか、老板まで虜にした。老板がゾムキーに話しかける回数はあからさまに多かったし、他の従業員をさしおいてゾムキーだけを依怙贔屓し、その美貌や仕事の出来をやたらとほめるのだった。ある日老板はふざけた様子で彼女の手を握ると、女の子たちに見せつけるようにさすりながら言った。

「ああ、ほんとに格別だよ。ゾムキーの手はすべすべしてまるでトルコ石のようだし、こんなにしなやかなんだ。ちょっと見ただけでも、深窓のお嬢さまの手だとわかるよ。それに比べて君たちの手といったら、召使いの手そのものだ」

ゾムキーは顔を真っ赤にして、手を思い切り引っこめて、故郷の言葉で言い放った。

「屍喰らい《パロサギュ》が！　鬼《デポ》！　あんたなんか死んじまえ」

聞いていた女の子たちはケラケラ笑った。老板にはゾムキーが何と言っているかはわからなかったけれども、罵られたのはわかったようで、きまり悪そうに二階へ上がって行った。

はらわたが煮えくり返ったゾムキーは、故郷や親きょうだいが恋しくてたまらなくなった。しかし故郷を思うたびに、自分を捨てた恥知らずの男と、母親の恐ろしい形相が脳裏に浮かび、まるで傷口に塩を塗られたかのような痛みを覚え、故郷を懐かしむ思いも冷めてしまうのだった。

漢人老板のいやらしい仕打ちを忘れるのに一番いいのは、客に商品を案内して、賑やかに服の販売をしながらやり過ごすことだった。店の売り上げはさらに伸び、女老板の彼女に対する信頼は以前よりさらに厚くなった。店の商品で気に入ったものは好きに着ていいという許可まで出ていたばかりか、毎月の手当ても他の従業員よりも特別に多く支払ってくれていた。

だが、風が吹かねば祈禱旗《タルチョ》もなびかぬ、カラス鳴かねば魔物も来たらずとはよく言ったもので、順風満帆とはいかなかった。

女老板が用事で外出したあるとき、小さな目を充血させた老板がなんやかやと理由をつけて、ゾムキーを二階に呼びだした。先日ゾムキーがいやらしい手を思い切りはねのけ、怖い顔をして罵って以来、老板は彼女においそれとは触れることができなくなっていた。でも、彼女を自分のそばにいさせたり、自分のお茶用水筒にお湯を注がせたりして、老板のメンツを保とうとしていた。我慢ならないゾムキーは、老板の水筒に白湯《さゆ》をなみなみと注ぐと、冷ややかな顔で言った。

「ご用がないのでしたら下に戻ります」

すると老板は慌てて立ち上がり、ゾムキーの手をはっしと握ると、拝むように言った。

「あのな、俺の愛人になってくれないか。もしなってくれたら君に損はさせないよ」

ちょうどそのとき、女老板が入ってくるのとはち合わせになった。二人の様子を見た彼女は、事情も訊かずにゾムキーの頰を思い切り叩いて罵った。

「このクソアマ《ニージェイ・ジェンフォ》が！」

ゾムキーは何のためらいもなく、女老板の頬をさらなる勢いでひっぱたくと、漢語で啖呵を切った。

「あんたさ、自分の旦那の顔をよく見てごらんよ。あたしがこんなゲスい野郎に手を出すわけないじゃん、万が一手を出すとしたら、チベットに男がいなくなったときだけだよ。さあ、給料を日割りにして寄越してよ。こんな気色悪い野郎、見たくもないわ」

怒り心頭に発した女老板は唾を飛ばし、のべつまくなしに文句をたれ流しながら、百元札を何枚か出すと、ゾムキーの顔に投げつけた。ゾムキーは紙幣を床から拾い集めると、バッグに突っこんだ。そして老板夫妻に向かって唾を吐きかけ、店を去った。

2

ゾムキーは初めてラサにやってきたときと同じように、毎日街中を歩き回り、仕事を探したけれども、気に入った仕事は見つからなかった。肉体労働はできないし、やりたいとも思わなかった。今になって明るい学校の教室を思い出し、自分を大切にしなかったことを悔やんだ。でも、故郷や両親のもとに帰ろうとは露ほども思わなかった。それが自分でも不思議だった。こうなったのはあたしの考えが足りなかったせいかもしれないし、母さんが浅はかだったのかもしれない。とにかく「娘は母の言うことを聞かず、母は娘につらく当たる」という言い習わし通りのことが自分の身に起きたのだと思うと、背筋に冷たいものが走った。

故郷に帰るまいという決意は固かったけれども、生活のためにはとにかく仕事を探さなくてはならなかった。ようやく見つけた仕事はジュースバーのウェイトレスだった。前の店ほど給料はよくはないけれど、一日二食のまかないつきなのが気に入った。働きはじめた頃には美しいラサことばを話せるようになっていて、ゾムキーが流暢に「いらっしゃいませ。どうぞおかけください。何を召し上がりますか」と言って、にこやかに笑みを浮かべながら接客すると客は喜んだ。ストレートな物言いで女神のように美しいなどと言ってくる客もいて、そんなとき彼女はりんごのように頬を赤らめ、うつむいて、店長の方をちらと見るのだった。客がゾムキーの容貌や接客をほめるたびに、朗らかな女性店長が彼女のもとにやってきて、頭をなでるとこう言った。

「あんた、よかったね。ありがたくも人間の肉体を得たうえに、外見が美しいおかげでみんなに愛されるんだからさ。ほら、家畜だってさ、毛並みがよけりゃ、みんなに好かれるし、大切にされるもんだろ」

彼女はそれには何も言わなかったけれども、何だか嬉しくて温かい気持ちになった。

ジュースバーは十二時頃に開店する。この時間のラサはまだ朝だ。ある日、ゴールドのネックレスをつけた茶髪の若い男が、開店してすぐに入ってきて、飲み物を注文するとテーブルに腰を下ろした。ゾムキーは初めその男を気にも留めていなかったが、そこに長時間座り、昼食時になってもまだ居座っているので不審に思い、声をかけた。

「お兄さん、まだ何か召し上がりますか。ランチの時間ですが、当店ではケーキとお飲み物以外、召し上がっていただけるものがないんです」

「何だよ。気づかないふりしてさ。こっちは一日中あんたの顔を見てるだけでいいんだ。食いもんなんかいらないよ」

男は目を丸くしてゾムキーを見つめた。

「お兄さん、ご冗談を。私の顔なんか見て何になるんです？　みなさんと同じ顔ですよ。口と目は横に、鼻は縦についてますし」

冗談まじりに言ったゾムキーに対して、男は真面目な顔でいきなりこんなことを言った。

「あんたみたいなきれいな女は今まで見たことがない。俺とつきあってよ。これ、俺の電話番号。あんたの番号も教えて」

ゾムキーは電話番号の書かれた紙切れを受け取りながら言った。

「でもあたし、電話持ってないんです。電話番号なんてありません」

男は嘘をつかれたと思って腹を立てたようだったが、その日は何も言わずに去っていった。

翌日、男はまたしてもジュースバーに現れたが、来るのが少し遅く、店内はすでに客であふれかえっていた。男はまず隅の席に座って、ゾムキーが自分の近くに来るのを待ったが、別のウェイトレスが彼のところに注文を取りに行った。すると男はゾムキーを指さし、大声を張り上げた。

「おい、あのウェイトレスを寄越してよ」

男が叫ぶのを耳にして、ゾムキーは慌てて男のところに行き、穏やかな口調で尋ねた。

「何を召し上がりますか」

男はゾムキーを自分の方にぐいっと引っぱると、彼女の肩に手を置いてこう言った。

「気づいてなかったかもしれないけどさ、あんたを初めて見たときから、昼は飯の味もわからない、夜は寝つけないほどになっちまったんだ。なあ、俺の恋人になってくれよ。そしたらきっとこの病も癒える。金ならいくらでもあるんだ。ウェイトレスなんかしなくていいし、俺とつきあえばリッチなマダムの暮らしができるぞ」

ゾムキーは恥ずかしいやら気まずいやらで、男を押しのけると、こう言い返した。

「やめてください。あたしは一介のウェイトレスですよ。マダムなんて性分じゃありません。だいたい他のお客さまの迷惑になりますから、今後一切うちには来ないでください」

二人のやりとりを聞いていた客の中には、驚いたような目でゾムキーを見る者もいれば、ずいぶん失礼な男だなとこそこそささやく者もいた。すると朗らかな女性店長が男の方に近づいて言った。

「お兄さん、うちの子たちはみんな山村から出てきたうぶな女の子たちなのよ。あの子たちがお兄さんのマダムなんてつとまるわけがないでしょ。それより霊験あらたかなパンデン・ラモ〔ラサの守護神である女性の護法尊〕のおかげでラサには美女があふれてるじゃない。都会育ちの美女と結婚して、人もうらやむような生活をしたらどうなの」

店長は軽口を叩いて、男を愛想よくおだてたが、男には通じなかったようだった。

「おばさん、俺にそんなこと言ったって無駄だよ。この世界で俺が手に入れられないものなんてないんだ。自由区《ランワンリン》のワンチェンって名前、聞いたことないのか?」

男はそう言うと、店を出ていった。

ランワンリンのワンチェン。見たことはないが、噂には聞いたことがあった。何でもこのあたりを牛耳るドンで、血気盛んで喧嘩には滅法強いという。手首には数珠を巻きつけ、上衣を羽織り、腰には長刀を横に差し、肩をそびやかしてのし歩いており、商人たちが借金の回収に困ったときなどはこの男を取り立て人として雇うという。この男が借金の取り立てに行くときは、配下の「子犬」を引き連れていき、目的の家の扉をどんどんと叩いただけで、すぐさま借金を回収できるらしい。そんな人物に惚れられたら、どうなるかわかったもんじゃない……。ゾムキーの心は掻き乱され、仕事も手につかなくなり、茫然とするばかりだった。

そのとき従業員の女の子の一人がうらやましそうな声で言った。

「アチャ、あんたって幸せねえ。ルックスもスタイルも抜群でさ。あたしらなんて、あんたみたいな美貌がないから、誰かの目に留まるどころか、ぼんのくぼすら見てもらえないよ。仏さまは六道世界のあらゆる衆生を公平に扱ってくださってるって話だけど、どうみても平等なんかじゃないよねえ」

　すると、ゾムキーはため息をついて言った。

「歌舞劇《アチェ・ラモ》の『ナンサ・ウンブム』って演目、知ってるでしょ。あたしはあのお話の主人公ナンサと同じ身の上なの。ナンサは美貌が買われて、リナンの王家の妃として嫁いだけどひどいいじめに遭ったでしょ。あたしがこんなふうになったのも容姿のせい。これがなかったら、こんなことになってないもの。あたし、何にも惜しくないから、顔をすげかえられるなら、あんたのと交換したいくらい」

　従業員の子は驚いて首を振った。

　翌朝、ジュースバーの電話が鳴り響いた。店長が電話を取ると、ゾムキーへの電話だった。店ではプライベートな電話をかけるのも受けるのも禁じられている。そもそもラサに知り合いもいないのにいったい誰だろう。落ち着かない思いで、店長の視線を気にしながら、こわごわ電話に出てみると、あのワンチェンという茶髪の若い男からだった。いまいましく思ったゾムキーは電話をがちゃんと切った。するとそれから数分ごとに電話が鳴るようになり、あまりにうるさいので、ゾムキーは電話を取った。

「あたしたちお互いに何の恨みもないでしょ？　どうして放っておいてくれないんですか。あたし、明日にはこのお店をやめて、新しい仕事を探すんで、もう電話はかけてこないでください」

そう言ってがちゃんと電話を切った。

その晩、自分の借りているアパートに帰りついたゾムキーは、虚脱感とともに背筋にぞっとするものを覚えた。どう考えてもジュースバーでこのまま働き続けたら、あの恥知らずな男から逃れられないだろうし、店の商売にも響くに違いない。そう思った彼女はさんざん考えた末に仕事をやめる決心をした。

次の朝、彼女は店長に退職を申し出た。店長はひどく残念そうにしていたが、ゾムキーの言うことももっともだ、あなたの希望通りにしていいと言ってくれた。去り際に、ゾムキーは店長に言った。

「店長、あたしもナンサと同じで、美貌が仇になったんです。ラサに来てから、この顔のせいで、ろくにお金も貯められなかったし、いわれのない噂話を革袋いっぱい浴びせられたし、いつ空から不幸の石が降ってくるかもわからない毎日でした。何度も考えたけど、やっぱりここを辞めるしかないんです。これからいったいどこへ行けばいいのか、どうなるのか、あたしにもよくわからないんですけど……」

店長はほろほろと涙をこぼすゾムキーの頭をなでてやりながら言った。

「あんたはちょっと業《ごう》が深いだけで、美人なのもあんたのせいじゃないよ。ありがたい人間の肉体を得たうえに、気立てがよくて、容貌も美しかったら、それ以上いいことなんてないだろ。あんたは美人なうえに、正直で嘘がなくて、仕事もできるんだ。どうか仏さまに目をかけていただいて、あんたが幸せに暮らせますように。今後もこのおばちゃんのことを忘れないでよ。いいことがあっても悪いことがあっても、あたしに会いにおいで」

こうしてゾムキーは目に涙を浮かべ、後ろ髪を引かれる思いで店を去ったのだった。

3

再びラサの路上に戻ってきたゾムキーは、自分に合う仕事を求めて歩き回った。ちょうどそのとき見かけたのが、ナイトクラブ《ばら》のホステス募集広告だった。こうして彼女もまた、菜の花と同じく《ばら》のホステスとなったのだ。

それまでの仕事は紆余曲折あってどれもうまくいかなかったけど、この仕事ならうまくやれるかもしれない。そう思ったゾムキーは、面接時に老板《ラオバン》にだまされたことにも気づかずに、あっさりと《ばら》と契約を結んだ。

ハナゴマという源氏名を与えられた彼女は、それ以降、誰にも本名で呼ばれることはなかった。彼女自身、源氏名に慣れ、音の響きも気に入っていた。いつしか源氏名で呼ばれると、自分がまるで光り輝くハナゴマの花になったかのようないい気分になるようになった。

今彼女は、母から受け継いだ、ツァリ山の竹のように細くしなやかな肉体と美貌、そしてあふれ出る若さ以外、何も持ち合わせてはいない。ハナゴマはそれを商売道具に生きていくことにした。そしてそれは実に高く売れた。ハナゴマはすべての収入を何の気がねもなく自分一人のために好きなように使うことができた。その派手な金遣いに他の子たちからは、きっと実家が裕福なんだろうと羨望のまなざしで見られていた。

ある日、ツツジがうらやましそうに言った。

「ねえ、アチャは実家がいいおうちなんでしょ。うちらとは違って。それなら実家に帰った方がいいよ。こんなめちゃくちゃな暮らしを続けてないでさ。アチャには帰るおうちもあるし、母ちゃんとか父さまって呼べる相手もいるんだし」

するとハナゴマは鼻で笑った。

「ねえ、あたしもう故郷を出て三年だよ。もし両親が本気であたしに会いたいって思ってるなら、ラサの町は大きいったって、たかだか東西南北の四つの地区しかないんだから、探しだせないわけないいじゃやない」

吐き捨てるように言った彼女は、たばこをくわえ、紫煙をくゆらせたかと思うと、がっくりと肩を落とし、大きくため息をついた。いつの間にか、彼女の頬を大粒の涙が伝っていた。

高校まで進学しているハナゴマは小学校しか出ていないツツジよりも教養はあるはずだが、新聞の夕刊を買ってきても目を通すのは尋ね人の広告だけで、それ以外の記事は読むこともなくベッドの下の段ボール箱にしまいこんだ。読書の習慣もないハナゴマのもう一つの日課はラジオの声のお便り《ニェンヤン・ポニャ》という伝言番組を聴くことだった。

ハナゴマは手で涙をゆっくりと拭うと、ベッドの下から新聞の束を取り出して見せた。

「みんな見てよ。新聞に人捜しの告知がどれだけ出ていることか。あたし、《ばら》で働き始めてから、新聞の夕刊を毎日買ってるの。段ボール箱にあふれるほどにまでなったけど、あたしの名前はどこにもない。声のお便り《ニェンヤン・ポニャ》を聴いてるときも、××という娘が故郷を出たまま連絡が取れなくなって××年が経ちます。家族が心配しているので××まで電話をください、というメッセージが流れてきたことがあってね。そのときなんか、ああ、これが自分の名前だったらどんなにいいだろうって思ったの。でも、あたしは両親の顔に泥を塗ってしまったんだもの。親はもうあたしのこと忘れてると思う。死んだと思われてるんだろうな……」

そう言うと、さめざめと泣いた。

ハナゴマは気丈な人で、これまで誰にもそうした話を打ち明けたことがなく、涙を見せたこともなかった。彼女は《ばら》の女王として君臨していたし、はたから見ている分には朗らかで何の不満もなく幸せそうに見えた。彼女は夜働いて貯めたお金で昼は豪奢な生活を送っていた。ハナゴマは生まれ持った美貌もさることながら、肉体も人を惹きつける魅力があり、店にやってくるチベット人や漢人の経営者たちに、愛人になってほしいとずいぶん口説かれた。しかし彼女自身はいつも通り自由気ままに、みんなに「宝物」と呼ばれるだけで満足で、特定の相手を作らず、より多くのお金を積んでくれた人と一緒に過ごすことにしていた。今や、男たちが語る面白い話を信じるどころか、むしろ世の中の男というのはみな馬よりも速く浮気をし、羊よりも尻尾の短い恥さらし業《ごう》さらしに思えて、誰のことも信用できなかった。

ところがそんなハナゴマにも、いつしか心を寄せる男性が現れた。その人は漢人の経営者だった。何度か体を重ねてみると、女と酒が好きなのは男の性《さが》だとしても、これまで出会った男たちとは違う、道理のわかった人間に思えた。

あるときビールで酔っ払った彼が、頭を彼女の胸にうずめ、うつろな目から涙を流しながら、つらい胸のうちを吐露した。

「うちのかみさんは心根のやさしい人でね。俺のことは子どもの世話を焼くみたいに大切にしてくれるし、姉さん女房だってこともあって、俺もかみさんに横柄にふるまったり、つらく当たったりなんて、一度もしたことがないよ。俺たちは結婚して二十年になる。平穏な暮らしさ。でも待てど暮らせど子宝には恵まれなくてね。要はうちのかみさん、卵を産まないめんどりだったんだ。お腹をでっぱらせて、背中を反らして歩いたことがないんだ。金があっても、子どもがいなけりゃ、夫婦でいたって何の意味があるんだ……」

「そんなに悲しまないで。そういう業を背負っているのかも」

あまりに打ちひしがれた姿に、ハナゴマは気の毒になったけれども、慰めの言葉をかけることくらいしかできなかった。しかしそんな言葉は何の慰めにもならなかったようで、さらに沈痛の色を深くして言った。

「男から言わせてもらえば、自分の血を分けた子どもがいなけりゃ、家系が絶えちまうだろ。俺は一人っ子でね。家系を絶やさないようにする責任は、すべて俺一人の肩にかかってるんだ」

彼はハナゴマの手を握ると、さらに続けた。

「なあ、今の生活を変えるつもりはないか？　俺の頼みだ。俺の血を分けた子どもを産んでほしい。もしそうしてくれたら、俺は君の願いをすべてかなえてあげる。お願いだから俺の子を産んでよ。そうしたら愛人じゃなくて、礼を尽くして正妻として迎えるよ。もし君がこの生活を諦めないっていうなら、君の選択を尊重するし、妊娠して出産するまでの間の埋め合わせは必ずさせてもらう」

それは、《ばら》で働くホステスたちが夢に見るような人生だった。ああ、これでずっと期待していた夢がいよいよ実現するのかも。ようやく私のことを思ってくれる夫と、帰る家ができるんだ。ハナゴマはそんな期待に胸を躍らせ、男の申し出を受けた。

それ以降、彼と体を合わせるときは避妊をしなかった。他の客とは普通の接客だけにして、肉体は漢人の彼一人に捧げた。

しかし、彼女のお腹も、彼の妻と同じように一向に張り出してくる気配はなかった。すっかり慌てふためいた男は、排卵誘発剤やら、健康食品やらを大量に買ってきた。彼女の体は以前と比べると明らかにふっくらとして、肌つやもよくなったけれども、彼の待ち望む卵が出てくることはなかった。男に連れられ、大病院で検査を受けたところ、医師の言うには、彼女の子宮は炎症を起していて、難治性の疾患もあり、妊娠の望みは薄いという結論だった。

ある日ハナゴマは、知り合いの医師がいるからと、男に連れられて防疫センターに行った。採血されたときは気づかなかったが、診察室の奥にいた患者が、医師から梅毒の治療に関する説明を受けていた。勘の鋭い彼女は、自分が受けた検査が単なる健康状態の検査ではなく、梅毒の検査だと察した。

他の病院とは違って、そのクリニックの待合室は人もまばらだった。男が検査結果を受け取りに行き、彼女はソファに腰を下ろして待った。何か言われたわけでもないのに、見下され、侮辱されていると感じた。めらめらと怒りが燃え上がり、はらわたまで焦げそうになった。

そこへ男が顔に笑みを浮かべ、検査結果の記された紙を手に戻ってきた。男が話しかけようとしたとき、ハナゴマはその紙を奪い取った。男はいったい何が起きているのか呑みこめず、唖然として彼女の顔を見つめている。彼女の顔はみるみる真っ赤になり、顔面はぴくぴくと痙攣し、ベニハシガラスのくちばしのように赤かった唇は紫色に変色していた。

彼女は手を震わせながら紙の上の文字を読もうとしたけれども、英文のようなものが書かれているだけで、何と書いてあるのかまったくわからなかった。

彼女は診察室に入り、医師に内容を問いただした。

「ああ、それは国際的に使われているもので、梅毒を表す記号ですよ」

その瞬間、彼女の怒りは火を噴き、感情に任せて、男の頬を思い切りひっぱたいた。

「この悪魔が！　よく頭が回るもんだ。男はみんな同じよ。結局誰もかれも同じ皮からできた革紐じゃないの。男なんてみんな犬。この世のカラスはみんな黒。白いカラスなんていなかった」

彼女はそう言い放つと、振り返りもせずに外に飛び出していった。

この苦い経験を経て、ハナゴマは男たちに愛人にしてやると言い寄られても、それは夢の中のあだ花だし、実に適当に無責任なことを言っているだけだと悟ったのだった。それからというもの、ハナゴマは「は？　愛人？　そんなもん知らないわ。あたしにわかるのは金勘定だけ」とうそぶき、お金をより多くくれる人のテーブルについて、特定の男性とはつきあわなくなった。

夏のある朝のことだった。その日、ハナゴマはいつものように起きると、みんなに向かって言った。

「最近さ、あたしの虎みたいな母親がね、夢に何度か出てきたのよ。今、あたしの故郷もここ数年でラサみたいに大きく変わっただろうな。親も今頃どうしてるんだろう」

彼女が故郷や両親への思いを語るのはこれが初めてだった。

ツツジは、うらやましそうに彼女を見つめて言った。

「アチャ、あたしがアチャだったら、家に帰るだろうな。うちら、心の中で血の涙を流してるのに、にこにこ白い歯を見せて男たちを接待して健気だよね……。はぁ……。あのニンニクの匂いとか、酒臭いのとか、たばこの臭いとか、とにかくあのひどい口臭にはどうしても慣れないんだよ。もう鼻に染みついちゃってるけど、うんこの臭いを嗅いでるみたいだよね。ああ、考えるだけで胸くそ悪くなってくるし、吐き気がする」

ツツジの言葉を聞いて、みな同じ気持ちになった。誰も何も言わなかったけれども、内心気分が悪くて吐きそうになっていたのだ。

ハナゴマは、はたから見ている分には故郷や両親にまったく執着などなさそうだったが、よく考えてみれば、彼女はそうしたことを無理やり心の中に閉じこめて鍵をかけていただけで、心の底では両親のことも故郷のことも決して忘れてはいなかったのだ。しばしみな口をつぐみ、部屋の中はしんと静まり返っていた。

おもむろにプリムラが、枕の下から銀行通帳を取り出して、いつものようにじっくりと眺め、

「一、十、百、千、万」と言いながら、桁数を指折り数えると、喜びに顔を輝かせた。

「ねえ、聞いて。この通帳にさ、仕送り分を除いてもまだ五万元あるの。明日銀行に行って、カードを作るんだ。あたしも故郷に帰って、このお金を原資にして、故郷の町に小さなお店を開こうと思って」

「そうだね。あたしたちみんな、それぞれの故郷に帰るのが一番いい。でもあたしは……」

菜の花はそう口にした瞬間、鼻の奥がつんと痛くなり、何も言えなくなった。

四人はずっとこの部屋で喜びと悲しみをわかちあってきたし、大きくはない部屋だけれども、みんながここを自分の帰る家だと思ってきた。でも今、こうなってみると、このアパートがどんなに温かく幸せな場所であっても、やはり一時の風雨をしのぐ場所でしかなかった。心の拠りどころにも愛する場所にもなりえないこのアパートで、この先暮らし続けるという選択肢はあり得ないのだった。

その日、彼女たちは、心の中に抱えた数々の矛盾を解決するため、いくつかの決断をした。菜の花は病院に入院して治療に専念することにし、ハナゴマとプリムラは故郷に帰ることに決めた。ツツジは銀行に行き、菜の花の入院費用に充てるために貯金をすべて下ろした。それから四人で連れ立って病院に行き、菜の花の入院手続きをした。

病院を出る前に、プリムラはリュックの中から五百元を出し、菜の花に差し出した。それを出すのには大変な決意が必要だったようで、まだ未練があるのか、紙幣を手でよくしごいてから、菜の花に手渡した。

「アチャ、あたしに友だちもいなくて孤独だったとき、あたしに手を差し伸べてくれたよね。あのときの恩は決して忘れない。でも、あたしたちみんな弱いから、何の力にもなれなくて……」

プリムラは声を詰まらせながら、また続けた。

「あまりたいした額じゃないけど、せめてもの心づけに……。電話するからね。アチャはほんとにやさしい人だから、仏さまがお慈悲をかけてくださって、きっと治ると思う」

ハナゴマはバス代もツツジに払ってもらったほどなので、渡せるお金はなかった。それでふと思いついたように金のネックレスと指輪を外すと、ツツジに渡した。

「ねえ、菜の花。あたしにはお金がないの。普段から豪奢な暮らしをしてたからね。逮捕されたときの保釈金までツツジちゃんに払ってもらったくらいだし。あのことは今も忘れてないよ。このネックレスと指輪はあんたに預けるから、困ったときは売ってお金にしてね。宝飾品は余裕があるときはアクセサリーに、余裕のないときは衣食代にっていうでしょ。落ち着いたら電話してね」

ハナゴマはそう言うと、菜の花の肩を抱き、涙をほろほろとこぼした。菜の花は二人に話したいことはたくさんあったけれども、喉まで出かかった心の叫びがどうしても声にならず、ぐっと呑みこんだ。しばらくしてから、ハナゴマとプリムラを抱きしめて言った。

「あたしたち、生まれ故郷も違うし、プリムラとは民族だって違うのに、運命の糸で結ばれてたんだよね。今日こうやって急に、つらい思いをしながら別れなければならなくて、あたし……」

菜の花は泣き崩れてそれ以上何も言えなかった。見かねたツツジが声をかけた。

「アチャ・ドルカル、二人はもう出発するんだから。涙を流したら旅に出る人たちに障るでしょ。あたし、バスターミナルまで二人を見送ってくるね」

こうして彼女たちは後ろ髪を引かれる思いで、何度も振り返りながら菜の花に別れを告げた。

バスターミナルでは、バスの出発時間が近づいているというのに、三人はひしと抱きあっていた。バスの運転手はその様子を見て、何か離れがたい事情でもあるんだろうと察し、同情の念を抱いた。だが、さすがに出発時刻になると、運転手は小さくクラクションを鳴らし、乗りこむように促した。それでようやく三人は涙でぐしょぐしょのまま握りあっていた手を放し、バスに乗りこんだ。三人は窓の内と外でわんわん泣きじゃくり、涙をぼろぼろこぼしながら、言い残した言葉を交わしあっていた。バスはゆっくりと発車した。ツツジは手を振りながら、バスのあとを追った。

ツツジにとってもかけがえのない存在だった二人がバスに乗って故郷に帰っていった。ああ、二人のように故郷に帰りたい。そんな思いがこみあげたときにはバスはもう走り去ったあとで、塵さえ残っていなかった。彼女の心にはぽっかり穴が空いて、冷たいすきま風が吹き抜けるようだった。

入院初日は特にすることもないので、ツツジは二人を見送ったあと、チョカン寺のお釈迦さまのもとに参拝に行こうと思っていた。でもきっと巡礼者であふれかえっているだろう。そう思うと気持ちが萎えてしまった。今は人混みを避け、なるべく静かで人気のないところに行きたかった。そこでツツジはバスターミナルを出て、セラ寺の馬頭観音を拝みに行くことにした。

寺に着くと、門前で魔法瓶入りの灯明用溶かしバターと最高級のカターを買った。

その日のセラ寺は、巡礼者の姿がほとんど見られなかった。ツツジは祈りながら仏堂を回り、灯明皿に溶かしバターを注ぎ足していった。そして馬頭観音の御前では、思うさま祈りを捧げることができた。彼女は菜の花の病気が早く治るよう真摯に祈りながら、菜の花の年齢の数だけ、馬頭観音の周りをコルラ〔聖地を右回りに回ること〕した。一通り参拝を終えると、これで仏さまが慈悲をかけてくださって、アチャの病気もきっと治るだろうと思って、心身ともに安堵した。

昼下がりの境内には、巡礼者の姿はほとんどない。仏堂も、参道も、裏山をめぐる巡礼路も、どこもかしこも静まり返っている。えがたい安寧の地がそこにはあった。

ツツジはセラ寺の巡礼路に足を踏み入れた。石段を一歩一歩上がっていくと、周囲の柳の林からは、小鳥たちのさえずりや、岩崖から流れ落ちてくる滝の音が聞こえてくる。彼女はそうした音に耳を傾けながら歩いていた。

ああ、こんなにいい気分になったのは何年ぶりだろう。十三歳のときにこの都会にやってきてから今日に至るまで、鳥の鳴き声や自然の滝の音を耳にしたのは初めてだ。そこは狭苦しいナイトクラブとはまったく異なる世界だった。生えている草の一本一本や水の一滴一滴は、何と清らかで汚れがないのだろう。鳥たちは、何とのびのびのびとして自由なんだろう。巡礼路にはけばけばしいネオンサインも騒々しい音楽もない。鳥たちのさえずりは、インドラに仕える天界の楽団《ガンダルヴァ》の奏でる音曲よりも美しい。枝ぶりのよい木々や勢いよく流れる滝の音は、さしもの楽団も気後れするほどと思われた。

ツツジがこうして自然の美しさを味わいながら、きれいに掃き清められた石段を上っていると、石段の端に古ぼけた袋が置いてあるのが目にとまった。中には小額紙幣が何枚か入っていた。

ツツジは普段物乞いに喜捨をするときのように、一元札を取り出して袋の中に入れた。少し先に、黒くて大きなエプロンをして、頭にはスカーフを巻き、口元をマスクで隠した、まるで尼僧のような粗末な身なりの女性が真言《マニ》を唱えながら、石段を一段ずつ掃き清めていた。ツツジがただ通り過ぎようとしたとき、その女性は手をとめて、声をかけてきた。

「お嬢さん、段差がきついから、足元にはお気をつけて」

女性はまたうつむいて、掃き掃除を始めた。

ツツジは、尼僧のような出で立ちのその女性の声が、どこか聴き馴染みのある声だなと思ってはっとした。その瞬間、記憶の彼方に自分と同郷で、子どもの頃からの顔見知りのプティーが思い浮かんだ。

ツツジがプティーを最後に見かけたのは、彼女が村に働き手を探しにやってきた年だった。当時彼女は豚のようにまるまると太っていて、顔も真っ黒に日焼けしていた。でも今、目の前にいる女性は、声こそプティーそのものだけれども、見た目はまったく違う。ツツジは目の前の女性をためつすがめつしているうちに、尼僧のような出で立ちのその人はやはりプティーなのだと確信した。かつて豚のように太っていた彼女が今はすっかりやせ細り、背中も少し曲がっている。マスクをしているのでわかりにくかったが、目元を見ればやはりプティーに間違いない。目尻には年齢を重ねたことがわかる皺がはっきりと刻まれている。かつての陽に灼けた浅黒い肌はどこへやら、白くて柔らかそうな肌をしていた。悪業にまみれた心と体が、真言《マニ》のしらべによってすっかり洗い清められたかのようだった。

ツツジの心の湖面には再び菜の花が浮かび、かつて菜の花が涙をぽろぽろとこぼしながら打ち明けてくれた、寒い冬の日の夜の忌まわしい事件のことが思い出された。初めてその話を聞いたとき、ツツジはプティーという人物の犯した恥知らずな仕打ちに怒りを抱いたものだった。そして今、アチャをこんなに悲しく痛ましい状況に追い詰めた張本人が、感じのいい尼僧のような出で立ちで目の前にいる。そのことがショックだった。

もっと早く、別の状況でプティーと出くわしていたら、ツツジは彼女の顔に唾くらい吐きかけていたかもしれない。でも、こんな形でプティーと出会うことになり、彼女はどうしたらいいかもわからず、しばし茫然としていた。

でも、考えてみれば、思い出したくもない事件を思い出し、会いたくもない人と会ったからといって、ツツジには何の咎もない。心臓は波打ち、体は震えていたけれども、ツツジは口では何も言わずに波立つ心を何とか抑えた。彼女の矛盾に満ちた心情を、目の前の女性は知るよしもないのだ。尼僧姿の女性は、片手に持ったほうきで石段の塵をきれいに掃き、もう一方の手で数珠を繰り、ぶつぶつと真言《マニ》を唱えながら、毎日繰り返しているであろう、同じ仕事をずっと続けている。

この人はかつて犯した罪を償おうとしているのだろうか、それとも来世に浄土に生まれ変われるよう祈っているのだろうか。ツツジの心に疑念が渦巻き、怒りが炎となって再び燃え上がった。

とそのとき、女性が彼女の思いに気づいたかのように、不意に声を張り上げて、「オンマニペメフン、オンマニペメフン」と節をつけて朗々と唱え始めた。真言《マニ》のしらべは耳に心地よく、心にじわりと沁みいる。耳を傾けているうちに、心に燃え上がった怒りの炎も静かにおさまるのを感じた。ツツジは財布から五十元札を取り出してさきほどの袋に入れた。そんな行動を取ったことが我ながら不思議に思えた。あたし、どうしてこの人に喜捨したんだろう。あたしだってお金がすごく必要なときなのに。生活が苦しくなれば、あたしだっていつか……。彼女はそれ以上考えるのはやめて、首を振り、足早に立ち去った。

第七章

ツツジ

1

病室はアパートの小さな部屋とは違って、どこもかしこも白い色で覆われており、入院が初めての菜の花には何とも落ち着かなかった。アパートはごく普通の人が住んでいるところで、こんなに明るくないし、窓も小さい。戸口も低く、背の高いハナゴマなどはよく頭をぶつけていた。それに比べてこの病室の窓は大きい。でもそのぶん、何だか空虚な感じがするのだった。

入院して二日目は、肺と心臓、肝臓などの検査をいくつも受けなければならず、入院時に預けた保証金の多くは使いきってしまった。もっともそれらの検査は、入院患者が一通り受けなければならないもので、自分の病気に直接関係があるものではない。そう思うと、意味もない検査にお金を使ってしまったことが悔やまれてならなかった。

検査が終わっても医師からは何の説明もないまま一週間が過ぎていき、その間は点滴で炎症を抑えていた。

翌週の月曜日の昼に、ようやく検査結果が出た。そこで初めて、治療の難しい悪性梅毒だと告げられた。潰瘍化してゴム腫ができているところは切除した方がいいという。とはいえ、そのとき正式に告知されたというだけで、病名はその日初めて知ったわけではなかったので、最初に知ったときほどの強いショックはなかった。

患部が腐って潰瘍化しているのは菜の花自身にもわかった。臭いも日を追うごとにきつくなっており、手術を受けるしかないのは理解していた。だが、新たな悩みが生じた。優先的に手術を受けるためには、どんな伝手をたどってでも、執刀医を見つけてこなければならないというのだ。何者でもない自分にいったいどうやって執刀医を見つけられるというのだろう。不安でたまらないのは菜の花だけでなく、ツツジも同じだった。二人ともどうしたらいいのかわからず、ただ焦燥感に駆られていると、名前も知らないままだった、菜の花の病気を最初に診てくれたあの女性医師が二人を訪ねてきた。

「二人ともあまり心配しないで。なるべく早く手術できるように手は打ってあるから。今後どんな仕事をしてもいいけど、あのろくでもない仕事だけはやめておきなさい。因果応報よ。必ず報いを受けることになるから」

二人は医師の話に耳を傾けながら、自分のしてきたことを後悔して、うなだれたまま、ひと言も返せなかった。

「手術を受けるには体力をつけないといけないし、とにかくよく休んでおいてね」

医師が穏やかな声でそう言って立ち去ろうとしたとき、感極まった菜の花は涙を浮かべながら、すっかり痩せてしまった手で、医師の白くしなやかな手をしかと握った。

「ありがとうございます《トゥジチェ》、ありがとうございます《トゥジチェ》」

　医師は感謝の言葉を繰り返す菜の花を見つめ、にっこりと笑みを浮かべると、そんなに恐縮しないでいいのよと言わんばかりの表情で病室を出ていった。

「先生！　先生は慈しみ深い天女さまそのものです」

　ツツジは医師の後を追いかけて、感謝の気持ちを何度も伝えた。

　医師のおかげで、思っていたよりも早く菜の花の手術の日取りが決まった。手術の前日の午後八時頃、ツツジは診察室に呼びだされた。医師は手術前の重要事項をいくつも述べたが、聞いていて一番辛かったのは、「もしも手術が成功しなかった場合……」という言葉だった。それを聞くとどうしても不安になる。こんな説明を受けると、おかしいな、病院に高い医療費を払ったのは、命を助けてもらうためじゃなかったっけ、手術なんてやめた方がいいんじゃないかとさえ思うのだった。

「われわれ医者はね、手術をする前には必ず、起こりうる問題をすべて説明しなければならないの。だからいい話はほぼしないわけ。これが決まったやり方なの。実際は手術って病気を治すためにするものだからね。成功率は九〇パーセント以上よ」

　医師のきっぱりとした口調を聞いて、不安におののいていたツツジは少し胸をなでおろした。菜の花の病気が治ることが、ツツジの一番の望みなので、震える手で「手術に同意します。央宗《ヤンゾム》」と漢語でサインをしたためた。

《ばら》でサインをするとき、他の女の子たちはみな源氏名を使っていたけれども、ツツジはいつも本名を書き、ツツジという名前はサインには使っていなかった。今この世界であたしにあるのは、両親がくれたこの体と名前だけ。体を大事にできなかった分、どこに行っても、ヤンゾムという名前だけは手放さない。そう心に決めたヤンゾムは、普段から自分の名前を書くときは、万年筆で丁寧に書くようにしていた。

2

翌日、菜の花は手術室に運ばれた。手術室に行く前、彼女は落ちくぼんだ目でツツジをしっかりと見つめ、両手を握って言った。

「もしもあたしが手術室から生きて出てこられなかったら、あたしがどんな病気で死んだのかは秘密にしておいてね。特にあたしの故郷の人とか、親きょうだいには知らせないでほしいの」

菜の花が何度もそう繰り返すので、ツツジは焦ったけれども、心を落ち着かせ、慰めの言葉をかけた。

「ねえ、アチャ・ドルカル、そんな縁起でもない話、やめてよ。あたし廊下で待ってるからね。あたしには親しい人はアチャしかいないっていうのに、あたしを置いて行っちゃうの？　病気が治ったら、二人で故郷に帰ろう」

菜の花が手術室に入ってから、ツツジは手術室前の廊下のベンチでじっと待っていた。心の中では真っ赤な炎が燃えさかり、体の中でははらわたがひっくり返るほど動転していた彼女は、何とか気を落ち着かせようと両手をこすり合わせながら、仏に祈りを捧げ続けた。

長時間が経過して、ようやく菜の花が手術室から出てきた。「手術は無事終わりました」という医師のひと言を聞いて、ツツジは心の底からほっとした。思わず手を合わせ、「ああ、分け隔てをしない仏さまのおかげで、アチャが生きて帰ってこれた……」とつぶやき、喜びを噛みしめた。医師に何度もお礼を伝えた。

そのとき看護師が、患者の手足に点滴をつけながら、ツツジに向かってずけずけとした口調で言った。

「患者の体力が落ちてるんで、しばらく酸素吸入しますよ。あとね、二十四時間態勢で経過観察できるように器具を装着しなきゃならないの。昨日入金してもらったお金だとだいぶ足りないから、すぐに入金してください」

看護師はさらにツツジに薬の名前がたくさん書かれた長い紙を渡すと、念を押すように言った。

「いい、わかった？　これから特別な集中管理に入るんだからね。かなり高額になるけど覚悟しておいて」

　ツツジはキャッシュカードを持って、支払い窓口に行った。彼女は医療費の支払い窓口に、さっき受け取った長い紙を差し出した。会計担当者がパソコンに向かってカチャカチャ、カチャカチャと電光石火の勢いで入力作業をしている。ここにきて人びとがよく「病院のレジって足し算ばっかりで引き算ってものを知らない」とぼやいている理由がようやく腑に落ちた。支払い窓口で会計を担当している女性が無表情でガムをぷーっとふくらませながら、「昨日預けてもらった金額だと三千元足りませんね」と高飛車な口調で言った。そのきついひと言で我に返ったツツジは、手に持っていたキャッシュカードを手がようやく通るほどの小さな窓から差し出した。貯金はもう五千元ほどしか残っていない。これでどれだけ賄えるのだろうと焦燥感に駆られていたが、ふと、ハナゴマがラサを発つ間際にくれたアクセサリーを思い出し、まだ何とかなると気を取りなおした。

　湯水のごとく出ていく医療費のことを考えながら手術室前の廊下に戻ろうとしたとき、やや年かさの女性がゆったりとした足取りでツツジの方に向かって歩いてきた。すれ違いざま、女性は驚いた表情でツツジを見つめてきた。でも、医療費のことで頭がいっぱいだったツツジには、目の前のその女性はごまんといる通りすがりの一人でしかなかった。すると、脇目も振らず歩き続けるツツジに向かって、女性が追いすがってきて、口をもごもごさせながら話しかけてきた。

「あっ……あの……」

そしてツツジの顔をまじまじと見つめるとこう言った。

「やっぱり。あなたでしょ。見間違いじゃないわね。間違えるはずもない」

さっきは気づかなかったけれども、よく見れば目の前の女性はなんと、ツツジが金輪際会いたくないと思っていたドルマではないか。茫然とする一方で、体の中では怒りの炎が燃え上がり、恨みつらみの狼煙が上がる。と同時にニェンタクの慈しみ深い顔も目の前に浮かび上がり、感情がひどくかき乱された。そこへふとニェンタクの穏やかな語り口が彼女の耳にこだましてきて、狂おしい感情がすっとおさまっていき、それと同時に怒りの炎も鎮まっていった。

ああ、何ということだろう。昨日といい今日といい、二度と会いたくないと思っていた人と立て続けに会うことになるなんて。ツツジは千々に乱れる心のうちを顔には出さないように、表情を少し引き締め、笑顔を作ってこう言った。

「あら、人違いだと思いますけど。どなたか存じませんし」

そう言って立ち去ろうとすると、ドルマは皺だらけの顔に後悔のあとの見える悲痛な表情を浮かべながらツツジの手をしかと握った。

「ちょっと待って。私も最近はすっかり耄碌したけど、あなたのことははっきりわかるわ。ヤンゾム、あたしはあなたに恥知らずなひどい仕打ちをしてしまった……」

二度と聞きたくないと思っていた声が、突然耳に飛びこんできたとき、絶対に思い出したくなかった過去の出来事が脳裏を一気に駆け巡り、はらわたが煮えくり返った。怒りの炎が燃え上がり、肺と心臓を焼け焦げにされたかのような堪えがたい痛みを覚えた。しかし生来我慢強い性格のツツジは、何とか怒りを鎮め、心を落ち着け、当てつけがましいこと一つ言わず、刺激するような行動も一切取らずに、穏やかな口調で言った。

「あの、やっぱり人違いですよ。ヤンゾムという人は知りません。知らない人です」

何とか心を落ち着けて言ったつもりだったが、声が震えているのは自分でもわかった。ドルマはその言葉をさえぎるようにさらに大きな声で言った。

「ねえ、そんなこと言わないでちょうだい。あなたが私に会いたくないのは、私だってわかってる。悪いのはあなたじゃないもの。でもね、ヤンゾム、あなたがうちを出ていってから、ニェンタクさんと私は、テンジン・ランゼーとあなたのことをずっと探し回っていたの。でも、あなたたち二人の消息は何一つわからなかった。あなたいったいどこに行ってたの？」

ドルマはそう言うと、両肩をつかんで揺さぶってきた。ツツジは口をつぐんだまま、返事をしなかった。ドルマは驚いたような顔で言った。

「お願いよ。信じてほしいの。私たち二人はね、あなたのことを捜してラサの街をほうぼう回ったのよ。特にニェンタクさんはね、あなたにひどいことをしてしまったといつも後悔ばかりしてて。でも、正直言うと、あのあと本当のことがわかって、悔やまなければならないのはこの私だった……」

そこまで言うと、次の言葉が出てこないようでしばらく黙りこくっていた。それから再び口を開くと、次から次へと質問を浴びせてきた。

「ねえ、いまどこで暮らしてるの？　仕事は何をしているの？　見たところ元気そうだけど」

ツツジは笑みを浮かべて答えた。

「奥さま、かつての純粋な幼い田舎娘はもういないんです。今そんなことを訊いて、いったい何になるというんです？　誇り高いあなたのような方とはゴマ粒ほども関係ないことでしょう。そもそも私たちは田舎で自給自足の生活をしていたのに、あなた方の甘い言葉に誘われて都会に連れてこられて、底辺の仕事をさせられ、底辺の食事しか与えられず、何年か経ったらさんざん駄目出しをされた挙げ句、果ては盗みの濡れ衣まで着せられて、追い出されたんです。もはや田舎に帰ることもできなかったし、都会でまともに暮らしていくこともできなくて、結局道を踏み外すことになった。あたしたち田舎から出てきた女子の運命なのかもしれません。とにかくあたしたち田舎者は、都会の人やお金持ちの鉤爪でつかまれたが最後、二度と逃れられないんです。そうだ、ニェンタクさんにはあたしと会ったこと、言わないでくださいね。あたしはもう、あのときのヤンゾムではないんです。ニェンタクさんはいい方ですから、仏さまがお守りくださって、きっとお幸せでしょう」

ツツジが感情を押し殺して言うと、ドルマは首を振った。

「あなたもランゼーも虹が消えるみたいに姿を消してしまったでしょ……。私たち夫婦はラサじゆうを探し回ったけど、娘のこともあなたのことも見つけだすことはできなかったのよ……。そのうち、誰かにランゼーがロダク〔ブータンと国境を接するチベット自治区南端の県〕で茶館の店員をしてると言われてね。それでロダクまではるばる捜しに行ったけど、見つからなかった。また誰かにダム〔チベット自治区南端のインド国境の町〕のバーで働いてる女の子がうちの子に似てるという話を聞いて、そこにも行った。無駄足だったけどね。またしばらくして、成都で似た女の子を見かけたという噂を聞いて、二人で成都まで行って、一年かけて捜しまわったけど見つからなかった。人身取引のバイヤーに都会に連れていかれて漢人の嫁として売られたんだと噂する人もいたし、インドに亡命したんだろうと言う人もいた。今となっては娘の姿は影も形もなく消えうせてしまったの。ともかくうちの子の消息は一切わからないままでね、ニェンタクさんはすっかり精神を病んでしまった。よくなるきざしもないの。日中も引きこもりっぱなしだし、夜も眠れてないから、体調は悪くなるばかり……。私が病院に薬を取りに来て、それを彼に渡してるだけ。人前には出たくないといって病院に行こうともしないの。私も体調が安定しなくて、弱っていくばかりだから、お手伝いさんにでも来てほしいんだけど、あなたみたいないい子を見つけるのは難しくてね……。この病院には知り合いのお医者さまがいるから、ニェンタクさんの薬をもらいに来てるのよ」

ツツジの脳裏にはやさしかったニェンタクが悲しみに打ちひしがれている姿がありありと浮かび、気の毒に思えてならなかった。ドルマに慰めの言葉の一つもかけたくなったけれども、目の前のこの女にどれだけひどい目に遭わされ、その後の道のりがいかに苦しいものだったかと思うと、出かかった言葉も引っこんでしまった。

でも考えてみれば、彼女も自分に起きた出来事はすべて自分の業《ごう》の深さのせいだと思って何とか正気を保ってきたのだ。それならば目の前のこの老いた女性も憐れむべき存在ではないのだろうか。ドルマの顔は皺だらけで、腰も曲がり、髪も白髪の方が目立つし、櫛もろくに入れていないのか、ぼさぼさだった。あのおしゃれで身ぎれいだったドルマにも、ありとあらゆるつらい出来事が起きたのだろう。そう思うと、目の前の女性に対して抱いていた怒りはまたもや鎮まり、それ以上に憐れみの気持ちが湧くのだった。

「人生って、先のことはわからないものですね。いつこの世を去ることになるかもわからないんですから、この世に生きている間、自分を大事にして、手元にある物や親しい人たちを大切にしてくださいね。それが何よりも大事です。今、そばにはニェンタクさんしかいないのですから、どうか辛抱強くお世話をしてさしあげてください。そして私と会ったことはくれぐれも話さないでくださいね。私がこの町にいることを知らないままでいるのが一番いいんです。おやさしい方ですから」

ツツジはそう言いながら、両の眼からいつの間にかこぼれ落ちた大粒の涙を手でゆっくりと拭った。

ドルマの目にも涙があふれた。かつてあれほど高慢だったのに、今はすっかり涙もろくなった彼女は、ほろほろとこぼれる涙を拭いながら言った。

「とにかく一度は一緒に暮らした仲なんだから、うちに遊びに来てちょうだい。場所は前と同じところよ。疑り深くて傲慢な私が悪かったの。あなたは何も悪くない。うちの家族はみんなしてあなたにひどいことをしてしまったわね。今、因果が巡ってきて、頭の白い年寄りになっても、血を分けた娘は行方不明のまま。これはまさに因果応報の理よね」

「あたしは今まで誰かに責任をなすりつけたりしたことはありません。今世《こんぜ》でどんな苦楽を味わおうとも、それはすべて前世から背負っている業ですから」

ツツジはせめてもの慰みにそう言うと、決然とその場を立ち去った。ドルマはツツジの後を追いかけていきたそうにしていたけれども、恥ずかしいのか、はたまた追いつけそうにないと思ったのか、何度も振り返りながらその場を離れた。

3

手術が終わって一週間が過ぎたが、菜の花の病状は一向によくならないどころか、悪くなる一方だった。熱は下がらず、腫れも引かず、手術痕は黒ずんできた。それより深刻なことに、腿まで黒く変色してきた。数日経つと、菜の花の体の他の部位にも潰瘍が広がっていき、患部からは血や膿が出続けるのだった。

ツツジは焦りを募らせ、不安でいてもたってもいられず、泣いてはため息をついていた。ツツジにできることは菜の花の身の回りの世話をすることだけで、病院の食堂からできるだけよさそうなおかずを選んで届けたり、栄養のあるトゥクパを買ってきて食べさせてやっていた。菜の花はツツジの手前、何とか頑張ってひと口ふた口すすろうとしたけれども、すでに食欲もなく、それ以上口にすることはできないのだった。ツツジが何とかして菜の花の口に食べ物を運ぼうとしても、菜の花は首を振り、顔をしかめて、もうひと口も食べたくないという表情をした。ツツジは仕方なく菜の花の残した分を自分の食事に充てるのだった。

菜の花の病気がまったく快方に向かうことのないまま一週間が経ったとき、看護師が医療費の請求書を持って病室を訪ねてきた。

「病気が重症化すると、なるべくいい薬を使わないといけなくなるからね。薬代がかさむのは仕方ないのよ。もし期日までに支払いができない場合は、治療を中断することになります」

看護師の言葉には憐れみのかけらもなく、むしろ居丈高な、いかにも偉そうな態度で、謙虚さというものがまったく見られなかった。どんなにいい薬を使っても病気は悪くなるばかりだった。菜の花は一日中熱にうかされているうちに幻覚症状も出てきて、「ねえ、ドアを開けて。母さんと父さんが来たわ。弟も」などとうわ言を言うのだった。

医師はツツジを呼んで、かなり重篤な状態で、これ以上期待が持てないから、最期を看取る準備をした方がいいと宣告した。菜の花の病気が悪化してからというもの、いつかは言われるだろうと心では覚悟をしていたのだが、いざ医師から宣告されると、頭に雷が落ちたかのように頭がぐらぐら揺れ、ひどい耳鳴りがした。

「先生、何とかしてアチャの命を助けてください。お金なら何とか準備しますから。私には頼れる人があなたしかいないんです」

ツツジは悲痛な面持ちで医師の前にひざまずいて頼んだ。医師も首を振って、すでに万策尽きているという表情で見つめ返した。

大好きなアチャと今生の別れをしなければならないと悟ったツツジは、壁に頭を打ちつけ、声を殺して泣くしかどうしようもなかった。医師は彼女に慰めの言葉をかけると、他の患者の診察に行った。

診察室に独り残されたツツジは、そこでしばらく泣いてから、おもむろに涙を拭って髪の毛をなでつけると、何事もなかったかのように診察室を出た。彼女は心を何とか落ち着かせ、病室のドアをゆっくりと開けると、菜の花のベッドの前に行き、笑顔を作って慰めの言葉をかけた。

「アチャ、今ね、先生に呼ばれてたの。アチャの病気が悪くなってるのは、薬が効いてるからなんだって。だから、もう少しで病気はよくなるはずだよ」

そう言いながらも思わず顔を引きつらせていたツツジは、内心胸が痛み、声を上げて泣きたかった。菜の花はツツジのいつもと違った表情を気に留めることもなかったけれども、彼女の手を握って言った。

「ヤンゾム、あたしの病気のことはあたし自身が一番よくわかってる。この病気はもう治らないの。だから、お金はもう払わなくていいよ。そもそもあんたが銀行だったとしても、こんな大金を払わせていいわけがないもの。あたしがあの世に行っても、あんたはこの世でまだ生きていかなけりゃならないんだから、このままじゃあたしは安心して死ねないでしょ。都会じゃ、お金がなけりゃ歩くことすら難しい。それよりあたし、もう退院して自分の生まれ育った故郷に帰りたいな……」

「アチャ、安心して治療を受けてちょうだい。医療費のことは心配しないでいいから。以前おつきあいのあった社長がね、アチャのことを知って、医療費を出してあげるって言ってくれてるの。少ししたら医療費を受け取りに行くのよ。アチャは待っててね」

ツツジは菜の花の涙を拭いてやりながらそう言うと、病室を後にした。菜の花はツツジの後ろ姿を目で追いながら「何を馬鹿なことを言ってるのよ。かわいそうに。こんな昼日中におめでたい夢を見て……」と独り言を言って、目を閉じた。彼女の切れ長の目からはつーっと涙がこぼれ、枕を濡らした。

4

ツツジは病院を出て大通りに向かった。しかしどこに向かって歩いて行ったらいいのかもわからず、人びとでごった返す大通りを横目に、涼やかな柳の街路樹の木陰で立ちつくしていた。

季節はいつの間にか春を迎え、チベット暦四月、サカダワとなっていた。この月の十五日は釈迦牟尼が生まれた日であり、悟りを開いた日、涅槃に入られた日でもあるので、サカダワは功徳を積むのによい機会とされている。だからサカダワになると、ラサの街は巡礼路リンコルをコルラ〔聖地の周囲を祈りながら右回りに回ること〕する人であふれ返る。昼も夜も大勢の人びとが善行を積み、人によっては漢人の営む魚屋の水槽で泳ぐ魚を買い求めて川に放つ放生《ほうじょう》に勤しんだり、また銀行で両替をして小銭をたくさんつくり、喜捨に励んだりしていた。

かつてなら、ツツジたちもマスクで顔を覆い、吉日の八日、十五日、晦日には、時間を気にせずにリンコルを何周もしたものだった。そのときはケチなプリムラもみんなと一緒に来て、大枚を小銭に両替し、物乞いたちに施しをしていた。今はもう、みんなばらばらになってしまったし、菜の花は生きるか死ぬかもわからない状態だ。それを思うとツツジは悲しくてたまらなかった。

あたしがもし物乞いとしてその道を極めていたら、あの物乞いたちがやってるみたいにアチャをリヤカーに乗せて引いて回って、医療費を集めたりしたのかな。そしたら一日で数千元くらい稼げたりして。いやいや、そんなことできるわけがない。ああ、いったいどうしたらいいんだろう。あたし、アチャに知り合いの社長が待ってるからお金を受け取りに行くんだなんて勢いで言ってしまったけど、あたしを待ってくれてる社長なんているわけがない。かつてあたしたちの体に群がってきていた社長たちは今どこにいるんだろう。何の力もないあたしたちを助けてくれる人はどこにいるというの……。

　ツツジの周りでは、大勢の人がぶらぶらしたり、一休みしたりして、これからの予定を話しあっているか、あるいは数珠を繰ったり、マニ車を回したりしていた。絶望の涙を流す彼女を気にかけるものは誰一人いなかった。もとより一羽の小鳥すら彼女の存在に気づかないようだった。

　ツツジはハナゴマが出発間際に預けてくれた首飾りと指輪を布袋から取り出してじっと見つめ、指輪は思い出に取っておくことにし、首飾りを売る決意した。そこでまず、トムスィカン市場に向かい、カム〔チベット高原東南部一帯を指す地域名称。昔から交易に従事する者が多い〕の宝石商が集う場所に足を踏み入れた。そこは昔から縞瑪瑙やトルコ石、珊瑚などの取引が行われてきたところだ。いかにも羽振りのよさそうなカムの商人たちが首に珊瑚の首飾りや縞瑪瑙の首飾りをかけ、手には琥珀やトルコ石、珊瑚を持っている。チベット服《チュバ》姿の商人たちは、右袖は腕を通さず後ろに垂らし、互いの頭を寄せあい、左の袖口を突きあわせ、周囲からは見えないように手指で商談をしている。売買が成立したら別の場所に移動してお金の計算をするので、その場ではほとんど現金のやりとりをしないのだ。商人はカムの男が大半を占めていて、女性はきわめてまれだ。いないことはないが、女商人はみな、頭も首もトルコ石や珊瑚でごてごてと飾り立て、首がぎゅっと縮んだように見える者ばかりだった。

ツツジは金の首飾りを手に持ったまま、商談をしている男たちの方をじっと見ていたけれども、金の首飾りを彼らのところに出すことはできなかった。

しばらく待っていると、洋服姿の若い男がちらちらと視線を送ってきた。彼女は男のところに行って、ストレートに話した。

「お兄さん、金の首飾りを買う気はある？　緊急にお金を用立てなきゃならないから、安くするけど」

いかにもカムの男という風体のその男は、ぐっと近づいてきて言った。

「おや、美人さん。あいにく俺は金《きん》の売買はしてないんだよね。むしろ君を買いたいな。いくらでいける？」

男が手を握ってきたので、ツツジは勢いよく振り払って叫んだ。

「この乞食野郎《チョーバン》！　放してよ」

男は馬鹿にしたような笑いを浮かべ、彼女をどんと押しのけた。

「へっ！　真鍮を金だと偽って売るようなあんたみたいな連中はごまんといるんだよ。ここじゃそんな恥知らずなことはやめといた方がいいぜ。それよりさっさと出ていくんだな」

男はそう言うと、手を上げてびんたを喰らわすふりをした。男にされた仕打ちは腹立たしかったけれども、ここは自分のいていい場所ではないと悟ったツツジは、逃げるように立ち去った。

それから彼女はパルコルの巡礼路を回りながら、裕福そうに着飾った女性を見かければ近づき、布袋から首飾りを取り出して、こそこそと「あの、この首飾りを見ていただけませんか。お金を用立てなければならなくて、売りたいんです」と話しかけてみた。だが、寄ってくるのは買う気のないひやかしばかりだった。出し抜けにチェーンに歯を立ててきて「君さ、これ、本物の金だって言うけど、まがい物だろ。最近は金と真鍮の見分けがつかない連中も多いから。百元でどう？」などと言ってくる輩もいて、彼女ががっかりした表情で首を振ると「じゃあ、百五十元。それ以上は出せないね」とつけ上がるありさまだった。彼女は首を振り、売人たちが振り向いても目も合わせず、そそくさと立ち去った。ハナゴマは「お金に余裕があるときはアクセサリーに、余裕のないときは衣食代にしてね」と言ってくれたけど、これじゃまるでくず鉄扱い……。ツツジが肩を落としてパルコルをうろうろしていたとき、背後から急に誰かの手が伸びてきて、目隠しをされた。

その手の主は漢語で言った。

「あたしは誰でしょう」

ツツジが首を振って誰かわからないという素振りをすると、漢語を話すその女性はようやく手を離した。見れば《ばら》の女老板《ラオバン》だった。ツツジは驚いた様子も見せずに言った。

「なんだ。全部見てたんですか。そうなの。あたし今、お金がぜんぜんなくて……」

ツツジがそう言いかけると、女老板は驚いた様子でまくし立てた。

「そもそもあんたたちおかしいって。お店を辞めるって言ったらみんなで辞めちゃうんだもん。お客さんたち、まだあんたたちのこと指名してくるんだから。まったくさあ、うちみたいな収入もよくて楽な仕事を辞めちゃって、街中をうろついてどうするのよ。もうこんなことやめてうちに戻っておいで。《ばら》の門はいつだってあんたたちのために開いてるからさ」

何を言われても耳を貸さず、口をつぐんでいたツツジは、おもむろに布の袋から首飾りを取り出して女老板に見せた。

「この首飾り、見覚えがあるでしょ。買ってくれません？　お金持ちだし、ゴールドのアクセサリーも好きでしょ？　あたし今、どうしてもお金を用立てなきゃならなくて」

女老板は呆気に取られた様子で金の首飾りを手に取って言った。

「あらま、これ、ハナゴマのネックレスじゃないの。どうしてあんたが持ってるのよ」

彼女はそう言いながらも首飾りから目を放さなかった。

「そんなのどうでもいいでしょ。でも盗んだんじゃないから。さあ、買うか買わないか、どうする？　もともと八千元で買ったものだってことは知ってるでしょ。ハナゴマはね、あんなに好きだった首飾りをあっさり手放して、あたしにくれたの。四千元以下にはびた一文負けないから」

きっぱりとそう言ったツツジのふるまいは、いっぱしの経営者のようだった。

話を聞いた女老板は何のためらいもなくバッグからお金を出し、ツツジの手に握らせながら言った。

「あたしたちみんな一緒に過ごした仲間じゃない。もし困ったことがあったら必ず《ばら》に戻っておいで。うちに来れば食いっぱぐれることはないし、お金に困ることだってないからさ。自分が稼いだお金は好きなように使えばいい。他人はお金のツラしか見てないもんだし、お金の出所を訊いてくる人間なんていないよ。お金がきれいか汚いかなんて誰も気にしてないんだからさ」

《ばら》に戻ってくるように誘うその言葉は、ツツジにとっては水中に放たれた屁のようなもので、虚しく消えていった。女老板が言い終わったときにはツツジはもうそこにはいなかった。

ツツジは病院に駆けこみ、支払い窓口でお金を差し出し、訴えるように言った。

「どうか急いでお願いします。アチャが危険な状態で、すぐにも点滴を受けさせなきゃならないんです」

窓口の担当者は馬鹿にしたような口調で「危険な状態になるまで放置してたんですか」と言ったが、ツツジは無視して黙ったまま額の汗を拭いながら病室の方に走って行った。

菜の花は熱にうなされて意識を失っていた。同室の患者はツツジを見るや、信じがたいという顔で言った。

「こんなに重症化してるのに、いったいどこへ行ってたの？　医療費が支払われてないからって、点滴が減らされたんだから。もう意識も混濁してて、ずっとうわごとを言い続けてるよ」

その患者はさらにぶつぶつと文句を言い続けていたが、ツツジはそれには一切取りあわず、菜の花の手を握って声をかけると、目がほんの少しだけ開いた。

「あんたをひどい目に遭わせてごめんね」

菜の花は、痩せて骨と皮ばかりになった手でツツジの顔をなでながら、何とか言葉を絞り出すと、再び目を閉じた。

医療費の支払い手続きが完了したので、看護師がやってきて、菜の花の手足すべてに点滴を装着した。菜の花は再びうなされ始めた。

「ヤンゾム、ドアを開けてよ。父さんと母さん、弟があたしに会いに来てるの。あんたの父さんと母さんもいるわ」

菜の花がただうわごとを言うばかりでなく自分の両親が会いに来ていると言い出した。ツツジは嫌な予感がした。それ以上何も考えられなくなり、医師に菜の花の容態を伝えつつ、病気について尋ねようと執務室に向かった。医師は彼女を見るや口を開いた。

「いいところに来てくれた。こっちから捜しに行こうと思ってたところですよ。患者の容態が悪化してます。発熱が何日も続いてて、炎症が脳にまで広がってます。目や耳も冒されて、炎症がおさまる気配がないんですよ。もし熱が下がらない状態が続くようなら、親類縁者を呼んで最期を看取る準備をした方がいい。まだ若い患者さんなんでね、私もつらいですよ。でもここまで重篤だと、手の施しようがないんです」

医師もすっかり肩を落としていた。ツツジは菜の花の快復を願って奔走したけれども、結局できることは何もなく、廊下で独り泣きぬれるばかりだった。彼女は長いこと泣き続けたあと、携帯電話を取り出して、チャムドにいるハナゴマに電話をかけた。電話の向こうでハナゴマが「ツツジ？　ツツジ？」と何度も呼びかけてきたけれども、ツツジは泣いてしまってうまく話せなかった。ハナゴマは慌てて大きな声で言った。

「どうした？　もしかしてだめだったの……？」

そう言われてようやくツツジは口を開いた。

「アチャ・ドルカルはもう長くないみたい……。お願い、明日ラサに来て。もうあたし独りじゃ、抱えきれない」

5

菜の花の病状を知ったハナゴマは、翌日チャムドから飛行機でラサにやってきた。ハナゴマは菜の花のベッドにすがって何度も呼びかけた。

「菜の花、あたしを見て。あたしよ、ハナゴマよ」

ハナゴマは涙をぽろぽろとこぼした。あの美しくスタイル抜群だった菜の花が骨と皮ばかりになっているのを見て、泣かずにはいられなかった。

いくら呼びかけても菜の花が目を覚ます気配もないので、ハナゴマはさらに声をかけた。

「菜の花、あたしのことを見てよ。あたしだよ、ハナゴマだよ」

そこでようやく菜の花は昏睡状態から少し覚め、目をうっすらと開けて、ハナゴマを見つめた。

ハナゴマなの？　これは夢？　それとも幻覚を見ているの？　ハナゴマは遥か遠くのチャムドの地にいるはずなのに……。ラサからあまりに遠いもの、ここに来られるはずがない。もしかして会いたくても会えないから幻覚でも見てるのかな……。そう思った菜の花は、しんどくなって目を閉じた。体力のない菜の花には目を閉じることすらひと苦労なのだ。ツツジとハナゴマは、菜の花の姿があまりに痛ましくて、ひしと抱きあっておいおい泣いた。

するとその声で菜の花が再び目を覚ました。菜の花はそこでようやく目の前の出来事が現実だと悟り、生けるしかばねのような手をハナゴマに差し出し、笑みを浮かべた。その顔からは、馬の尻尾の毛ほどわずかながらも、喜んでいる様子がうかがえた。菜の花はもう一度意識を集中して、両の眼でハナゴマを見つめようとしたけれどもかなわずにまた目を閉じてしまった。

ハナゴマはツツジに尋ねた。

「今日は食事した?」

「何を口にしても吐いちゃうの。今日は何とか頑張ってミルクを一杯飲ませたんだけど、それも吐いちゃって。もうアチャの胃は空っぽで、吐いても泡しか出てこないの……」

ツツジはそう言いながら、涙をぽろぽろとこぼした。しばらくすると、菜の花が意識を取り戻した。

その日の午後、不意に菜の花の容態がよくなり、話もたくさんすることができた。病状がよくなったので、ハナゴマとツツジも喜んで、三人で心のうちを打ち明けあって過ごした。菜の花の話題は相変わらず両親と弟のことばかりだった。

「もし今回退院できたら、あたしは故郷に帰って、畑仕事でもして穏やかに暮らすつもりなんだ。来年弟も大学を卒業するから、そしたら、この騒然とした都会とも、この何の意味もない暮らしともおさらばするの」

そう言ったかと思うと今度は声を潜めてこう言った。

「生老病死はね、自然の摂理だから覆しようがないわ。もうあたしの病気はいくら治療しても効かないんだから、これ以上治療をしたくないの。こんなきつくて恐ろしい病気はもう嫌。死んだ方がまし」

二人はその言葉を聞いて思わず涙をこぼした。菜の花に慰めの言葉でもかけてやりたいと思ったけれども、何も言えなかった。

それから二人が何を食べたいか尋ねると、菜の花は答えた。

「うどん《プトゥ》が一杯食べたいな。プトゥを買いに行くついでにチベット薬のお店でキュンガっていう薬を一袋買ってきてちょうだい」

それでツツジは急いで病室を出て、まず薬局に行って薬を購入し、それからチベット料理店でプトゥをテイクアウトしてきた。湯気の立ったプトゥを手渡すと、菜の花は自分ですすり、おいしそうに平らげた。しばらくして表情も豊かになり元気も出てきた菜の花は、二人を見つめ、語りだした。

「たぶんだけど、あたし、もう助からないと思う。そろそろ死んだ方がいいのよ。これであたしの人生はおしまい。今一番心配なのは弟のことなの。弟が卒業するまでまだあと一年あるから、もしあたしに何かあったら、卒業までの生活費と交通費を二人で出してやってくれない？ヤンゾム、あんたは弟に電話をかけて、あたしが電話の通じない辺鄙なところに一年間働きに行ってるって言ってね。実家にも同じように伝えてちょうだい。

はっきり言って、あたしが死ねば、社会から悪い人間が一人減るのよ。《ばら》で働いてた頃、赤ちゃんをおんぶした女の人が夫を探しにきてたじゃない？　それも一人じゃなくて何人も。あたし、彼女たちのことを今考えると、自分がやってきたことがほんとにひどくて恥ずかしいことに思えてならないの。こんな生き方をする羽目になったのは前世の業《ごう》が深いせいだよね……。社会のせいじゃないし、ましてやこの世が悪いせいでもない。でも今思うと、あんな非道な仕事に手を染めたらだめだよね。食うや食わずで飢え死にしそうならともかくさ……。ああ、これから一生汚名を背負ってこうべを垂れたまま生きていくしかない……。一度汚れてしまった体は、ヤルルンツァンポ川で洗ったって清めることなんかできないんだから」

菜の花はこう言って、今までしてきたことを悔やむ気持ちを率直に口にした。彼女の矛盾に満ちた話を聞いて行き詰まりを感じたハナゴマは、少し話題を変えようと笑みを浮かべて言った。

「あたしね、今までやってきたことを全部母さんに話したのよ。今はもう母さんはわかってくれて、こう言ってくれてるの。心が汚れてなければ人間は清らかなんだよ。あんたたちはまだ若いから、わからないだけさ。だから仏さまに懺悔すればいいのさって。あたしたち母子は離れ離れになった苦しみを何年も味わって、ようやく親子の愛情ってものを見つけたの。母さんもね、あたしを思い出してつらい涙を流したからか、自分勝手な性格を捨てることができたみたい。今はあたしにやさしくしてくれるし、性格も穏やかになったよ。あたしの心もさ、前は冷たい石みたいに頑なだったけど、今は老いた両親を一所懸命にお世話してるの。両親と一緒に過ごして、心も結構安定してる気がする。あんたの病気が治ったらさ、いずれあたしたちも前みたいにまるで本物の姉妹みたいに助けあって新しい人生を送ろうよ」

そんな慰めの言葉を口にした。その晩、三人は夜十時になるまでずっとおしゃべりに花を咲かせていた。最後に菜の花はツツジを見つめて、きっぱりとした口調で言った。

「今夜はあたし大丈夫そうだから、あんたはハナゴマと一緒に帰って。ここのところずっとまともに寝てなかったじゃない」

そして二人が病室を出る間際になって、「ツツジ、さっきあんたが買ってきてくれた薬をちょうだい」と言った。ツツジは熱々のプトゥに気を取られて、薬を渡すのを忘れていたのだ。ふところから薬を出すと、アチャにさっと手渡した。そのときの容態は回復しているように見えたし、意識もはっきりして体調もよさそうだったので、二人は菜の花に言われた通り、病室を離れ、アパートに帰った。

6

その晩、ツツジはいつにもましてぐっすり眠ることができた。目を覚ましたらまだ夜明け前だった。ツツジの夢に、美しいチベット服《チュバ》をまとい珊瑚の首飾りをつけた菜の花が、羊一頭分の肉を背負って現れた。満面の笑みをたたえた菜の花がアパートの部屋に入ってきた瞬間、ツツジははっとして目を覚まし、慌てて飛び起きた。あたりを見回して、ようやく夢幻の舞を見ていたのだとわかった。

嫌な予感がしてハナゴマを揺り起すと、病院へすっ飛んでいった。病室では菜の花は眠りこんでいるかのように両目を閉じたままじっとしていた。同室の患者も眠りこんでおり、病室はしんと静まり返っていた。

「夜は苦しまずに過ごせたのかな。今もまだ眠ってる。でも、涙を流したあとがまだ乾いてないみたいに見えるね」とつぶやいたハナゴマは、ツツジを見つめながら、菜の花の額に触れた。すると何ということだろう、菜の花の体はすっかり冷たくなっていた。ハナゴマは慌てて菜の花を揺さぶったけれども、すでにこの世とは永遠に別れ、あの世へと旅立っていったあとだった。二人のむせび泣く声で、同室の患者が驚いて目を覚まし、朝の静寂は破られた。枕もとに落ちている黒い丸薬キュンガと、この世への一切の執着をなくしたような菜の花の顔を見て、二人はようやく何が起きたかを悟った。何と切ないことだろう。菜の花はこの世に別れを告げたのだ。

菜の花は亡くなった。一人の娼婦がひっそりと死んでいった。その日、この街の空はいつも通り澄みわたり、太陽もいつも通り東の山の端から昇った。

二人で簡素な葬儀を済ませたあと、ツツジは故郷へ帰るハナゴマをバスターミナルまで見送りに行った。そこはかつて別れを惜しんだのと同じ場所で、あのときと同様、大勢の人びとでごった返していた。ハナゴマは妹分のツツジのことが心配で、後ろ髪を引かれる思いで何度も振り返りながら故郷へと去っていった。かつてバスターミナルで別れたときは、病院にはまだ彼女を待っている人がいた。だが今は彼女一人きりだ。どこへ行っても親身になってくれる人はおろか、彼女を待っていてくれる人もいないのだ。

ツツジは疲れ切っていた。歩を進めようにも足がまともに動かず、ふらふらとした足取りで、ラサのバスターミナルにほど近い、川蔵青蔵公路《せんぞうせいぞうこうろ》記念碑のそばにある茶館に向かった。

茶館のテラス席に腰を下ろすと、注文を取りに来たウェイトレスが「お茶になさいますか、それともトゥクパになさいますか」と声をかけてきたが、ぼうっとして大きな声を出す気力もないツツジは「甘いミルクティーをポットで」と言うのがやっとだった。ウェイトレスはきびきびとお茶を運んでくると、彼女の目の前に置いた。ツツジはミルクティーをグラスに注いで口に含んだ。急ぎの用事は何もないし財布にはお金もない。まさに体が暇なら胃も暇という言い回しがぴったりの状況だった。

茶館でぼんやりと暇をつぶしていると、茶館の西側に並ぶチベット料理店の前で、従業員の女の子たちが入り口のイスにしどけない姿で座っているのが目に入った。彼女たちは指にはさんだたばこから青白い煙を立ちのぼらせながら、道行く男性たちに卑猥な言葉をかけたり、からかったりしていた。みな流行のローライズのデニムを履いていたが、浅黒い腰を丸出しにしたその着こなしは、お世辞にもおしゃれとは言えなかった。胸元の大きく開いたシャツを着た彼女たちは、ブラジャーをつける習慣もないのか、胸のふくらみをさらけだしていた。ファンデーションを塗った顔はまるでツァンパをまぶしたかのように真っ白で、黒く日焼けした首の上で奇妙に浮いて見えた。真っ赤な口紅を塗った唇は生レバー《チンキャ》〔凍らせたレバーを薄くスライスしたもの〕を食べた直後の唇のように赤い。そのさまはまるで色とりどりの地図のようでもあり、様々な肌色の異人種の子たちが入り混じっているようでもあった。

こうして人間観察をしていると、何だかおかしくて笑いがこみあげてきた。自分も少し前までは顔に化粧をして、男たちの前に立っていたというのに、今こうして同類の女の子たちを見ていると、何とも言えない虚しさを覚えるのだった。

しばらくすると、二人の男がチベット料理店からおしゃべりをしながら出てきた。すると別のチベット料理店の入り口にかかったピンク色の暖簾が上がり、女の子が顔を出した。彼女は暖簾の端をつかんだまま男性に流し目を送りつつ「お兄さん、こっちへいらっしゃいよ」と媚を売った。男ははじめ無関心を装って、小馬鹿にしたような目つきで一瞥すると、「へっ」と鼻で笑い、相手にするつもりなどさらさらないという顔で去っていった。すると女の子はさらに大きな声を上げて言った。

「あーら、お兄さん、どんだけ恥知らずなの。この間うちに来たときはそんなお顔してなかったじゃない」

男はとんだ濡れ衣だと言わんばかりの表情をしながらも、顔を真っ赤にしていた。乱れた足取りで女の子に迫ると、両手でその子の胸ぐらにつかみかかった。

「この恥知らずの売女《ばいた》め。よく見てみろってんだ。俺みたいな人間が、おまえらのとこなんか行くわけねえだろ。ブスのくせして、人さまに難癖つける気かよ」

男はこう言い放ち、もとの道に戻ろうとした。連れの男は驚いた目つきで彼のことを見ながら、「おまえ、今日はどうしたんだよ。あんなゲスい女と口利いてさあ」と言った。

男はかちんときたらしく、もう一度つかつかと歩み寄り、彼女の鼻先をぐいとねじると、小声の漢語で「クソアマ《ジエンフオ》!」と吐き捨てた。それから顔を真っ赤にしたままきびすを返し、連れの男に何やら言い訳をしながら、振り返りもせずに立ち去った。

昼間は立派なふりをして、夜は何食わぬ顔で売春宿に通っているらしいあの破廉恥な男は、彼女を見下し、あたかも被害者は自分だとでも言わんばかりの態度だった。彼女たちが考えていることに思いを馳せることもないし、ましてや彼女たちへの慈しみなど微塵も抱かないのだ。ああいうタイプの身なりのいい男というのはたいてい豹の皮をまとったちんけな輩で、えてして娼婦にひどい偏見を持っているものだ。連中は娼婦のことを、人の心も持たず、恥も外聞もなく自尊心のかけらもない、さらには将来のことなど一切考えていない生き物だと思っているのだ。

くだんの女の子はそんな扱いにはとうに慣れきっているようで、腹を立てた様子もなく、ただ無愛想に、男の後ろ姿に向かってあざ笑うように言った。

「あんたってさー、昼間は人間の顔をしてっけど、夜は魔物じゃんねー。ま、夜はあたしらだって相当な恥知らずだけどさ。でも、あたしらのとこに来る男なんて、輪をかけて破廉恥な連中ばっかだよ。あっはっは」

彼女のその言葉が男の耳に届いたかどうかはわからないが、ともかく男からの返事はなかった。男の姿はすでになく、彼女の言葉も涼やかな風にまぎれて消えた。彼女は口からヒマワリの種の殻を吐き出しながら、仲間たちと一緒にケラケラと笑っていた。

そのときヤンゾムの脳裏に、激痛による失神から覚めたときの菜の花の姿が思い浮かんだ。「今はね、あたしの過ぎ去った過去に対して怒りと後悔しかないの。あの仕事をして、結局あたしに残ったのはこの病気だけだった」と菜の花は目に涙を浮かべて語った。そのうちに、「仕事なんていくらでもあるはずだろうに、よりによって何でこんな仕事を選んだのよ」という医師の言葉がこだまのように何度も蘇り、ヤンゾムの耳を痛烈に刺した。

「ああ、いったん娼婦と呼ばれてしまったら、娼婦という名は一生ついて回るんだ……」

彼女はそうつぶやきながら、記念碑の周囲の大通りをぼんやりと眺めていた。その日は車通りもさほど多くはなかった。

しばらくすると、グル・リンポチェ〔八世紀にチベットに密教をもたらしたインドの高僧パドマサンバヴァ〕の像を据えつけ、寝具と炊事道具一式を載せたリヤカーを引いて歩いて行く人物の姿が目に留まった。その後ろからは、白髪の尼僧が五体投地をしながらついてきている。ポタラ宮に向かってゆっくりと進んでいる巡礼者だった。

二人組の巡礼者を眺めているうちに、《ばら》のきらびやかな華やかさとは対照的に、彼らの姿は何と静謐で神々しいのだろうという思いがこみあげてきた。とりわけ年老いた尼僧が五体投地をしている姿に、ヤンゾムはすっかり心打たれ、自分の心の中に信仰心がむくむくと湧き上がるのを感じた。

ヤンゾムの心には「清らかな慈しみの心をもって　巡礼に来たのです　悪路を厭わず巡礼に来たのです　神仏に神通力がないのではありません　信仰心が足りないせいなのです」という歌〔有名な女性歌手ダドゥンの歌の一節〕が思い浮かんだ。

年老いた尼僧が五体投地をする姿を見つめているうちに涙があふれてきて、ヤンゾムの足はおのずとその尼僧が五体投地をしている方に向かった。年老いた尼僧は、周囲の喧騒を気にすることなく、一心に真言《マニ》を唱えながら、きびきびと五体投地を繰り返している。ヤンゾムはそのまま尼僧のもとへと歩を進めた。

ヤンゾムに気づいた尼僧は五体投地を中断し、きらりと光る目で見つめ返した。尼僧は、目に涙をためて自分を見つめる若い娘に、慈しみ深いまなざしを向け、穏やかな笑みを浮かべると、再び五体投地を始めた。

リヤカーと尼僧の後ろ姿は、徐々に遠くおぼろになり、しまいには何も見えなくなった。

訳者解説

星　泉

本書はツェリン・ヤンキーによってチベット語で著され、二〇一六年に中国チベット自治区の区都ラサで刊行された長編小説『花と夢』（མེ་ཏོག་དང་རྨི་ལམ།／me tog dang rmi lam／花与梦）の全訳である。

人気女性作家のツェリン・ヤンキーが都会に出稼ぎに来て娼婦となった四人の女性を主人公に据えて描いた本作品は胸を打つ悲劇の物語として評判を呼んだ。多くの媒体でも紹介され、刊行翌年には重版もしている。長期間にわたり厳しいロックダウンが行われたコロナ禍のチベットでは、インターネットにアップロードされた小説の朗読に耳を傾ける人が多かったそうだが、『花と夢』の朗読は最も人気のあるコンテンツの一つとなり、女性や若者を中心とした多くの人びとが熱心に聴き入ったという。構想から七年間かけて書き上げたこの物語は、かくして会心のヒットとなった。

現代のラサを舞台とするこの作品には、ナイトクラブ《ばら》で働く菜の花、ツツジ、ハナゴマ、プリムラという花の名を源氏名として持つ娼婦が登場する。四人ともやむにやまれぬ事情で故郷を離れ、都会にささやかな夢を託してラサにやってくる。みな性暴力やハラスメントによる傷を抱えながら、何とかして生き延びるために《ばら》に流れついたのだ。チベット人三人と漢人一人からなるこの四人は、裏通りにある小さなアパートで共同生活をし、支え合いながら生きているが、菜の花が病に罹ったことをきっかけに、運命が大きく変わる。拠りどころを失った女性たちが、都会の闇の中でもがき傷つきながらも、自分たちの居場所を見つけて生きていく。彼女たちを優しく見守る著者の眼差しを感じながら読み進めると、最後には未来をかすかに照らすささやかな希望が見える、そんな読後感の小説だ。

著者について

ツェリン・ヤンキー（ཚེ་རིང་དབྱངས་སྐྱིད／tshe ring dbyangs skyid／次仁央吉）は一九六三年、チベット自治区シガツェで生まれた。両親はヤルルンツァンポ川の渡し舟の船頭だったため、幼い頃は祖母に預けられて過ごし、畑仕事や放牧、燃料用の畜糞集めや薪拾いを手伝って過ごした。祖母は学校に行ったことはなかったが語りが得意で、民話や民謡、格言、ことわざなどをたくさん教えてくれたという。このときの経験と記憶が後の創作に影響を与えているそうだ。文化大革命が終った一九七六年、十四歳のときに初めて学校に入学した彼女は漢語を読めるようになり、本や新聞を読むのが大好きになった。ラサのチベット大学に進学すると、漢語に翻訳された海外文学や中国文学を読みふけるようになる。とりわけ好きだったのがスタンダールの『赤と黒』、トルストイの『アンナ・カレーニナ』、ゲーテの『若きウェルテルの悩み』などだった。彼女は読書を通じてでなければ得られない経験があることを実感し、本を読むことが生きていく上でいかに大切かを悟ったという。

小説を書き始めたのは大学に入学してすぐの一九八三年。初めて書いた短編小説が『チベット日報』に掲載され、原稿料までもらえたのが嬉しくて、新しい靴を買い、友人を誘って映画を観に行ったという。また、再話した昔話が口承文学の雑誌『パンギェン・メト』誌上に掲載されたときは、同誌の女性編集者デチェン・ドルカルから励ましの手紙が送られてきて、今後も作品を書いていく決意を新たにしたそうだ。

一九八七年に大学を卒業した後は、チベット語の教師をしながら小説やエッセイを執筆してきた。これまでに発表した短編小説は七篇、中編小説が二篇、長編小説が一篇と作品数は多くはないが、ダンチャル文学賞や全国少数民族創作駿馬賞を受賞するなど、高い評価を得ている作家である。

『花と夢』の構想は、著者がラサの高校で教員をしていたときに職場と自宅を自転車で二十分かけて往復する折に行き交う様々な女性たちの姿を見つめ続けてきたことがもととなって生まれたという。特に週二回、夜に招集される会議の際に見かけたナイトクラブに出勤する女性たちの姿には強い印象を受けた。他にも茶館のウェイトレスや家政婦、行商人たちの姿を見かけてはその悲痛な運命に思いを馳せるうちに、頭の中でキャラクターが像を結び、著者と会話を交わすようにまでなったという。こうした日々の観察と作家としての想像力が、生き生きとした四人の女性キャラクターを生み出した。この作品は、ナイトクラブのホステスとして生きる四人の女性たちの物語を丹念に描くことを通じて、一九九〇年代以降、都市と村落のあり方が急激に変化し、混乱する現代のチベット社会の現実を、リアリティをもって描き出すことに成功している。

　著者が七年がかりで完成させた本作品は、チベット自治区出身の女性作家がチベット語で著した初めての長編小説となった。刊行当時、北京大学に在学中だった著者の長女は、長編を書き終えた母をねぎらうエッセイの中で、「母はもっと小説を書きたかっただろうに若いころから教師の仕事と子育てで多忙を極めていた。隙間時間を使ってでも書くのを止めなかった母への敬意で胸がいっぱいだ」と記している。寡作である理由も、長編小説を書き上げるのに時間がかかった理由も、すべてこのひと言に凝縮されている。

　現在は退職して、年老いた両親を介護しながら、よき理解者である夫とともに暮らしている。夫はタシ・パンデン（བཀྲ་ཤིས་དཔལ་ལྡན།／bkra shis dpal ldan／扎西班丹、一九六二－）という著名な作家である。お互いの創作活動を尊重して、励まし合う関係だそうだ。

作品の背景

本作品は現代の都市を舞台としており、生活様式などについては解説は必要としないだろうが、現代日本に通用する価値観からすると違和感を覚えるような人物の行動や考え方も見られる。この作品を理解するためには、チベットの人びとの大半が信奉している仏教にもとづく輪廻転生と業報思想、そして舞台となった時代の社会状況と女性の置かれた立場についてある程度理解しておく必要がある。以下ではこの二点に絞って少し解説を試みたい。

(1) 輪廻転生と業報思想

すでに読み終えた方は、登場する女性たちがみな諦念に支配されているようで不思議に思えたかもしれない。性暴力を受けた女性たちが、自分がこんな目に遭ったのは前世の悪業による報いだと口にする点は特に理解しがたかったのではないかと思う。性暴力の被害者が自責の念に駆られて苦しむ姿を想起した方もいるかもしれない。暴力を行使する人間が悪いことは明白であるのにもかかわらず、なぜこのような考え方をするのだろうか。

ここで、登場人物の女性が、不幸な目に遭ったことを「自分のせい」だと言っているのではなく「自分の業《ごう》の深さのせい」だと言っていることに注目していただきたい。輪廻転生を信じるチベットの人びとは、今ここにある自分の肉体に宿っている意識を、前世においては誰か別の生命体に宿っていたものであると認識し、その生命体において為された善悪様々な行為が原因となって、今の自分の身に起きる様々な出来事が引き起こされていると考えるのである。ひどい目に遭っても、現世の自分のせいではなく、前世の誰かの肉体に宿っていたときの悪業の現れだと考える。今生《こんじょう》はこのカルマを受け入れるしかないけれども、せめて来世によい境界《きょうがい》に生まれ変われるよう、できる限り善行を積み、生きとし生けるものの幸せを祈るのである。こうした考え方は、理不尽で耐えがたい苦しみを受けた人びとが何とか辛い現実を受け入れ、生き続けていくために必要な方便ではないだろうか。この考え方をとったからといって、苦しみが大幅に軽減されるわけではないけれども、せめて生き続けるための足場を得ることができる。その足場に立つことで、彼女たちは男たちに対して、そして歪んだ社会構造に対して怒りを表明することができるのだ。「今の自分の運命を前世の悪業の結果として受け入れる」というと、静的で受動的なイメージを抱くかもしれないが、むしろ来世に向けての新たな行動を呼び起こす、動的で積極的な態度だと言える。生を一回限りのものではなく、転生して何度も繰り返すものだというはっきりとしたイメージを持っているからこそ、このような考え方ができるのだろう。

（2）社会状況と女性の置かれた立場

本作品の主な舞台は二〇〇〇年代のラサである。この時代は中国政府による西部大開発が推進され、そのあおりで社会構造が大きく崩れていった時代である。ラサのような都市部には出稼ぎに来る人びとが集まり、村落部には年寄りや子ども、子育て中の女性が残された。ラサにはチベット人以外の労働者が増え、人口も大幅に増加した。また、羽振りのいいビジネスマンが集うナイトクラブも増えた。

この変化がいかに大きなものだったのかをご理解いただくためには、それ以前の状況を知っていただく必要がある。牧畜や農業を営む村落部では、かつては自然環境を活かした生業が営まれ、男女の役割分担が比較的はっきりした生活が営まれてきた。『雪を待つ』（勉誠出版）、『路上の陽光』（書肆侃侃房）などの邦訳書もある作家であり、宗教研究者でもあるラシャムジャが農牧複合村である自らの故郷の一九八〇年代の暮らしをつぶさに描いた『ジャム——M村民俗誌』（中国蔵学出版社、原題『འཇམ།—Mགྲོང་ཚོའི་རྣམ་བཤད།／'jam—M grong tsho'i rnam bshad／嘉木——M村民族志』）があるが、それによれば、村での暮らしには男の仕事、女の仕事、男女が共同で行う仕事があり、どれも生活を成り立たせるために欠かせなかったという。男の仕事とは家族の生計についてあらゆる面から構想を立てることであり、特に成人男子であれば家長として家庭の重要事項——子の結婚、家畜の売買、畑の種まきの戦略、土木工事の計画、土地神信仰や仏事など宗教行事への対応など——を決定し、采配しなくてはならない。これに対し女の仕事とは家内労働——食料保存、家財道具の管理、台所の運営、幼い子どもの子育て、畑の草取り、収穫作業、乳加工、羊毛加工、燃料用の糞加工、家畜の世話など——が中心であり、主婦にはその一切を取り仕切る権限と責任がある。男女が共同で行う仕事には、土木工事、種まきと脱穀、保存用肉の屠畜・解体などが挙げられている。同書を読むと、男女両方が生活の運営に欠かせない存在であることがわかるとともに、男女の性役割がかなりはっきりと分かれた社会であることも見てとれる。当時、チベットの村落部では中学校以上への進学率が低かったが、それも上述のような村落運営の基盤となっていた、生業で生きていくための知識を授ける機会を逸することを恐れてのことでもあった。

こうした社会基盤が一気に崩れていくのが二〇〇〇年代である。現金収入が重視されるようになれば、出稼ぎに行った方が効率的に収入が得られる。男たちが出稼ぎに出れば、村に残された女たちの仕事の負担が増える。高地で暮らす牧畜民たちの生活でも、生活の近代化によって既製品を使うことが増え、皮衣作りやテント作りなど、男たちが担っていた仕事がごっそり失われてしまう一方で、女たちの家内労働はそのまま残り、その結果、男が出稼ぎに行き、女が家に縛りつけられるという不均衡も生まれた。そんな中で、男が大きな物事の決定権を握り、女がひたすらケア労働に従事するという、歪んだ家父長制が顕在化するようになっていった。

このように急速に変化する社会には歪みが生じやすく、そのしわ寄せは大抵女性や子どもに押しつけられる。本作品の主人公である四人の女性たちはまさにそうした存在で、十代で世の辛酸を嘗めている。菜の花は村で名高い石工だった父親が転落事故で仕事を続けられなくなったため、高校を辞めて家計を助けるためにラサに出稼ぎに来て、食堂やガソリンスタンドで働く。弟を大学に進学させ、生活を支え続けたのも彼女だった。菜の花と同郷で少し年下のツツジは両親に先立たれ天涯孤独の身の上となり、十三歳でラサの役人の家に家政婦として住み込みで働くことになった。児童労働である上に無給である。美しい容貌をもって生まれたハナゴマは高校生のときに上級生と恋仲になるが、妊娠が発覚すると捨てられ、絶望した彼女は中絶薬を服用して危うく死にかけ、入院する。妊娠中絶の事実は学校に知れ渡っており、母親からも冷たくされた彼女は絶望して出奔し、たどりついたラサで洋服屋やジュースバーで働く。プリムラは継母に息子が生まれてから疎んじられ、ひどくいびられた挙げ句、十七歳のときに出稼ぎ要員として家を追い出され、ラサのエステサロンで働くようになった。しかし、四人ともレイプやパワハラ、セクハラ、ストーカーといったさらなる悲劇に襲われ、仕事を続けられなくなり、結局セックスワークに思い切って飛び込むのだ。連れ込み宿の併設された違法ナイトクラブが、社会の歪みに押し潰された若い女性たちの駆け込み寺となり、そこで女性たちは社会から蔑まれながら、生きるために必死で仕事をしているのだ。

本作品は都会の家庭崩壊の問題も取り上げている。ツツジが家政婦をしていた家は共働きの核家族で、父親は転勤のために不在がちなのに加えて、母親も十代の娘とうまく向き合えず、傷ついた娘は友人たちのところを泊まり歩いて学校にも行かなくなり、ついには親を捨てて家を出る。両親は慌てて探し回るが後の祭りで、娘は二度と帰ってこない。

そのような家庭で働かなければならなかったツツジは、十二歳という若さで両親に先立たれて独りぼっちになるという、凄絶な喪失体験をしている。十三歳から身を寄せたニェンタク家は、人間関係がどれだけ荒んでいようとも、彼女のシェルターとして最低限の機能は果たしていた。彼女が従事していた家事全般というケア労働は、ティーンエイジャーにはつらいものだったに違いないが、行き場のない彼女にとっては唯一の自分の場所だったのではないだろうか。本作品を読めば、児童労働やセックスワークに身を投じなければならなかった事情が手にとるようにわかり、彼女たちをケアする仕組みがない社会構造自体に問題があるということが理解されるだろう。

セックスワークに従事する女性たちが抱えている大きな問題には、本作品にも描かれているように、法律に守られていないこと、偏見にさらされていること、そしてエイズや梅毒などの病気にかかるリスクが大きいことなどが挙げられる。常に精神的にも身体的にも暴力を受けているも同然なのだ。本作品はそうしたセックスワーカーの視点を借りて、彼女たちが受けている暴力が不当であること、そして彼女たちにも等しく尊厳と権利があることを訴える物語でもある。

ツェリン・ヤンキーは、こうしたやむにやまれぬ事情を抱えた女性たちや、愛情を受けられずに育った子どもたちに対して、慈愛のこもったまなざしを注ぎ、物語を綴っている。娼婦や不良少女といった、社会に冷ややかな目を向けられ、存在すら認められていないような女性たちを、物語の力で生き生きと浮かび上がらせ、人びとの心に訴える物語として発表したことは、社会的に大きな意義がある行動だったのではなかろうか。

著者が本文中で、読み書きが出来ることや自分の体を大切にすることが生き延びるためにどれほど重要かというメッセージをたびたび忍び込ませていることも印象的である。この物語を読んだ人びとからも、学校での授業や啓蒙活動で教えられたことよりもはるかにインパクトがあったという感想が続々と届いているというから、著者のメッセージはしっかりと届いているようだ。

物語の構成

七章からなるこの作品の構成について考えてみたい。**以下の文章はネタバレを含むので、本作品をまだお読みでない方はご注意ください。**

第一章は菜の花がラサで性被害を受けたときの話、第二章は音信不通になっている菜の花を両親と弟がラサに捜しにくる話、第三章は天涯孤独の身となったツツジがラサに送り込まれ、ニェンタク家の家政婦になった話、第四章は菜の花の生い立ちとナイトクラブで働くようになった経緯、そして梅毒が発症して働けなくなっていく話、第五章は四川の田舎から出てきたプリムラの生い立ちからナイトクラブで働くようになるまでの話、第六章はカムのチャムド出身のハナゴマの高校時代の悲痛な経験とラサに出てきてナイトクラブの女王になるまでの話、第七章は菜の花の病状が悪化して入院が決まったことをきっかけに、四人の共同生活が解消となり、ツツジが菜の花の最期を看取り、再び独りぼっちになるまでの話となっている。

全体にわたって、四人それぞれの生い立ちとラサで起きた出来事を交錯させながら語る構成のこの物語は、四人の物語であると同時に、その四人の物語を記憶している誰かの回想であるようにも思える。それを記憶しているのは誰なのか。これはツツジを措いて他にいないだろう。ツツジは三人のアチャたちの物語に耳を傾ける立場にあり、病床の菜の花の世話をし、看取った人物でもある。菜の花の遺言で、死んだことを隠して実家に送金し続けたのもツツジである。

ツツジの回想だと考えて、物語の構成をもう一度考えてみよう。アチャたちの中でも一番親密で大切な関係だった菜の花の身に起きた出来事から始まる。時間の経過を考慮すると、菜の花はこのときレイプされただけでなく、梅毒に感染させられた可能性すらある。次の回想は、それ以来一度も故郷に帰らず、送金と手紙、電話だけで家族とやりとりをしてきた菜の花が亡くなったあとの様子である。失意の両親と弟にツツジが会ったかどうかは定かではないが、もしかするとずいぶん後になって会う機会があったのかもしれない。その次に語られるのが本作品中最も長いツツジの身に起きた出来事の回想。自分自身の回想であると考えれば、詳細な語りに合点が行く。間に差しはさまれるありし日の両親の生き生きとした姿は、両親から語り聞かされたものに違いない。そして次が大切な菜の花が病魔に冒されていく悲しい日々の記憶だ。回想するツツジの心境を思うと切ない。プリムラとハナゴマの思い出と別れの回想の後、入院した菜の花の世話を引き受けることになったツツジが菜の花と自分を陥れた女性たちに再会し、激しく動揺する心情が語られる。物語は菜の花が亡くなり、独りぼっちになったツツジがポタラ宮の前で五体投地をする巡礼の女性を見つめてひとりたたずむところで幕を閉じる。

このように読むと、ツツジはこのラストシーンより少し先の時代を生きているはずだ。彼女の記憶の中で何度も何度も思い返されたであろうこの四人のシスターフッドの物語は、ツツジが独り立ちして生きていく上で支えになったに違いない。四人の独立した声が重なり合うポリフォニー的構造の物語として読むこともできるかもしれないが、私はツツジが自らの記憶にたゆたう四人の生きた証を語った物語として読んでみたいと思うのだ。

翻訳について

本作品は刊行されて比較的すぐ、作家のツェラン・トンドゥプに紹介されて知った。『黒狐の谷』（勉誠出版）の著者であるこのベテラン作家は、自分の作品だけでなく、他の作品もどんどん紹介してくれるありがたい人なのだ。友人作家の書いた小説だけどよかったら持っていっていいよと手渡された本には、あちこちに線が引かれ、所々に書き込みもあった。尋ねてみると、ツェリン・ヤンキーは小説の中でラサの言葉を使いすぎていて、東北チベット出身の自分には理解しがたいところがあるのでその指摘だという。広大なチベット高原では、多様なチベット語が話されており、それぞれの話者が訛りで話すとお互いに通じ合わないほどである。それが小説に書かれたチベット語の読解でも起きたということだ。そんな出会い方をしたせいで、ますます興味をそそられた。

早速読んでみたところ、ラサの言葉が頭の中に響いてくるような感覚を覚えた。実は私が若い頃にたたき込まれたのはラサのチベット語で、四十代になってから始めたアムドのチベット語に比べて明らかに体になじんでいるのだ。それがぞくぞくするような快感となって頭の中を駆け巡ったのである。それと同時に、ツェラン・トンドゥプの言う違和感も理解できる気がした。ともかく女性たちのリアリティあふれるやりとりに魅了され、いつか翻訳したいと思う一冊になった。

今回翻訳できることになって大変うれしかったが、翻訳のために精読すると、わからない言葉やフレーズであふれていることがわかった。疑問点をまとめたところ四百箇所をゆうに超えており、驚愕した。しかし辞書を何冊引いてもわからず翻訳することができないのだ。そのときはインターネットの大海原を航海すればある程度の調べがつく大言語の翻訳者を心底うらやましく思った。途方に暮れた私を助けてくれたのが、著者と故郷の近い留学生との出会いだった。原文と日本語を突き合わせて読んでもらい、一つ一つ疑問点を確認しながら進めるうちに、難読箇所は著者の出身地の独特の言葉や風俗習慣を表しているということがわかった。留学生の両親や親戚の方々にまでお世話になり、大半の疑問点は解消することができた。著者に訊かないと解決できない点については、唯一の連絡手段であるチャットを使って相談し、ようやく翻訳を完成させることができた。

後に著者のインタビューを読んだところ、執筆において使用する言語をどうするかは悩ましい問題だが、自分としては登場人物が最も生き生きと描き出せる言語で書くのが重要だと思うと述べていた。チベット語には古典チベット語をベースにした文語があるが、現代のチベット語作家たちは、チベット語圏どこでも通用しうる文語で書きながらも、その土地らしさを表現するためにその土地にしかない言葉や、生き生きとした口語を混ぜ込んで創作活動を行っている。まさしくそのことが実感できる翻訳作業だった。それと同時に、同じチベット文字で書かれた物語であっても、土地の訛りを多く含む場合、理解することが難しいという問題について、チベットの創作の現場にいる人びとがどう取り組んでいくのか、注目していきたい。

様々な立場、出身の女性たちが登場する本作品における、彼女たちの躍動する会話には特に注目してほしい。原文の雰囲気をなるべく映し出すように翻訳したつもりだ。ツツジが徐々に成長していくにつれ、言葉に説得力が増していくところにも注目していただければ幸いである。

原文と邦訳の違いについても述べておきたい。章のタイトルは、著者の了承を得て付けた邦訳版のオリジナルである。また、原文は一段落がかなり長く、会話も本文中に追い込まれているが、現代の日本で読まれている多くの小説に合わせて改行を入れている。本邦訳では、原文にあった若干の不整合を著者と相談の上、修正した。原文に残る不整合は、重版された際に修正されるだろう。なお、原作には著者の長女が描いた愛らしい挿絵が添えられていることも付記しておく。

この長編小説にはチベット文学研究者のクリストファー・ピーコックによる英訳があり、翻訳にあたっては適宜参考にした。この英訳は二〇二一年に英国PEN翻訳賞を受賞し、翌二〇二二年に『*Flowers of Lhasa*』というタイトルで Balestier Press より刊行されている。

読書案内

本作品と併せてぜひお読みいただきたいのが、二〇二三年に刊行された海老原志穂編訳『チベット女性詩集――現代チベットを代表する7人・27選』(段々社)である。出身地も世代も人生経験も様々なチベットの女性たちがチベット語で謳いあげた詩を通して、彼女たちの声がストレートに伝わってくる魅力的な詩集である。加えて海老原氏と三浦順子氏による七篇のコラムがチベットの女性をめぐる状況を様々な角度から紹介してくれる。本作品をより深く理解するためにも必読の書である。

また、チベットにおける六人の女性宗教者を紹介する『智慧の女たち――チベット女性覚者の評伝』（ツルティム・アリオーネ著、三浦順子訳、春秋社）に収録された「死から甦った女――ナンサ・ウーブム」は、十一世紀に実在したとされる女性の生涯を描いたドラマである。内容を少し紹介しよう。ナンサは、仏教の修行をすることを好むが、美しく生まれたことが仇となり、望まない結婚を強いられる。出産もするが、嫁ぎ先で義姉の激しい嫉妬を受けて殺されてしまう。ところが閻魔王はナンサの聖性を見抜き、生き返って現世に戻り、仏法を説くように指示すると、その通りになる。甦ったナンサは修行に励み、仏法を説き、生きとし生けるものたちに利益をもたらした。女性が苦しみ、悩みながら自立していく人生を描いたこの物語は、絵解き物語として語られ、後には一般民衆の前で披露される歌舞劇の人気演目ともなった。このような女性が主人公の物語が語られ続けたことは、チベットの女性たちにとって一つのロールモデルとしての役割を果たし続けてきたのではないだろうかと想像する。本作品においても美しい容貌と肢体をもって生まれたハナゴマが、自らをナンサに喩える場面があるが、チベット人なら知らない者はいないこの有名な女性覚者の物語へのオマージュである。

本作品と同じ時代のラサを舞台にした小説としてはラシャムジャの長編小説『雪を待つ』（勉誠出版）や「路上の陽光」「眠れる川」（『路上の陽光』（書肆侃侃房）所収）、ジャバ（タバとも）の「肉」（『チベット文学と映画制作の現在　SERNYA』第二号所収）を併せて読んでいただくとよいだろう。どれも田舎から都会に出てきてバーやナイトクラブ、ガソリンスタンドで働く女性たちの姿が描かれており、女性たちの運命について考えさせられる作品である。

「小さい頃から日本の歌が大好きで日本文化に憧れてるの。日本は夢の国」と語るツェリン・ヤンキーさんは、日本語への翻訳を心から喜んでくださり、私が持ちかける様々な相談にいつも快く対応してくださいました。心から感謝しています。数年前ラサを訪問した日本の作家たちとの交流で歌と踊りを披露したことを恥ずかしそうに教えてくださいましたが、「日本を訪問して作家のみなさんに再会できたら必ずや歌を捧げます」ともおっしゃっているので、そんな日が来ることを願っています。

そして、二〇二二年八月に「アジア文芸ライブラリー」というシリーズを立ち上げたいと、熱意のこもった企画書を携えて訪ねてきてくださった編集者の荒木駿さんは、まだ邦訳が一つもないこの作家の長編小説を一発で選んでくださいました。あの日のことはずっと忘れないと思います。翻訳にもずっと伴走してくださり、ありがとうございました。荒木さんの壮大な勇気ある企画を後押ししてくださった春秋社のみなさまにも感謝を捧げます。四人の女性のささやかな連帯を一枝に咲く可憐な四輪の花に描いてくださった荻原美里さん、そして美しい装丁で仕上げてくださった佐野裕哉さん、ありがとうございました。

原稿の段階で目を通し、誤訳摘発につながる重要な指摘をしてくれた海老原志穂さん、原稿から初校まで訳文に何度も目を通し、文法から会話の口調に至るまで細かくチェックしてくれた現役大学生の濱田茜さんに感謝いたします。

最後に、原文と翻訳原稿のクロスチェックを担当してくれたチベット人留学生のテンジン・ドルカルさんと、折に触れて助け船を出してくれたチベット医であり研究者でもある彼女の父上、ノルブ・タシさんに心からの感謝を捧げます。

◈ 著者略歴

ツェリン・ヤンキー

ཚེ་རིང་དབྱངས་སྐྱིད། ／tshe ring dbyangs skyid／次仁央吉

1963年、中国チベット自治区シガツェ生まれ。渡し舟の船頭を営む両親の間に生まれ、語りのうまい祖母に育てられる。14歳で初めて小学校に入学するまでは祖母の手伝いをしながら、民話や民謡、格言、ことわざを仕込まれる。1983年にラサのチベット大学に在学中に『チベット日報』に投稿した小説が掲載されデビューを飾る。大学卒業後は中学教師となり、学生たちとの交流から創作のヒントを得て小説を発表し、ダンチャル文学賞、全国少数民族文学創作駿馬賞を受賞。しばらくのブランクを経て7年がかりで完成させた初めての長編小説『花と夢』は、チベット自治区出身の女性がチベット語で長編小説を書く先駆けとなった。現在は退職して老親の介護をしながらラサで暮らしている。

◈ 訳者略歴

星泉（ほし　いずみ）

Hoshi Izumi

1967年、千葉県生まれ。チベット語研究のかたわら、チベット文学の翻訳、紹介活動を行っている。『チベット文学と映画制作の現在　SERNYA』編集長。主な訳書にラシャムジャ『路上の陽光』（書肆侃侃房）『雪を待つ』（勉誠出版）、ツェワン・イシェ・ペンバ『白い鶴よ、翼を貸しておくれ』（書肆侃侃房）、『チベットのむかしばなし　しかばねの物語』（のら書店）、編訳書に『チベット幻想奇譚』（春陽堂書店）などがある。東京外国語大学アジア・アフリカ言語文化研究所教授。

མེ་ཏོག་དང་རྨི་ལམ། *me tog dang rmi lam*　(*Flowers and Dreams*)
by
ཚེ་རིང་དབྱངས་སྐྱིད། tshe ring dbyangs skyid　(Tsering Yangkyi)

アジア
文芸ライブラリー

花と夢

二〇二四年 四 月二〇日　初版第一刷発行
二〇二四年一〇月一〇日　第二刷発行

著者　ツェリン・ヤンキー
訳者　星 泉

発行者　小林公二
発行所　株式会社 春秋社
〒一〇一―〇〇二一
東京都千代田区外神田二―一八―六
電話　〇三―三二五五―九六一一
振替　〇〇一八〇―六―二四八六一
https://www.shunjusha.co.jp/

印刷・製本　萩原印刷 株式会社

装幀　佐野裕哉
装画　荻原美里

定価はカバー等に表示してあります

Printed in Japan, Shunjusha. ISBN 978-4-393-45510-4

アジア
文芸ライブラリー

刊行の辞

わたしたちの暮らすアジアのいままでとこれからを考えるために、春秋社では新たなシリーズ〈アジア文芸ライブラリー〉を立ち上げます。アジアの歴史・文化・社会をテーマとして、文学的に優れた作品を邦訳して刊行します。

これまでも多くの海外文学が日本語に訳され、出版されてきましたが、それらの多くが欧米の作品か、欧米で高く評価された作品です。アジア各地でそれぞれに培われてきた文学は、一部の人気ある地域のものを除けば、いまだ多くの優れた作品が日本の読者には知られていません。アジア文学という未知の沃野を切り拓き、地理的に近いだけでなく、文化的、あるいは歴史的にも深いつながり——侵略や対立の歴史も含めて——を持つ国々の人びとが、何を思い、どのような言葉で思考し、暮らしてきたのか、その轍をたどりたいと思います。

現代では遠く離れた国のことでも、分かりやすく手短にまとめられた知識が簡単に手に入るようになりました。氾濫する情報の波に手を伸ばせば、深い思考や慎重な吟味を経ずとも、簡単に他者や他国のことを理解したつもりになれます。世の中を白か黒かに分けて見るような、紋切り型で不寛容な言葉の羅列も、昨今では目に余ります。しかし、他者を理解することは、文化も歴史も異なる地域の人びとであればなお、容易なことではないはずです。

単純化された言葉や、誰かがすでに噛み砕いてくれた言葉では、複雑で御しがたい現実に向き合うことはできません。出来合いの言葉を使い捨てにするのではなく、自らの無知を自覚し、立ち止まって考えるために、今まさに文学の力が必要です。文学を通して他者への想像力を持ちつづけることで、平和の橋をつないでゆきたいと思います。